匣《こう》真《しん》

姫賊《きぞく》

僑燐伝《きょうりんでん》

演《えん》義《ぎ》

JN188314

矢野隆

Yano Takashi

中央公論新社

目次

謄王朝周辺図

匣真演義

姫賊　僑燐伝

源匣記《げんこうき》　慎《しん》王朝　宝真《ほうしん》帝元年（源匣暦一六五年）

能《のう》の皇帝〝僑英《きょうえい》〟覇王宝超《ほうちょう》に恭順す。三国統一の功成りて後、覇王忽然《こつぜん》と姿を消す。神と成り天に昇ったと伝わる。

覇王、神と成りし後、その子〝宝真〟都《みやこ》にて即位。国号を〝慎〟と定める。

〝序〟

少女が泣いていた。西の空が真《ま》っ赤《か》に染まり、東の方から闇が迫ってくる。大路から外れた裏路地に少女以外に人影はなかった。

両の拳《こぶし》で目をぬぐいながら、少女は立ちすくんでいる。じきに夜が訪れるというのに、彼女は帰り道を見失ったかのように泣き続けた。

「どうしたんだい」

人はいなかったはずなのに、突然、彼女の頭を柔らかい温《ぬく》もりが包んだ。その穏やかな熱にうながされるように、少女は涙に濡《ぬ》れた目で見上げた。

「ほう……」

少女の頭に触れたまま、先刻の声の主がつぶやいた。若い男であるようだが、夕焼けを背にしたその顔は影に覆われ、少女には確かめることができない。

「これは珍しい」

青年がつぶやく。頭に触れた温もりで気が抜けて、少女は泣くことすら忘れ、闇に染まった青年の顔を見つめている。

「君の名前は」

「僑燐《きょうりん》」

うながされるままに少女はみずからの名を口にした。

「そうかい、僑燐」

青年が少女の頭を優しく撫《な》でる。

「よくお聞き、僑燐。君は類稀《たぐいまれ》な定めを持ってこの世に生まれたみたいだ。泣かなくていい。何事もきっと上手《うま》く行く」

答えることができずに、僑燐は青年を見上げ続ける。

「君は、国を盗むんだ」

「盗む……？」

頭に触れた掌《てのひら》が熱い。振り払おうと足掻《あが》こうにも、四肢《しし》に力が入らずどうすることもできない。

「歌を教えてあげよう」

「歌」

「うん」

青年が口ずさむ。詩が無い旋律だけの歌だ。どことなく寂しいが、心が温かくなる。一人ではない。その歌を聞いていると、そう思えた。いつの間にか涙は消えていた。

「僕の名は匪翔《ゆうしょう》。君が歩む道の先で、また会えたら良いね」

「ゆうしょう……」

いま聞いた名を口にしたとたん、僑燐の頭から温もりが消えた。

「え」

青年の姿はどこにもなかった。

〝決起〟

源匣暦《げんこう》百二十二年。この地に生まれた最初の真族の王朝である謄《とう》王朝。その五代帝〝剛《ごう》〟の御《み》代《よ》。外海との行き来が可能な唯一の港〝顎港《がくこう》〟にて、一人の少女がみずからの足で立ち上がろうとしていた。

物語は彼女のちいさな決意から始まる。

盗

この街は、どこにいても潮の匂いがする。海ではない。潮だ。紺碧《こんぺき》の海から這《は》い上《あ》がってきた湿り気を帯びた潮の匂いが、この街の隅々にまで沁《し》み込《こ》んでいる。

僑燐は路地の隅でくぐもった潮の匂いを感じる度に、朽ちた骸《むくろ》の姿が脳裏《のうり》に過《よぎ》るのを抑えられない。破れた皮の隙間からのぞく腐った肉が放つ、死してもなお残る生者の気配。虚空を見つめる光を失った灰色の瞳。薄く開いた黄色い歯の隙間から漏れ出す、腐った腸《はらわた》の匂い。物心付いた時から、僑燐にとって潮の匂いは死者を思わせる匂いだった。

「るぅ……るるるるぅ……」

誰に教えてもらったのかすら覚えていない。この匂いを嗅ぐと、どうしても口ずさんでしまう歌がある。詩の無い歌。悲しい。たまらなく寂しいのに、なぜか温かい歌だ。

「大人しくしていれば、すぐに終わる」

この街から吐き出される汚物の一切が流れ込む。吐き溜《はだ》めの最奥にあるあばら屋で、男が囁《ささや》いている。脂ぎった背中に滲《にじ》む汗が、月明りに照らされて輝いていた。泣いている。十六になったばかりの妹だ。荒い息を吐く男の背中が激しく脈打っている。汚らわしく輝く背中に浮かぶ赤いできものを、僑燐は訳もなく数えていた。

鼻歌を耳にした男の背中が、一度激しく上下して止まった。妹の泣き声も止《や》んだ。僑燐は構わず歩を進める。男にむかって。だらしない体を揺らして、男が振り返った。その所為《せい》で、見るに堪えないほどに膨らんだ腹が視界に飛び込んできたことに苛立《いらだ》ち、僑燐は舌打ちをする。

「こんなところでなにしてんだ」

左手で妹を組み伏せたまま、男が問う。

「僑燐っ」

男の下で妹が叫ぶ。

「見張りはどうした」

妹の悲痛な叫びを無視して男が問いかける。僑燐は無言のまま二人にむかって歩みを進める。

この街の闇に巣食う盗賊の首領の塒《ねぐら》だった。幾重《いくえ》にも入り組んだ路地の最果てにある、堅気《かたぎ》の者なら死ぬまで立ち入ることのないあばら家だ。いくつもある塒のなかでも、ここはこの男がはじめての女を味わう時にだけ、使う場所だった。僑燐も一年前に連れて来られた。

「大丈夫かい、静火《せいか》」

妹の名を呼ぶ。

「動くんじゃねぇっ！」

逃げ出そうとした妹にむかって、男が右の拳を振り上げる。

「止めなっ！」

男を制する。振り上げた拳が、虚空で止まった。僑燐をにらむ男の目に、殺意の光が宿る。

「誰に言ってんだ」

「あんたに決まってんだろ」

恩人……なのか。僑燐にもわからない。この男に拾われたのは間違いない。親の顔も知らない僑燐に、飯を食わせ、着る物を与え、屋根を恵んだ。いま男の腹の下で怯《おび》えている静火も、奴《やつ》の拾い物のひとつである。

胸に手をやった。衣の下にある堅い物を握りしめる。紐《ひも》で首から下げたそれは、四角い鉄の箱だった。真《しん》族に生まれた者ならば、誰もが持っている。小匣《こばこ》。みなはそう呼んでいた。この世に生を享《う》けた真族は、目も開かぬ赤子のうちに小匣を与えられる。その匣には文字がひとつだけ刻まれていて、真族はその一字を天字《てんじ》と呼んで、生きる指針としていた。

盗。僑燐の小匣に刻まれた天字だ。

男が静火の腕をつかんで放り投げた。剛力に翻弄《はんろう》された妹は、一糸まとわぬ姿でよろよろと立ち上がると、後ずさりするようにして壁に背中を打ち付けた。小さな声を上げ、壁をすべるようにして座り込む。

「なにしてるのかわかってんだろうな」

太鼓腹を左右に揺らしながら、男が立ち上がった。枕元にも武具を置いている疑《うたぐ》り深《ぶか》い盗賊の長《おさ》は、女を手籠《てご》めにする時にも得物を放さない。全裸のまま立ち上がった男の右手には、すでに抜き放たれた刀が握られている。

真族の物ではなかった。太刀《たち》と呼ばれる、大陸の東の果てに住む一族、緋眼《ひがん》が使う得物だ。緋眼の製鉄技術は、真族のそれよりも卓抜している。緋眼が打つ刀は身が厚く、しなやかで堅く、恐ろしいほどの切れ味を持つ。そのため、真族の間でも緋眼の刀は珍重《ちんちょう》され、ちょっとやそっとの銭では購《あがな》えぬ代物であった。

「全部脱いでひざまずき、額《ひたい》を床に擦《こす》り付けて謝れば、今回だけは許してやる」

「下種《げす》が……」

不快なほど口の端を釣り上げた男が、首を傾《かし》げて笑う。

「死にてぇらしいな」

「うんざりなんだよ……」

そうつぶやいた僑燐を男が笑う。ここまで男が強気なのは、僑燐が得物をたずさえていないからだ。揺るぎない有利を確信して、男は悪辣《あくらつ》な笑《え》みを浮かべていた。

「愚かな男……」

汚らしい盗賊の頭目は、太い眉をぴくりと震わせ頬《ほお》を引きつらせた。

右手の人差し指を突き立てて、男の丸い鼻を指す。月明りに浮かぶ僑燐の透き通るような白い顔に、余裕の笑みが浮かんでいる。白く澄んだ肌を研ぎ澄ますように、血よりも濃い唇が妖しく開く。

「あんたに怯えて暮らすのは今日で終わりだ」

「歯向かうってのか」

「そう聞こえなかったのかい」

「生意気なこと言うようになったじゃねぇか」

刀の切っ先が僑燐へと向く。白い指先と銀色に輝く刃から放たれる両者の気迫が、虚空でぶつかり、あばら家に漂う空気を引き締める。

「清雷《しんらい》はどうした？」

僑燐の兄の名を男が口にする。三つ上の兄もまた、この男に拾われた。血の繫《つな》がりなどない。それでも、兄妹として生きてきた。

「あいつはなにも知らない」

「嘘《うそ》を吐《つ》け」

「あいつが知ってたら、私を一人で来させはしないよ」

「どこかに潜んでんだろ。だから、お前はそんだけ余裕でいられるんだ」

「いないって言ってんだろ」

男の目から余裕の色が消え、背筋が寒くなるほど冴《さ》え冴《ざ》えとした光を放ちはじめた。さすがは、百万人が暮らす顎港の街の闇を渡り歩く盗賊団の頭である。腹を決めた後の殺気は、常人であれば逃げ出すほどだ。

潮の匂いが濃くなる。死が間近に迫っていた。じきに誰かが死ぬ。

「こんな時に鼻歌たぁ、余裕じゃねぇか」

「あんたは知らなかったんだね」

「なにをだ?」

「私が仕事をする時は、いつもこの歌を口ずさんでるのをさ。ねぇ静火」

妹に視線をやると、つられるように男も震える静火を見た。二人の無言の問いかけに呼応するように、妹が僑燐の方を見ながら、こくこくと可愛《かわい》くとがった顎《あご》を上下させる。

そのときには僑燐は妹のうなずきを見ていない。刀をぶら下げた男だけが、静火の返答を凝視していた。小さな息の塊を丹田《たんでん》から吐き出し、一気に男との間合いを詰める。もちろん得物を持たぬまま。

胸が熱くなる。小匣が熱を放っていた。この匣には不思議な力が宿っていると、真族ならば誰もが信じている。大事な人と、小匣によって繫がっているという。真天山《しんてんざん》にある巨大な匣――源《げん》匣《こう》を介し、小匣同士が繫がるらしい。焼けるような熱さを感じながらも、僑燐にはその熱に構っていられるような余裕はなかった。

男が気づいた。刀を振り上げようとしている。仕留めることができるのは、この日だけ。用心深いこの男が手下たちから離れるのは、女を手籠めにするために、この小屋を使う夜だけだ。みずからもこの小屋に連れて来られた僑燐だからこそ知る秘事であった。

「拾ってやった恩を忘れやがってっ！」

切っ先が閃《ひらめ》く。目の前に迫った僑燐めがけ、男が刀を振り下ろそうとしている。甘い。刀は退《ひ》いて逃げると逆に危うい。踏み込んで間合いの裡《うち》に入るのだ。刃の裡に入ってしまえば、斬られることはない。腰を落とし踏み込む。刃を掻《か》い潜《くぐ》ると、男の露《あら》わになった下腹部が近づいてくる。男の舌打ちが聞こえたと思った刹那《せつな》、僑燐は鳩尾《みぞおち》に耐えがたい痛みを感じた。蹴られた。悟った時には、一度虚空で止まった刀が再び男の頭上に持ち上がり、万全の間合いを保ったまま僑燐へと迫る。思うように手足に力が入らない。

妹の悲痛な叫びが耳を貫く。静火は姉の死を直感している。

「大丈夫……」

ささやく。妹には聞こえていない。鳩尾から手足へと伝わる痛みをこらえて、僑燐は両足を踏ん張った。

脳天を切り裂かんと迫る白刃を、冷静に見上げる。頭に触れようとする枝を除《よ》けるような自然さで、右手を掲げた。その先に、刀を振り下ろす男の手首がある。つかんだと思った時には僑燐は体をひるがえし、男の胸にみずからの背中を付けた。左の掌を天に向け、そのまま肩の上にある男の顎へと突き上げる。顎の骨と頭の骨がぶつかる感触を十分に掌に感じながら、刀を振り下ろしていた力を利用するように、男を背負って投げた。背中を床にしたたかに叩《たた》きつけられ、男が僑燐の足元に転がる。

投げられても刀だけは手放さなかった。僑燐はすばやく右足を振り上げ、踵《かかと》を落とす。男の鼻に。二度。三度。四度。男の顔から血飛沫《ちしぶき》が舞う。五度目を振り下ろそうとした時、男の手が足首を摑《つか》んだ。

「舐《な》めやがって」

明瞭な口ぶりで男が言った。赤く染まった顔の、月明りに照らされた殺気に満ち満ちた瞳が、僑燐を捉えている。

男は疲れて力が入らない体を、足首だけで振り回す。上体を持ち上げる勢いを利用して、男が僑燐の足首を乱暴に振るった。右足を高々と上げた不格好な姿勢のまま、僑燐は立ち上がった男の前に転がされる。男が床に叩きつけるように刀を振るう。転がり避ける。立ち上がれるような隙はない。床を転がる僑燐を追い回すようにして、男が何度も刃を床に叩きつける。男が大股《おおまた》で歩く度に、朽ちかけた床がぎしぎしと鳴った。

「親に捨てられ骨と皮になっていたお前を拾ってやったのは誰だっ！」

お前だ。そう答えてやりたいが、猛烈に追い立てられているから、答えようもない。

「お前をいっぱしの盗人《ぬすびと》にしたのは誰だ！」

それもお前だ。だが望んでなどいなかった。盗みなどせずに生きていけるなら、盗人になどなりはしなかった。生きるためだ。食うためだ。誰かから奪わなければ、なにも得ることができなかった。僑燐は生きるために、男に従ったのだ。僑燐だけではない。部屋の隅で震えている静火も、兄同然に育った清雷も、他の二人の弟たちも、生きるために男に従うしかなかった。

「そんなに死にたきゃ死ねっ！」

死ぬ気はない。生きるために僑燐はここにいる。この男の享楽《きょうらく》のために奪い、虐《しいた》げられて生きる。そんな人生は今日で終わりだ。

刃が床を打つ。何度も。僑燐は逃げ続ける。脳裏に思い描いた軌道を、何度も何度も。頭に血が昇った男は気付いていない。逃げ回る僑燐を追うことだけに必死になっている。男は幾度も同じところを斬りつけているのだ。その度に、床を踏み鳴らしていた。あばら家の脆《もろ》い床を。

「お前を殺したら次は静火だっ！　お前の仲間は皆殺しだっ！」

砕けた。僑燐の目論見《もくろみ》通りに。踏み抜いた床の穴は広がり、男の足を飲み込んだ。刀を握りしめた男の右脚が、太腿《ふともも》の半ばまでが、床の下に消えていた。刀を握ったまま、男が穴の縁に両手を突いて這い上がろうとする。

僑燐は飛び上がった。宙を舞うその右足が、男の首にむかって振り抜かれた。つま先が喉仏《のどぼとけ》にめり込む。情けない声が、男の乾いた唇の隙間から漏れる。

喉を潰され動きを止めた男の右手を、着地とともに踏む。刀を奪う。もはや正常な言葉を発することすらできなくなっている男の首めがけて、僑燐は横薙《よこな》ぎに刃を振るった。悲鳴ひとつ吐くことなく男は逝った。

刀を床に投げ捨て、全裸のまま震える静火の許《もと》まで歩む。途中、投げ捨てられていた彼女の服を拾い、目の前にしゃがみ込んで渡してやる。

「終わったよ、なにもかも」

胸に抱いた衣を投げ捨てるようにして、妹が僑燐の首に手を回すようにして抱きついてきた。汗に濡れた背中を強く抱きしめてやる。

「大丈夫。もうあんたを泣かす奴はいないよ」

肩に顔を押し付けながら、妹が何度もうなずいている。その震える頭を優しく撫でた。

「僑燐っ！」

妹の泣き声を、荒々しい声がかき消した。静火を胸に抱いたまま、開け放たれたままの戸の方を見る。見慣れた巨体が、二人を見つめ立ち尽くしていた。

「清雷」

足元に落ちていた衣を静火に手渡しながら、僑燐は立ち上がって男を迎えた。

「なにがあった」

部屋の中央まで来た男が、首の無い盗賊の長を見下ろしながら聞いた。

「見ての通りさ」

「お前がやったのか」

「あぁ」

答えながら男の分厚い胸板を拳で叩く。清雷は二十一歳、兄妹同然に育った五人の仲間たちの長男であった。二番目に年嵩《としかさ》な僑燐は十八歳で、長女のような立場にいる。僑燐の二つ下の静火は次女、三人の下に二人の弟がいるが、その姿はここにはない。

「どうしてここがわかったの」

僑燐の問いに、清雷が胸に手をやった。小匣をつかんでいる。

「感じたのかい」

四角い顎を上下させて清雷がうなずく。

小匣には不思議な力がある。真天山に眠る源匣を介して小匣同士は繋がっていて、心が通えば親しい者の居場所を感じることができるというのだ。僑燐にはそんな経験はなかった。心が動いた時に、かすかに小匣が熱くなるような気がしたことは幾度かあったが、今宵《こよい》ほど熱を持ったことは一度もなかった。

「お前が呼んでいる。そう思った。匂い……いや、なんだかわからない。お前の気配のようなものを追っていたら、ここに辿《たど》り着《つ》いた」

神妙な面持ちで言った清雷は、骸を見下ろした。匣に刻まれた天字は、普通は他人には教えない。みずからの心の裡に留め、小匣自体も人には見せない。だが、親しき間柄にある場合は、互いに教えることもある。

清雷の天字は〝叛〟だ。なにかに叛《そむ》くという宿命を、兄は背負っている。

清雷は壁の方まで転がっていた男の首へと近づき、しゃがんで拾った。両手で顔を挟み込むようにして持ち、死に顔を見つめる。

「父はやりすぎた。我等を駒としか見ず、みずからの欲ばかりを追い求め続けた。お前が殺《や》らずとも、誰かに殺されていただろう」

「父なんて呼び方、もう止めなよ」

寂しげに首を見つめる兄に背を向けながら、僑燐はつぶやいた。

「俺にとってはこの男はいつまでも父だ。この男がいなければ、俺はこの街の片隅で野垂れ死んでいた。この男は俺に生きる術を授けてくれた。ここまで大きくしてくれた。憎らしい、殺してやると幾度も思ったが、こうして首になってしまえば、貰《もら》った恩だけが残る」

そういう男なのだ、清雷は。実直な兄の言葉に笑みを浮かべ、僑燐は振り返り、丸まった大きな背中に手を添えた。

「これから、どうしようか」

長を殺したのだ。ただでは済まない。

「大丈夫だ」

首を床に置き、手を合わせ、清雷は立ち上がって僑燐を見下ろした。

「かねてから謀反《むほん》の企《たくら》みを、仲間たちと育んでいた。想いを同じくする仲間は手下の半数に及んでいる」

「嘘……」

まるで知らなかった。

「黄臥《おうが》の策だ」

僑燐の三つ下、次男である。腕っぷしの強い長兄とは違い、黄臥は頭がよく回る。

「お前は血の気が多いから、企みを知れば先走る。機が熟してから報《しら》せても遅くはないと言って、俺に口留めしていたんだ」

「先走っちまった」

言いながら首を見る。

「妹のためだろ」

清雷が静火に目をむける。衣をまとった妹が兄と姉の間に立った。二人を交互に見遣《みや》る静火を見つめ、兄は鼻から息を吐きながら口を開いた。

「殺っちまったもんは仕方が無い」

清雷が半数を手懐《てなず》けているとはいえ、残りの者たちにとって、僑燐は長を殺した仇《かたき》なのである。黙っているはずがない。

「ったく……」

これみよがしのため息とともに、分厚い掌が僑燐の頭に乗った。自慢の剛力で、長女の頭をぐりぐりと撫で回す。僑燐はされるがままに任せ、兄の言葉を待った。

「なにを言ったって、目の前の現実を覆すことはできん。血の気の多い妹のせいで、腰を上げるのが早まっただけのことだ」

「黄臥は文句を言うだろうね」

「いや、あいつは綿密に計画を立ててたんだ。お前のためにな」

「私のために」

「あいつは俺達の頭になるのは、お前しかいないと言っていた」

「なんで……。頭はあんただろ、清雷」

「黄臥は人をよく見ている」

清雷が首の無い骸の前にしゃがんで、どす黒い傷口を見つめながら口を開く。

「俺は人を束ねる器ではない。誰かの下で腕を振るう。そのほうが俺の性に合っている」

清雷が再び己の胸に手をやった。彼がみずからの天字に逆らおうとしていることも、僑燐は知っている。天字はあくまでみずからに定められた一字だ。従うことも、逆らうこともできる。真族にとって、天字は祝福であり、呪詛《じゅそ》でもあった。清雷はみずからの天字を、呪詛だと捉えている。叛くことを運命付けられた己の業に逆らうことが、清雷という男の気性には一番ふさわしい生き方であると、僑燐も思う。だからこそ、誰かの上に立つという道を選ばない兄の性も理解できる。

「お前は、人の上に立つ器だ。僑燐」

肩越しに見上げる兄の瞳には、揺るぎない意志が宿っていた。兄が〝叛〟というみずからの宿業に逆らい生きようとしているのならば、己は天字とどうむき合うべきなのか。〝盗〟という一字の意味はなんだ。真天山に宿る源匣は、己になにを盗ませようとしているのか。

「まぁ、お前がなんと言おうと、俺たちは、お前を旗頭にする」

「勝手なことを……」

「お前ひとりじゃねぇ。もちろん俺達兄妹はなにがあってもお前の味方だ。それだけじゃねぇ。

手下の半数もお前にはいる。素直に俺の言うことに従え」

静火が兄の背から僑燐を見つめ、力強くうなずいた。静火の天字は〝僑〟だ。身を寄せる、という意味。奇《く》しくも僑燐の名の一字であった。姉さんに身を寄せて、姉さんの力になるために私は生まれたんだと、妹は汚れの無い瞳で言ってくれている。

「僑燐党……。良い名じゃねぇか」

「そんな」

「もう否とは言わせねぇぞ」

言いながら迫ってきた掌を、僑燐は素直に頭で迎えた。


「殺せ」

あばた面の大柄な男のつぶやきに、下卑た笑いが続く。手足を縛られ猿轡《さるぐつわ》をされた十数人の男女が、男の言葉を耳にすると同時に、激しく震えだす。言葉にならない声を吐き、泣きだす女どもを、男が憎しみを滲ませた目で見下す。

「うるせぇなぁ」

面倒臭そうに吐き捨て、背後に並ぶ手下たちを睥睨《へいげい》した男が、頭をぼりぼりと掻《か》く。

「大した金もねぇくせに、店構えだけは一人前だから騙《だま》されちまったじゃねぇか。くそったれが」

男の手下が持つ手燭《てしょく》だけが、室内を照らす。その微《かす》かな明かりが浮かび上がらせた男の顔に、悪辣《あくらつ》な笑みが貼りついている。

「お前等なんか生きてる価値もねぇ。死んじまえ」

猿轡をされた女たちがいっそう甲高い悲鳴を上げた。

手下に目配せする。それを合図と受け取った手下の一人が、腰の小刀を鞘《さや》から引き抜いた。

「やっぱり殺すんだなぁ、崇舜《すうしゅん》」

部屋の隅にくぐもる闇から、声が聞こえた。

「誰だ」

男が身構える。声がした方をにらむ男の視線の先で、闇がゆっくりと像を結んでゆく。細身の男だった。強張《こわば》った笑みで頬を歪《ゆが》めたその男が、じんわりと灯火《ともしび》の明かりへと歩み寄る。

「聞英《ぶんえい》……」

闇から現れた者の名を、男が呼んだ。

「どうしてお前が」

「なにしてんだよ、崇舜。殺さず、貧しい者から奪わず。それがうちの掟《おきて》だろぉよぉ」

ねばついた声で聞英が言うと、手下たちが左右に割れた。あばた面の崇舜よりも、間違いなくひ弱な聞英を、手下たちが恐れている。それよりも不思議なのは、崇舜を筆頭に手下たちはいずれも壮年に達しようという年ごろであるくせに、まだ少年というほどの年恰好《としかっこう》である聞英を恐れているのだ。

「あぁ……。こんなことしちゃって、可哀《かわい》そうに」

縛られ、ひとところに集められているこの店の者たちを見下ろしながら、聞英がつぶやく。

「すぐに助けてやるから許してねぇ」

涙で顔をぐしゃぐしゃに濡らした女の頭に掌を置きながら聞英が優しく告げる。だが、頭に触れられた女は、喉を潰すかのごとき大きな悲鳴で応えた。悲しそうに眉尻を下げながらそれを聞いた聞英が、崇舜をにらむ。

「こんなに怖がらせちゃって、どうすんだよ」

「お前一人でどうするつもりだ。こいつ等を助けるつもりか」

崇舜が鼻で笑う。その強気な態度に、それまで恐れで身を硬くしていた手下たちの肩が下がる。

「お前一人でなにができるってんだ。ここまで忍んで来たんだろうが、それまでだ。お前一人じゃ、なにもできないただの木っ端《こば》だ」

「言うじゃないか」

崇舜の背後から今度は若い女の声がした。目を大きく見開いた崇舜が、振り返ろうと身をひるがえす。

「動くんじゃないよ」

冷たい声を耳にした崇舜が、体を半分ほど女にむけたところで固まった。突き出した顎の下、喉仏《のどぼとけ》の辺りに刃が当てられている。

手下たちが崇舜のむこうに、少女の姿を捉えた。屈強な体軀《たいく》に隠れるような細い体で、崇舜を制している。

「お前もいたのか、静火」

刃を突きつけられた喉仏を大きく上下させながら、崇舜が背後に立つ少女の名を呼んだ。

「あんたの非道な行い、姉さんは全部知ってるよ」

「だから、なんだってんだ」

「裏切るつもりかい」

「はっ！」

鼻で笑いながら、崇舜が己の喉に伸びる細い腕を握った。その勢いのまま、くるりと体を回し、静火の体を背に負うような形になって、床に叩きつける。

「静火っ」

叫んだ聞英に手下たちが襲い掛かる。

膝を押し付け制しようとした崇舜の動きを悟って、静火が跳ねるように飛び上がって避けた。そのまま立ち上がり、聞英に飛び掛かろうとしている手下たちの一人に蹴りを放つ。抜き放たれた刃の群れを掻い潜るようにして、聞英が静火の背後に回り込む。

「ありがとう姉貴」

「さっさと刀を抜きなよ」

「はいはい」

笑いながら聞英が腰の刀に手をやる。

「逃がすなっ！　店の者もこいつ等も殺しちまえっ！」

「そういきり立つなって」

また新たな声が縛られた者たちの側で聞こえた。

「黄臥……。手前《てめ》ぇ……」

うなった崇舜の目が捉えていたのは、いつの間にか拘束を解かれ、部屋の隅へと逃げようとしている店の者たちの背中だった。聞英と静火に気を取られている間に、黄臥が店の者たちの縄を解いたのだ。

「一人も逃がすなっ！」

店の外へと出ようとしている者たちを指さし、崇舜が怒鳴る。静火と聞英を斬ろうと息まいていた手下たちが、新たな命令に戸惑うように刀を止めた。

その時、閂《かんぬき》が掛けられていたはずの店の扉が、凄《すさ》まじい音とともに外側から弾《はじ》けるようにして開いた。

月明りを背にして大男が立っている。

「し、清雷……」

つぶやいた崇舜が肩をぶるりと震わせた。破られた扉の前に立つ大男の脇を、店の者たちが悲鳴を上げながら逃げ去ってゆく。彼等を追おうとしていた手下たちが、扉の前に立ちふさがる大男の前で立ち止まる。

「なにしてんだ」

男たちより頭一つ飛び抜けた大男が、みずからのまわりに群れる手下どもを見ることなく、店の奥の崇舜に問う。四人のなかで一番年嵩である清雷でさえ、崇舜よりもひとまわりもふたまわりも年下に見える。それほど年の離れた四人に、十数人の男たちが震えていた。

「殺れよっ！　殺らねぇと、お前たちの命は無《ね》ぇぞっ！」

黄臥が嬉々《きき》として叫んだ。まるで仲間であるかのように、敵であるはずの男たちの尻を叩いている。

「余計なことを言うな」

重い口調で弟を制した清雷が、崇舜の手下たちをにらむ。

「だが、弟の言ったことは嘘ではない。俺はお前たちを許すつもりはない。掟を破った者には罰を受けてもらう」

すなわち死だ。

「行けっ！」

崇舜が叫ぶ。それを合図にしたように、男たちがいっせいに清雷目掛けて走りだした。男たちはそれぞれに得物を握りしめているが、清雷は何も持たない左右の掌をぶらりと垂らし、男たちを待ち受けている。

「ひゃぁぁぁぁっ！」

悲鳴じみた気合いとともに、先頭を走る男が刃を振り上げ清雷に襲い掛かる。頭が弾けたように、男が吹き飛ぶ。一瞬、男たちは何が起こったのかわからなかった。いつの間にか清雷が拳を握りしめている。殴ったのだと気付いた時には、二人目が弾け飛んでいた。殴り飛ばされた男たちは、仰向《あおむ》けになったまま、痛みに苦しむこともなく、絶命している。みっつ、よっつ、いつつ、むっつ。次々と男たちが吹き飛んで店内に戻って来る。

「糞ったれっ……」

つぶやいた崇舜が裏口を目指さんと、清雷たちに背をむけた。

「手下を放って逃げるのかい」

振り返った崇舜の前に、女が立っていた。

「僑……」

そこまで言った崇舜の体が、ひらりと宙に舞う。脳天から床に打ち付けられた盗賊の頭が、白目を剝《む》き泡を吹いて動かなくなった。同時に、最後の手下が清雷の拳を受けて息絶えた。

「もっと早く出てきてくれよぉ」

涙声で聞英が僑燐に毒づく。

「お前ぇは餌《えさ》だ。餌。敵を油断させるためにゃ、お前ぇは丁度良いんだよ」

言いながら黄臥がへらへらと笑い、聞英の尻を蹴る。

「やめろよぉ」

「弟をいじめるんじゃないよ」

静火が眉間に皺《しわ》を寄せて叱るのを、黄臥が舌を出して聞き流す。

「そいつはどうするんだ」

十数人を殴り殺したとは思えぬほど平然とした口調で言った清雷が、泡を吹いて気絶している崇舜の前に立った。

「塒に連れてゆく」

清雷の隣で僑燐が言った。

「僑燐党のみなさんっ！」

そのとき、店の外から声がした。僑燐たちがいっせいに振り返ると、店の外に人垣ができていた。騒ぎを聞きつけたこのあたりの住人たちである。

「顎港兵が来ますっ！　早く逃げてくださいっ！」

無言のままうなずいた僑燐は、清雷に目配せをした。意図を悟った長兄が、泡を吹いたままの崇舜を肩に担ぐ。

「逃げるぜぇ」

聞英が人垣のほうへと駆け出す。無言で静火が続く。

「顎港兵に捕まったら、ただじゃ済まないよぉ」

「それが嫌ならさっさと走れ」

泣き言を吐く末弟の背中を叩いて、清雷が店を出る。

「ありがとう」

店の外に集まった顎港の民に礼を告げ、僑燐は月明かりの中を駆けた。

殺さない。貧者からは奪わない。常に弱者の味方となる。僑燐は三つの掟を定めた。この三カ条は、僑燐の目が黒いうちはなにがあっても揺るがしてはならぬと、手下たちに厳命することから、僑燐党は始まった。

「さぁ着いたぞ」

窓ひとつない漆喰《しっくい》の壁で四角く区切られた小部屋の中央に、清雷が一人の男を投げ捨てた。両手を縛られ口に猿轡を噛まされた三十がらみの男が、転がされたまま僑燐を見上げている。僑燐の左右には静火と黄臥の姿があった。末弟の聞英は部屋の隅で震えている。聞英は十二になった。七つ上の僑燐は、十九である。あの掃《は》き溜《だ》めのどん詰まりで親代わりだった男を殺してから、一年が経《た》とうとしていた。

「やっと尻尾を摑んだぜ、崇舜」

姉の隣から一歩進んで部屋の中央にひざまずいた男へと近付きながら、黄臥がその名を呼んだ。小柄な次男は崇舜を見下ろしているのだが、その交錯する視線はあとわずかで対等の位置というところである。黄臥が小さく、崇舜が大柄なのだ。崇舜は僑燐党のなかでも、腕っぷしでは清雷の次に強い。

「裏で象限《しょうげん》と繋がっていやがった」

象限は盗賊団の副頭目で、清雷の謀反の企てに加担しなかった者のなかで一番の実力者だ。

「一年前から。いや、俺達の謀反に賛同した時から、象限の駒だったたってわけだ」

言った黄臥が、崇舜の分厚い胸板に足で触れた。小柄な次男は足の裏で崇舜を押さえつける。屈強な裏切り者はそれを、小動《こゆるぎ》もせず平然と受け止めていた。見開かれた目は血走り、黄臥をにらんでいる。立ち上がって抵抗しないのは、背後に清雷が立っているからだ。

「やっと尻尾を摑んだんだ。全部吐いてもらうぜ」

言って黄臥は笑う。十六とは思えぬ悪辣な笑い声が部屋に響く。足は胸に置いたまま、己よりふたまわりほども大きな顔の崇舜へと鼻先を近づけ、黄臥がささやく。

「それだけじゃねぇ。お前、押し入った家でも殺してただろ」

殺さない。僑燐党第一の掟であった。

「掟を破れば死罪。わかってて、殺してたんだろ。お前だけじゃねぇ。お前の手下たちも、みなそうだ」

目の前の男には五十人の手下がいる。そのすべてが裏切っていたと、黄臥は暗に言っているのだ。

「なにか言いたいことはあるか」

崇舜は血走った目で黄臥をにらみ続けている。明らかな蔑みの笑い声をひとつ吐いて、黄臥が足を胸から離して、手を裏切り者の頭の後ろに回し、猿轡を解いた。

「舌を嚙んで死ぬような真似《まね》はしねぇよな」

ささやき、黄臥が崇舜から離れる。殺気に満ちた視線から逃れるように、軽やかに身をひるがえした弟は、姉の隣に静かに戻った。

「崇舜」

僑燐は裏切り者の名を呼んだ。後ろ手に縛られたままの崇舜は、答えずに僑燐党の長を見上げた。

「あんたが象限と繋がっていたと弟は言うんだが、本当なのかい」

象限は、死んだ長の意志を誰よりも純粋に継いでいた。犯す、殺す、焼く。なんでもあり。富者も貧者も関係ない。狙いを定めれば、すべてを奪いつくすまで止めない。

僑燐は己を拾った父のやり方が、どうしても許せなかった。父の元にいた頃、泣き叫びながら命乞いをする者たちを、何度も殺した。そうしなければ、後で父から咎《とが》めを受けるからだ。仕方がなかった。

顎港という商いと銭に支配された街には、戦いに敗れた負け犬たちが毎日のように生まれる。その負け犬たちが捨てた子供たちを、長のような咎人《とがにん》が拾うのだ。体《てい》の良い道具に育て上げるために。僑燐もその一人だった。奪うこと、殺すこと、それは生きることと同義だった。父に認められなければ、その日の飯にもありつけない。父に逆らって部屋の隅で細く冷たく硬くなってゆく子どもを、何人も見送った。死なぬために、父の言いつけを護《まも》り、僑燐は何度も刃を振り下ろした。仕方がなかったなどという言い訳で、許されるなどとは思っていない。父母を目の前で殺され心が壊れてしまった娘を突き殺したこともある。

みずからが長になったのだ。父のような真似を許しておくつもりはなかった。少なくとも、自分の手下だけは、強者に牙を剝く誇りをもった咎人の群れであってほしかった。

「なぁ崇舜」

巌《いわお》のごとき巨体に歩み寄る。膝を折り、崇舜に視線を合わせた。

「象限と繋がってたのを咎める気はない。あんたたちは掟を破ったのかい」

「破ったらどうなんだ」

「許しちゃおけない」

血のにじんだ唇をいびつな形に吊《つ》り上《あ》げて、崇舜が僑燐を見上げる。

「奪って殺して何が悪い。生かしておけば、顎港兵にしゃべっちまうだろうが」

真族の街の中で、顎港だけが自治を許されている。激しい潮の流れで外海と隔絶されたこの大陸において、唯一外海へと出ることのできる海流を有する顎港は、王朝にとって特別な存在であった。

都に住まう帝の支配を受けず、豪商などのなかから選ばれた者たちの合議によって、この街の運営はなされている。そして、その代表者たちの支配下に置かれる形で、街の治安を守っているのが、顎港兵と呼ばれる兵団であった。帝の認可の元の自治である。当然、街の外部との対立など存在しない。兵と言いながら、他国との戦に臨むことはない。兵とは呼ばれているが、その実態は、街の治安を守るための機関であった。

「しゃべられたらどうなるってんだい」

「俺だけじゃねぇ。頭であるお前だって、縄目を受けちまうことになるだろうが。そうなったら、生きて戻っちゃこれねぇぞ」

銭が支配する街。それが顎港である。欲によって支えられている街では、盗みは殺しに匹敵する罪であった。たとえ果物ひとつを盗んだとしても、盗んだ相手が悪ければ死罪になり得る。

「その時はその時さ」

「そんな悠長なこと言って……」

「崇舜」

腹の底に溜めた気を吐くようにして名を呼び、抗弁を断ち切る。

「私は強い者、富める者からしか盗まない。だからこそ、こうして生きていられる。それがわからないのかい」

この街の上層に生きる者たちの多くは、平然と貧者を虐げ罪を犯している。卑怯《ひきょう》な真似や弱者を踏みにじるようなことをやってのけられなければ、生き馬の目を抜く商いの世界では生きてなどいけない。この街は、大陸で唯一外海に開かれている。この大陸にはない万物が、この港にだけもたらされるのだ。故に、莫大《ばくだい》な富が生まれる。その甘い汁に、大陸じゅうから人が集まるのだ。生半《なまなか》なやり方で他者に抽《ぬき》んでることなどできない街なのである。だからこそ、強者や富者を狙うのだ。しかも、人知れず罪を犯し、利をむさぼる者たちだけを選んで盗む。

「奴等は決して私たちを訴え出ることはない」

訴えれば、みずからの罪も明るみになる。

「弱き者、貧しき者から盗むから、生かすことを恐れる。あんたの弱い心が、命乞いする者に刃をむけるような真似をさせるんだ」

「わかっちゃいねぇ」

「わかってないのはあんたの方だろ」

「俺を殺したら象限が許しゃあしねぇ。いや、象限だけじゃねぇ……」

崇舜が目を血走らせる。

「僑燐、お前はなんにもわかっちゃいねぇ。象限は……、いや、先代の時から、うちの頭目は童《どう》鸞《らん》に銭を上納しているんだぜ」

「童鸞だと」

僑燐の背後で清雷がうめく。

童鸞は十人の賢人で構成される十席会議の構成員だ。顎港の政《まつりごと》の中枢を担う男である。表の顔は、穀類の商いからのし上がった豪商であるが、裏ではかなりあくどいことをしているという噂《うわさ》が実《まこと》しやかに囁かれていた。

「童鸞こそが、この街の真の支配者だ」

「顎港には支配者なんかいない」

十席会議が最高決議機関である。その十席会議で議決された法令であっても、下部組織である、港の百人の代表者からなる賢人会において三分の一の賛同を得なければ、民に布達されることはない。

「お前はいつも奇麗事ばかりだ」

吐き捨てるように言った崇舜の目に、あざけりの色が浮かぶ。

「いるんだよ。十席会議の奴等は、童鸞を恐れている。童鸞の顔色を見ながら議決はなされる。賢人会も賛同規定数以上の代表者が、童鸞の手下だ。童鸞の思うままに、すべての政は行われる。

それが顎港という街だ。象限に逆らえば、童鸞の怒りを買うことになる。お前たちなんか、一夜で皆殺しだ」

「悲しいよ、崇舜」

うつむき、僑燐は歌う。

「あんたとは分かり合えないようだね」

「お前も少しは器用になれ、僑燐」

僑燐は崇舜の熱い頭の後ろに左腕を回し、引き寄せるようにして思いきり抱きしめた。右手に持った小刀が、崇舜の腹に納まる。

「ば、馬鹿やろ……」

「野郎じゃないのさ、生憎《あいにく》」

耳元でささやき、腹の中の刃で腸を切り裂く。小刻みに痙攣《けいれん》する崇舜を抱きしめたままの僑燐を、兄妹たちは黙ったまま見守っている。

刃を腹に突き入れたまま、僑燐は歌う。いつ覚えたのかわからない歌。誰が歌っていたのかすら知らない歌。力の失《う》せた息をひとつ吐いて、男が動かなくなった。汗と血の混ざった男の命の匂いを嗅ぎながら、死してなお熱い体をゆっくりと引きはがしてゆく。

「やっちまったな」

立ち上がった僑燐の背に兄の声が触れる。

「どうすんだよぉ……」

聞英が呻《うめ》いた。姉の足元に転がっている骸を指さしながら言い募る。

「こいつが言ってたことが本当なら、象限の後ろには童鸞がいるんだぞぉ。この街自体を敵に回したようなもんだろぉ……」

僑燐の目の前まで来た弟が涙ぐんでいる。そんな弟の脇に静火が立ち、うなだれる肩に触れる。

「僑燐の決断は私達の総意なんだ。童鸞が敵だろうと、私たちは戦うだけさ」

「姉貴の言う通りだ」

二人の背後に立つ黄臥が、口元に笑みを浮かべながらつぶやく。黄臥は、崇舜を殺したことを喜んでいるようだった。

「で、でもよぉ……」

僑燐の脇からのそりと這い出した清雷が、聞英の前に立つ。

「死ぬ時は死ぬ。俺たちは五人で生きると決めたんだ。僑燐が童鸞に反目すると決めたんだ。やるしかねぇだろ」

「どうやったら勝てるってんだ。勝ち筋なんて見えねぇよ。敗《ま》ければどうなるかはわかるぜ。皆殺しだ。兄妹全員死んじまうんだ……」

童鸞は顎港を牛耳っている男だ。それを敵に回すということは、闇に生きる者だけを相手にすれば良いというわけではない。下手をすれば顎港兵までもが僑燐党の敵に回る。こちらはどれだけ集めても二百あまり。敵の数は計り知れない。聞英の言う通り、童鸞に勝利する未来よりも、皆殺しになるという未来を思い描くことのほうが容易《たやす》かった。

「死にたくなけりゃ逃げてもいいんだよ、聞英」

清雷の隣に立ち、僑燐が穏やかに語り掛ける。

「静火を助けた時も、僑燐党の掟を決める時も、そして今も……。私は勝手につっ走ってしまう。いつもいつも、あんたたちに迷惑をかけてばかりだ。私に付いて来てくれることには感謝している。でも無理強いはしない。逃げたければ逃げていいんだ。あんたたちに裏切られても、私はなにも言わない」

「ずりぃよ姉貴はぁ……」

伸びた毛髪を後ろで乱暴に束ねただけの頭に両の指を突き入れて、がりがりと掻く。弟の頭から白い粉が舞う。

「汚い」

静火が恨めしそうに弟をにらむ。それでも聞英は頭を掻くのを止めない。この弟の思い悩んだ時の癖だった。

「死にたくねぇ。死にたくねぇよぉ……。それは兄貴たちだって同じだろぉ」

清雷をにらみつけながら聞英が問う。四角い顎を緩やかに上下させて答えた清雷が、聞英の前に立った。

「僑燐が定めた掟は僑燐だけのものじゃない。俺達兄妹のもんだ。弱い者を殺して奪う父のやり方が、俺は吐き気がするほど嫌だった。お前たちもそうだろ」

静火と黄臥がうなずきで応える。頭を抱え口を尖《とが》らせる末弟が最後にうなずいた。

「この街は強くなけりゃ生きていけない。俺たちは弱くて敗けた親に捨てられたんだ。弱い奴は奪われて終わり。そんなことがまかり通っているから、俺たちのような餓鬼が毎日のように生まれている。牙を剝くなら強い者に剝く。それが当たり前の街になれば、すこしはましな世の中になるんじゃないのか」


「ずいぶんでかいこと言うじゃねぇか、兄貴」

黄臥が組んでいた腕を開いて、けたけたと笑う。

「あんた今、僑燐党でこの街を変えるって言ったも同然だぜ」

否定せずに清雷が鼻を鳴らした。

「二百そこそこだぜ、俺達」

「曲がらない志《こころざし》がある二百人だ。長い物に巻かれるだけの烏合《うごう》の衆が何人かかって来ようと敗けやしない」

「馬鹿だ……筋肉馬鹿……」

吐き捨てるように末弟の聞英が言って頭から手を放した。それから首を何度も上下に振り、怯えた視線を僑燐に向ける。

「でも、清雷の兄貴が言うと、そんな気になっちまうから不思議だ。わかったよ姉貴。俺、逃げねえよぉ」

微笑《ほほえ》みとともにうなずいた僑燐の背中を、清雷の分厚い掌が叩く。

「お前がしっかりしてくれないと、勝てる戦も勝てなくなる。頼んだぞ頭」

振り返った僑燐の拳が兄の鳩尾を突いた。急所をしたたかに打たれ悶絶《もんぜつ》する長兄の姿を見ながら、弟妹たちは大声で笑う。穏やかな雰囲気に取り残された骸だけが、迫りくる死の影をはらみながら冷めきっていた。

舐めていたわけではない。だが、これほどまでに苛烈な追及を受けるとは、正直思ってもみなかった。

崇舜を裏切り者と断じ、処刑したあくる日から、象限の手下たちによる僑燐党に対する攻撃は始まった。昼も夜も関係ない。顎港に点在する手下たちの塒が虱潰《しらみつぶ》しに攻撃を受けていった。

武器を携え、塒を奇襲する象限の手下たちに容赦はない。戦う支度すら整えていない僑燐党の仲間たちが、問答無用で命を奪われていった。首を刎《は》ねられ、腹を裂かれ、時には連れ去られて拷問を受けた末に、性別の判別すら付きがたいほどの無残な骸となって、新たな襲撃対象となる塒に投げ込まれる。崇舜の死から五日が経過した時点で、僑燐党は半数に迫る死者を出していた。悪党どもが昼日中の街で、物騒な得物を振り回しながら闊歩《かっぽ》し、敵の塒を襲って血祭りに上げているのだ。抗争に関係のない者に被害が及ぶことも考えられる事態である。

なのに、顎港兵がまったく動かない。まるで象限に与《くみ》しているかのように、襲撃が終わった後に塒に姿を見せ、死者の確認だけをしてすぐに立ち去るのだ。下手人《げしゅにん》の捕縛など、はなから考えていないかのごとくに、血塗《ちまみ》れの現場をそのままにして、そそくさと帰ってゆくのである。

童鸞だ。崇舜が言ったことは事実だったのである。象限の背後には童鸞がいるのだ。象限に歯向かった僑燐党を根絶やしにするために、童鶯は象限の横暴を見て見ぬふりをしているのである。顎港という街を、僑燐は本当に敵に回したのだ。

「どうすんだよぉ……。このままじゃここが敵に知れるのも時間の問題だよぉ」

机の上に肘《ひじ》を突き、頭を抱えながら聞英が震えている。幸いといってよいのかわからないが、僑燐たち五人の兄妹は象限の最初の襲撃からなんとか逃れていた。塒として一度も使っていなかった、かつて僑燐党が存続に力を貸した飯屋の二階にかくまってもらっている。この店の主人は、象限の手下たちから立ち退きを要求されていたのだが、同様に立ち退きを要求されていた近隣の商店たちをも束ね僑燐党が後押しをする形で、象限の魔手を退けた。その甲斐《かい》もあって、この近隣の商店は軒並み僑燐党の味方である。なかでもこの飯屋の主人は義理堅く、若い頃は相当暴れまわっていたらしく、たとえ殺されたとしても、僑燐たちを売ることはないと平然と言ってのけるような男であった。その気性を見込んで、僑燐は男の店に身を寄せた。悪党の抗争に関係のない者を巻き込むのはできるならば避けたかったのだが、あまりにも象限の攻勢が急であったので、止むに止まれぬ窮余《きゅうよ》の策であった。

「残るべき者は残ってる」

弟の泣き言に、壁に背をもたせかけて腕を組む清雷が答えた。この五日間、清雷は象限の奇襲を知ると、顎港兵よりも早く現地に駆けつけ、立ち去る前の象限の手下と幾度も刃を交えていた。清雷や血気盛んな手下たちのおかげもあって、百あまりの仲間の死と同時に、相手にも同数かそれ以上の損害を与えている。場合によっては襲撃に加担した象限の手下を皆殺しにした現場もあった。この五日間、清雷は顎港じゅうを駆けまわっている。睡眠も満足に取っていないせいで、目の下はどす黒く、頬にも濃い影がうかんでいた。

「でも、もう半分も死んでるんだぜぇ。相手は象限だけじゃないんだろ。このままじゃ、数の波に飲まれちまうよぉ」

聞英の言う通りだった。殺した敵のなかに、象限の手下ではない者も大勢紛《まぎ》れ込んでいることを、清雷たちが確かめている。象限一派と敵対していたはずの俠客《きょうかく》集団の者までが、僑燐党に対する襲撃に加担して命を落としていた。童鸞という男の隠然たる力を、僑燐たちはまざまざと見せつけられていた。

「このままじっとしていたら、じりじりと数を減らされて終わりだぜぇ」

「だからといって、ここを飛び出して象限を殺しに行くってのか。もし、それが出来たとしても、おそらくこの戦は終わらねぇぞ」

弟の弱音を、黄臥の冷静な声がたしなめる。童鸞が背後にいるのは確定している。象限は駒の一つに過ぎない。象限が死んでも、童鸞が追及の手を休めることはないだろう。

「象限を殺しても終わらないことくらい、俺にもわかってるよぉ」

聞英が頭を抱える。

「私たちには私たちの戦い方がある」

姉のつぶやきに、兄妹がいっせいに部屋の隅を見た。虚空をにらんだままの僑燐は、皆の視線を受けながら、五日間ずっと考えていたことを淡々と口にする。

「盗むんだ」

「なにを」

黄臥の冷淡な相槌《あいづち》に応える。

「米さ」

「米？　敵の兵糧を盗んだところで、どうにもならねぇよ。象限の背後には童鸞がいるんだぜ。飯なんかいくらでも補充される」

「違う」

怒りを滲ませた弟の反論を僑燐はさえぎって、ゆらりと立ち上がった。四人の兄妹をしずかに見渡す。どの顔にも可哀そうなくらいに疲れが滲んでいる。私の所為だ。僑燐は胸の小匣を握りしめ、目を閉じる。みずからの情動のおもむくままに道を選び、兄妹たちに追随を強いた。その結果、皆を苦しめ、死の淵《ふち》に追いやろうとしている。救ってやらねばならない。みずからの手で。

「奪うんだよ。顎港の米を、腹を空《す》かせてる人たちに分け与えてやるんだ」

「正気か、僑燐」

腕を組んで問う清雷の太い腕に、みずからの指が食い込んでいる。僑燐は口を真一文字に結んだまま、力強くうなずいた。

「顎港の米はすべて、童鸞の店に集められる」

「私たちの敵は誰だい」

「おいおい、本気かよ」

兄と姉のやり取りに割って入った黄臥が、大声で笑いながら天を仰いだ。そうしてひとしきり笑ってから、僑燐を指さし静火や聞英に顔をむける。

「この姉貴は敵の大将を狙うつもりだぜ。童鸞の米蔵から米を盗み出すんだとよ。面白過ぎるだろ、なぁ」

静火が息を呑《の》みながら、細い眉をへの字にして姉を見る。

「ついにとち狂っちまったのかよ、姉貴ぃ」

座ったまま姉を見上げる聞英は、今にも泣きそうである。

「それが一番手っ取り早いだろ」

平然と言ってのけた姉に、兄妹たちが言葉を失っている。長兄が呆《あき》れながら笑った。

「どうせ人間一度は死ぬんだ。このまま黙って殺されるか、勝負をかけるか。お前たちはどっちにするんだ」

黄臥が悪辣な笑みを浮かべながら、兄に詰め寄る。

「おいおい、清雷の兄貴。あんたまでとち狂っちまったのかよ」

「俺は正気だ。多分こいつもな」

突き立てた親指でさされた僑燐は、うなずきで応えた。静火を救うために父同然の男を殺した時から、僑燐はずっと覚めている。裏切り者がいようと、強大な相手を敵に回すことになろうとも、熱に浮かされることも、心を震わせることもない。清雷の言う通りだ。どうせ人間一度は死ぬ。平穏無事に生きていたとしても、明日自分が死なぬとは誰も断言できぬのだ。生と死は、常に隣り合わせなのだ。僑燐は揺るがない。浮かれもしない。童鸞の米蔵から米を盗むことが、死から一番遠ざかる道だと信じている。

「顎港にある童鸞の主な米蔵は五つ。私たちそれぞれが、ひとつずつやるよ」

「嘘だろ……」

「手下は二十人一組。それを五つ」

それ以上はもういない。

「僑燐党総出でやる」

「そんだけの人数じゃ、到底奪いきれねぇぞ」

「奪えなかった分は燃やす」

黄臥の反論に、僑燐は毅然《きぜん》と答える。僑燐党の長としての姉の言葉に、静火が静かに息を吸った。それから長い睫毛《まつげ》を揺らして、姉に視線を送る。

「童鸞の米は顎港の食料を支えているんだよ。民を餓《う》えさせはしない。燃やしてしまったら、飢饉《ききん》に……」

「奪った米は民に配るんだ。民を餓えさせはしない。富者どもは金がある。食い物が足りなくなったとしても、金でなんとでもするはずさ」

清雷が目を輝かせ、己が小匣に手をやる。

「民を味方に付けて僑燐党の名を天下に知らしめ、童鸞が手を出せぬようにするんだな」

「面白いですね」

五人の輪の外から甲高い声が聞こえ、皆がいっせいに振り返った。飯屋の固く閉ざされた二階の木戸が開いている。射《さ》しこむ光を背に受けて、男が立っていた。ここは五人以外に知られていない塒だ。他に知る者といえば、この店の主人くらいのものである。働いている者たちにも、倉庫であると言って遠ざけている。

「その話、詳しく聞かせてくれませんか」

ゆるりと室内に足を踏み入れた男が、後ろ手で木戸を閉じた。清雷が机に置いていた刀の鞘を握る。黄臥と聞英も兄に倣う。僑燐は部屋の中央から動かずに、木戸の方を見やる。

「怪しい者ではありません。ここの主人の顔見知りでしてね。あなたたちの心意気に以前から共感していた一人です」

言って両腕をひらりと広げた男の顔を、机の上の灯が照らす。壮年の痩身の男だった。纏《まと》った衣の袖は長く垂れ、火の明かりを受けて光沢を放っている。金のある者しか纏うことのできぬ上等な生地で織られた藍地《あいじ》の衣を揺らしながら歩みを止めぬ男は、剣呑《けんのん》な気を浴びてなお柔和な笑みを口元に浮かべていた。生半な腹の据わり方ではない。

「何者だい」

剣を手にした兄妹に守られながら、僑燐は問う。男は目立つような得物は身に付けていない。衣のなかに隠し持っている可能性はあるが、見たところこちらに敵対する意思はなさそうである。

「止まれ」

清雷が己の剣の間合いの一歩手前で、男に言った。

「俺達が何者かを知った上で……」

「無駄な問答が嫌いなんですよ、私。あなたたちの心意気に以前から共感していたと私は言いました。それでわかるでしょう」

尖った顎をつんと突き出し、冷たい視線を僑燐に定めた。

「章権《しょうけん》という名を御存知《ごぞんじ》ありませんか」

弟の黄臥が、驚きの声を上げる。章権という名には僑燐も聞き覚えがあった。顎港有数の貿易商である。十席会議にも名を連ね、唯一童鸞に対して首を横に振ることができる男だと言われていた。丸太同然のぼろ船で外海に出て、一代で巨万の富を築いたという父親の跡を受け継ぎ、商いの規模を倍にしたという切れ者である。

「私が章権です」

みずから名乗った章権が、五人の兄妹をぐるりと見まわした。

「僑燐党は兄妹同然に育った五人のみなしごが作ったという噂は本当だったのですね」

笑みを浮かべる章権が、ぬるりとした動きで清雷の前に立った。皆の息を読んでもいたのか、五人が五人とも虚を衝《つ》かれてこの顎港の豪商の動きに気付けなかった。

「見たところ、あなたが一番年嵩だ。どうしてあなたが頭目にならなかったのです」

戸惑う清雷を置き去りにして、章権が兄妹の輪をすり抜けて僑燐の前に立った。虚を衝かれた四人の兄妹たちであったが、僑燐だけは男の動きを正確に捉えていた。目の前に立とうとしていた章権の襟をつかんで、ぐいと引き寄せる。鼻先が触れ合うほどに顔を寄せ、不敵に笑う豪商をにらみつけた。

「あんたは本当に……」

「章権です。まあ、証《あかし》になるものはありませんが」

僑燐の言いたいことを悟った章権が、穏やかに答える。いつの間にか、僑燐の左右に弟妹が並んでいた。清雷だけがただ一人、豪商の背後に立っていつでも刀を抜ける態勢を取っている。

「聞いていたんだろ。さっきの話を」

「木戸の隙間から聞き耳を立てていました」

そう言って豪商は笑う。気付かなかった。僑燐だけでなく清雷たち兄妹も。木戸のむこうにあったはずの章権の気配を、誰一人感じ取れなかった。

「童鸞の米蔵を襲う。そう言ってましたね」

うなずいた。誤魔化《ごまか》しても意味はない。この男が敵に回るつもりならば、すでに僑燐はこの世にいないだろう。それだけの力を章権は持っている。章権は、童鸞とも面識がある。僑燐たちの居所を童鸞に報せるだけで、この街を陰で動かしている男に恩を売ることができる。章権が僑燐たちの前にのこのこ姿を現す意味は、味方になる以外にあり得ないのだ。

「私も一枚嚙ませてくれませんか。それを私は言いに来たのです」

「嘘だろ」

猜疑《さいぎ》の念を存分に声音に宿しながら、黄臥がつぶやいた。笑みに歪んだ豪商の瞳が、僑燐の左方に立った弟を捉えた。

「こいつの言ってることが本当なら、あの章権が、童鸞の敵に回るってことなんだぞ。それがどういうことなのか、わかってんのか。顎港がふたつに割れるってことなんだぞ」

「あなたの言うとおりですよ。えっと……」

「黄臥」

僑燐が教えると、章権は首を何度か縦に振った後、黄臥にむかって続けた。

「私はね、かねがね童鸞という人に対しては含むところがあったんです。米穀問屋に留まっていてくれればなんの問題もないのですが、非道な行いを平然と行うような輩《やから》を裏で飼い慣らして、表の者たちを恐怖で縛り付けて思いのままに政を行う。そんなものは顎港の政ではない。顎港が何故、王朝から自治を許されているのか。それは、金を稼ぐ者たちの力を認めているからです。みずからの才覚でのし上がれることが、この街の唯一ともいってよい長所なのです。あなたが十席会議に名を連ねることだって可能なんだ。それが許されているのが顎港という街なのです」

章権の言葉が熱を帯びる。

「私もあなたたちと一緒に、勝負したい。あの男をこの街から締め出したいのですよ、私は。あなたたちの味方に加えてくださいませんか」

「章権殿が僑燐党に加わるだってぇ」

つぶやいた聞英が目を白黒させている。途方もない話であった。百人足らずの窃盗団に、味方に加えてくれと顎港有数の豪商が頭を下げているのだ。信じられない光景に、僑燐も言葉を失っていた。胸の小匣が熱い。〝盗〟の一字が燃えている。

「私の有する財を、あなたに使ってもらいたいのです、僑燐殿」

「それは願ってもないことだけど……」

「証が必要だと言うのなら」

口走った章権の手が素早く清雷が握る刀に伸びた。あまりにも素早い動きに、あの長兄が動くことができなかった。鞘《さや》から抜き放った刃を、袖をめくった己の左腕に当て、章権が僑燐を見る。

「なにをするつもりだい」

「腕一本で潔白が買えるなら、安いものです」

言った豪商の柄を摑む手が、ゆっくりと動く。刃が食い込んだ腕から血が噴き出す。血走った目で僑燐を見る章権の額に脂汗が滲む。柄を握る男の手をみずからの掌で包み込み、僑燐は剣を止めた。

「わかったよ。味方は一人でも多い方が良い。あんたがどんな身分かなんて関係ない。味方になってくれるってんなら、歓迎するよ」

「恩に着ます」


これほど長きにわたる戦いになるとは、誰も思っていなかっただろう。

章権と手を組み、顎港の闇との闘争をはじめてから、五年もの歳月が経とうとしていた。最初の米の強奪は、章権の援助によってある意味では成功した。五つの蔵のうち二つを強奪し、童鸞の抵抗により退けられた三つについても、章権の手勢のおかげで、損害を免れることができた。

しかし、蔵の襲撃は結果として、童鸞に対する宣戦布告程度の意味しかなさなかった。二つの蔵から奪った米は、予定通り民に配った。それにより、僑燐の名は陽《ひ》の当たる場所で生きる者たちにも知れ渡ることになったのである。

姫賊《きぞく》、僑燐。裏社会の傑物として、僑燐の名を売る。それは、章権の意図でもあった。同時に、童鸞という男の実像をも顎港の街に知れ渡らせる。僑燐と童鸞の対立という構図を世間に浸透させることで、みずからの存在を霞《かすみ》の奥へと隠す。あくまで章権は裏方に徹し、僑燐を表に押し出した。結果、僑燐は顎港政府と敵対する武侠《ぶきょう》勢力の長へと引き上げられていった。それから五年。いまも闘争は続いている。すでに十席会議は名ばかりの機関に成り下がり、人員は童鸞の息のかかった者で固められていた。すでに何年も前から章権の名は会議の名簿から外れている。十席会議が完全に童鸞の手中に収まったのだから、当然その下部組織である賢人会も、童鸞に支配されていた。童鸞が首を縦に振らない限り、政には関与できない。そこまで、顎港は堕落してしまっていた。なりふり構わずに童鸞がここまでの強権を発動したのは、僑燐の所為である。みずからの暗部を白日の下に晒《さら》し、闇に生きる者でありながら、民の信望を得て勢力を拡大させる僑燐という名を恐れたのだ。顎港を私欲によって完全に支配することで、民の不満を力で押さえつける。そうして僑燐の牙を完全に叩き折り、顎港を掌中に収めることで、童鸞の野望は完遂されるのだ。だが、彼は知らない。僑燐の背後に章権という策士が控えていることを。

「弩笵《どはん》の城を落とせば、戦局は我等に傾きまする。ここが要所にござりまするぞ」

長い机に手を伸ばしながら、章権が言った。机を囲む仲間たちの中央で、僑燐は灯火に照らされる絵図を見つめる。幾度も使う物は丈夫な羊の皮に書くことになっている。広げられた羊の皮には、顎港のすべてが描かれていた。大路はもちろんのこと、僑燐たち闇の者が潜む裏路地。顎港政府が置かれる宮殿から、届け出すら出されていないあばら家まで、あらゆるものが克明に記されている。ここまで詳細な絵図を描けるのも、顎港の闇に生きる僑燐であればこそであった。童鸞との五年もの戦いによって、志に賛同する仲間はいまや五万という数にまで膨れ上がっている。僑燐のような孤児、強者から奪われ顎港の片隅で生きる民、賊や博徒、あらゆる階層に生きる弱者たちが、僑燐党という旗の元に集っていた。強者に対する弱者の怨念が、羊の皮に刻まれ、顎港という形に結実していた。そんな血のにじむような絵図に、白い指が触れる。竜が顎を開いたような形状の顎港の、南方の突端を指し示しながら、静火が穏やかな声で言う。

「顎港が顎港たる所以《ゆえん》である外海に開かれた港を守るのが、弩笵城……。ここを抑えれば、港に入ってくる船はこちらのもの」

「そうだ、童鸞に与する船は港に入れぬ」

この五年でいっそうたくましくなった清雷が、うなずきとともに答えた。その言葉に、章権が続ける。

「童鸞にとって、弩笵城はどうあっても手放すことができぬ要衝です。港じゅうの兵を結集させて、守ることでしょう」

「総力戦になる……。ってことか」

つぶやいた僑燐に、章権がうなずく。

「どうせ、そんな真っ向からぶつかる戦なんて、あんたの眼中にはないんだろ」

右の細い眉を吊り上げながら、黄臥が真向かいに立つ章権に問うた。いまや僑燐党の影の実力者となった豪商は、皮肉たっぷりの問いに満足そうな笑みを浮かべて、細い顎を上下に揺らす。

「こんな恐ろしい戦に、あの男が姿を現すわけがありませんからね」

「童鸞は出てこないだろうな」

「ええ、絶対に」

黄臥と章権は気があう。ふたまわり以上も年が離れているのだが、この五年の間に友のようになっている。なぜか年下の黄臥の方が、居丈高に言葉を発する。生意気な若者に、年嵩の章権が微笑ましく相対するのが、二人の常だった。

「奴が籠るとしたら……」

舌なめずりをした黄臥の指が、地図の中央を突き刺す。弟は乱を好んでいるようなところがある。危機に陥っているという自覚があるのかという言葉を、僑燐は呑みみ込んだ。

「ここしかねぇな」

そこは政府の置かれた光賢宮《こうけんきゅう》であった。光賢宮は、真族がはじめてこの地を訪れた時に、長であった徐昂《じょこう》がみずからの屋敷を築いた場所に建てられている。いわば、この大陸においての真族繁栄の基盤ともいえる場所であった。徐昂の末裔《まつえい》は今、源匣が眠る真天山に住んでいる。その地で源匣を祀《まつ》る教主を代々務めているのが、徐昂の一族である。

いまや光賢宮は、童鸞の屋敷も同然だ。黄臥や章権でなくても、大戦に臨む童鸞が籠る場所が光賢宮以外にないことは計り知れた。

「どうするつもりだい」

「襲います」

僑燐の問いに、章権が即座に答えた。

「童鸞をかい」

「もちろん」

章権が肩をすくめる。

「あなたは弩笵にいてもらわなくてはいけませんよ。もちろん黄臥、あなたもね」

僑燐の心を読んだ章権が笑う。叶うならば、みずからの手で童鸞を捕えたかった。童鸞は、この街の貧しさという病の根源である。僑燐を、兄妹たちをこの街の隅に捨てたのは、童鸞が生み出した貧しさだ。

「静火」

章権が妹の名を呼んだ。この五年で、頼りなかった妹は、誰もが息を呑む美しい娘に成長していた。

「一緒に来てもらえませんか」

決然とした態度で妹がうなずいた。章権の決断に異を唱える兄妹は一人もいない。五万もの勢力に膨れ上がった僑燐党の軍議である。当然、兄妹や章権以外の将も机の周囲に侍《はべ》っていた。二十人に上ろうかという将たちの誰からも、童鸞奇襲を静火が任されたことに異を唱える者はいない。当然だった。黄臥が僑燐党の軍師たる立場になってからというもの、静火は特別な使命を与えられていた。暗殺、諜報《ちょうほう》、謀略。陰に生きる僑燐たちよりも、より深い闇へと潜っているのだ。

「静火の姉貴は光の下より陰が似合う」

黄臥はそう言って、静火をみずからの謀略を実現する軍勢の長に選んだのだった。

静火は黄臥に与えられた任務を忠実にこなしていった。手下たちも堅実に育て、いまでは百人の謀略部隊の頂点に立っている。

「仄火《ほのか》を使うのかい」

仄火。静火自身が付けた部隊名である。

「そうです。他の兵はいっさい動かしません」

「童鸞を殺すつもりかい」

「できれば捕えたい。が、殺してしまっても仕方ありません」

章権が妹の白い顔を見た。殺しても仕方が無いと言わねばならぬほど、警護が堅いのだ。

「相当な犠牲が出るでしょう」

静火は眉ひとつ動かさず、机の上の灯明を見つめている。

「静火。弩笵はきっと落とす。生きて帰って来てね」

「もちろん」

そう言って笑った静火の頬に寂しさの影が揺らいだのを、姉は見逃さなかった。

童鸞は僑燐の襲撃を、顎港兵十万で歓待した。僑燐党は全兵力でもって弩笵を襲う。掻き集めた四万五千が、死に物狂いで港の突端に位置する城にむかって突き進む。それでも、軍営を守る顎港兵の半数にも満たなかった。

「一人が二人を殺せば良いだけだ」

それぞれの部隊へと別れる時、清雷はそう言って笑った。その言葉に敗けぬ戦いを、兄は戦場の只中《ただなか》で見せつけている。四万五千の最奥に総大将として控える僑燐の視界は、弩笵城にむかって登ってゆく兵たちを見守っていた。円を描く顎港の南の突端に位置する弩笵城は、高い塀に囲われた堅城である。城攻めは敵の数倍の兵を擁していなければ勝てない。敵の半数に満たない兵で襲うなど、言語道断である。それでも、僑燐はこの蛮行に僑燐党のすべてを賭けていた。

僑燐党の全軍をもって囮《おとり》を務めるのだ。

「頼んだよ、静火……」

□

この作戦の成否がみずからの手に委ねられていることを、静火は十二分に承知している。百の手下たちを光賢宮の四方に密かに配置し、宮殿の周囲を警護している顎港兵たちを始末して、外部との接触を断った。いまのところ、手下たちから異変を告げる報せは入って来ていない。策の遂行に不都合なことが起こったら、すぐに物見から静火に報せが届く機構は完璧に作り上げている。灰火の構成員はたとえ、仲間を見捨てることになったとしても、静火の命《めい》を遂行する。

童鸞を捕える。それが今回の命であった。僑燐たちが弩笵城を攻めている間に童鸞を捕えて、戦場へと連れてゆく。戦場のど真ん中で、敵の前に童鸞を引き出し、降伏勧告をするのだ。静火がしくじれば、兄妹もろとも地獄行きである。

「大丈夫……」

目の前にそびえたつ光賢宮の小高い丘を見据え息を潜める手下たちに聞こえぬよう、静火は密かにつぶやいた。いまの役目に満足している。章権という男は、人の芯を見抜いていると思う。静火には兄や姉のように、みずから先頭に立って戦うような荒々しい真似はできなかった。だからといって、黄臥のように物事を大局から眺めて、策を述べるような頭もない。聞英のように臆病で、皆の後ろを付いて行くだけなのも癪《しゃく》だった。

謀略。人知れず闇に潜み、忍んで使命を遂げる。物心付いた時から父同然だった男に徹底的に叩き込まれた術であった。盗むということは、闇に潜むこと。人目を忍んで、金品を盗み、気付かれることなく逃げることだと仕込まれた。それだけは兄妹の誰よりも上手くできた。

黄臥が静火に命じたのは、彼女が生き抜くためにみずからの体に刻んできた術を、存分に発揮することのできる使命であった。だからこそ、静火は愚直に励むことができた。五年の間に仲間も百に増えた。章権は静火が望むだけの兵を与えてくれた。吟味《ぎんみ》に吟味を重ね、これはという人材だけを選《よ》りすぐった結果、残った百である。皆のためなら死んでも良いと思えるだけの仲間ができた。もちろん、静火にとって兄妹と呼べるのは僑燐たちだけである。兄妹たちとの強固な絆《きずな》はなにがあっても揺らぐことはない。しかしそれ以上とまではいわないが、同等に近しいほどの存在として、百の仲間を静火は信じている。

静かに右手を虚空に掲げた。手足を包む衣は余計な布を一切排し、墨一色で染め上げたものだ。その時の仕事に最も適した衣服を選ぶのだが、夜間の潜入の際は身動きしやすく闇に紛れるよう特別に作らせて、仲間にも統一して着せていた。静火の右手を、身近で見守る仲間たちが注視している。彼女が手を振り下ろせば、宮殿を取り囲んだ百人にいっせいに伝達され、潜入が開始される。

仄火では静火の決断が絶対である。悠長に構えている暇はない。こうして静火が宮殿を静観している間も、弩笵の地では仲間たちが血を流しているのだ。一刻も早く童鸞を捕え、戦場へ駆け付けなければならない。

右手を振り下ろす。宮殿を包む闇が静かにうねった。仲間たちがいっせいに動き始めたのだ。周囲の仲間たちが塀にむかって歩み始める背中を見つめ、静火はひとりその場に留まっている。章権によってもたらされた宮殿内の間取りを元に、皆が道を開いてゆく。十中八九童鸞が籠っているのは、宮殿三階に位置する私室であろう。十席会議のなかでも一番の重鎮である童鸞の部屋は、宮殿の中央に位置していた。

宮殿は恐ろしく広い。一階は十席会議とその下部組織である賢人会それぞれの議場をはじめ、多くの議場があり、二階に控えの部屋が集まっている。政府で働く者たちの部屋からはじまり、賢人会の構成員たちの私室が迷路のように張り巡らされた廊下に配置され、その蜘蛛《くも》の巣の中央に突き出るようにして三階があり、そこに十席会議の十人の部屋が集っていた。十席会議の構成員の私室に続く廊下は特に幅が狭く、警護の人員が道を塞いでいるため、見つからずに部屋の扉を開けることは不可能だった。

童鸞の元に辿り着くためには、苛烈な戦闘は避けられない。だからこそ、静火が動くのは最後なのだ。童鸞を捕えるのは静火でなければならない。静火の手で、童鸞を弩笵の地に連れてゆくことが、仄火百人の総意であった。他の九十九人が騒ぎを起こし敵を引き付ける。静火の道を切り開くために。

己が背丈の三倍もあろうかという白亜の塀を、仲間たちがすみやかに上ってゆく。長柄の得物など持ちはしない。一人が足場となり、跳躍して上り、塀の上の仲間の助けを借りて足場だった者が上ってゆく。彼女等の動きにはいっさいの無駄がない。静火も追う。最後の一人が彼女に気付き、目だけが露わになった頭巾の隙間の瞳を輝かせ、力強くうなずいて塀のむこうに消えた。助けなどいらない。静火は先端に鉤《かぎ》の付いた縄を取り出し、塀の頂にむけて放る。鉤が塀の上の瓦の縁を摑む。二度ほど縄を引いて強度を確かめると、縄を手にして塀にむかって飛んだ。三歩。磨き上げられつるつると滑る塀を垂直に歩くようにして静火は頂に辿り着いた。

すでに塀の下には仲間の姿は無い。軽やかに飛び降り、膝や腰で衝撃をやわらげ音もなく着地する。頼れるのは己だけ。

真族ならば生まれた時に与えられるはずの小匣を、静火は持っていない。捨てられていた時には無かったと、父同然の男は言っていた。この地に昔から住んでいた緋眼の者たちは、陽光に照らされると瞳が紅《あか》くなる。静火の目は漆黒のまま。真族であることは間違いない。しかし、静火には小匣がなかった。故に天字などという宿業《しゅくごう》にも縛られていない。兄妹や仲間たちにも秘している事実だった。四人の兄妹たちにだけは、天字は〝僑〟だと告げている。この世で一番信頼している人の名から選んだ。

親に捨てられたことなど覚えていない。一番古い記憶にある人物は、僑燐だった。幼い姉が、父同然の男に殴られている。私をかばって。男の飯を奪った静火をかばい、僑燐は殴られていた。覚えているのはそれだけ。思い出す度に、後ろめたい気持ちと恐れが胸の奥に仄暗《ほのぐら》い炎となって灯《とも》る。

僑燐のようになりたい。許せぬことには決して首を縦に振らない。守るべき者のためならば、命を投げ出すこともいとわない。そんな姉のようになりたい。二十二になった今まで、僑燐は静火の道しるべだった。だから、与えられることすら許されなかった天字を己で〝僑〟に定めた。

胸に手をやる。衣の奥にある堅い物を握りしめた。小匣と同じ大きさにつくった木の匣を、首から下げている。仲間たちに疑われぬためだ。天字の刻まれていない偽の小匣を握りしめ、姉のことを思いだす。小匣には不思議な力があるという。近しい人のことを念じれば、その人のことを感じることができるらしい。心から通じ合えば、互いの位置すらわかるという。仮初《かりそめ》の匣に、もちろんそんな力はない。どれだけ姉のことを念じてみても、木でできた匣は小動もしてくれない。

宮殿の裏手を走る。方々から争いの声が聞こえてきていた。もはや潜んでなどいられる状況ではない。どれだけの犠牲を払おうとも、童鸞の身柄を確保するのだ。

開かれた窓から明かりが漏れていた。先に屋敷に入った仲間たちが使った侵入経路である。手を伸ばし、窓を跳び越え宮殿内に入った。一階二階の別なく、争いの声が聞こえてくる。この街一番の要人である童鸞を警護しているのだ。静火が率いる百以上の人員が配置されているのは間違いない。部屋を埋め尽くすように配置された棚に、書物がうずたかく積まれている。資料室だ。人の出入りが少ないこの部屋を侵入経路に選ぶことは、かねてから決めていた。

周囲からは声が聞こえてこない。この部屋から侵入した仲間たちは、すでに先の方へと進んでいるのだろう。もちろん、経路はここだけではない。四方の窓、屋根から直接二階へ、攪乱《かくらん》のために正門から堂々と進む等、百人には各自の持ち場が与えられていた。単独で動いているのは静火だけだ。光賢宮の絵図を見ながら策定したみずからの潜入経路を、頭の裡に思い描く。最短で、最も警戒が薄い。仲間たちとともに作り出した静火だけの経路を歩み、資料室の扉を開く。

盗

戦闘は夜になって激しさを増していた。何度目かの突撃を終え本陣に帰った僑燐は、銀の兜《かぶと》を脱いでひと息吐いた。

弩箔城へと続く坂を見上げる。ずいぶん近づいていた。初めに布陣した位置からすれば、すでに半分ほどまで間合いを詰めている。数の多さを頼りに城を出て攻めて来る敵を、味方は完全に圧倒していた。兄のおかげである。全軍の先頭で馬を駆る清雷の働きが凄まじい。彼が漆黒の巨馬の上で大鉈《おおなた》のごとき刃を付けた鉾《ほこ》を軽やかに振るう度に、敵の首がいくつも宙を舞う。城内の敵も清雷に矢を集中させ、なんとかその動きを封じようとするのだが、枝のごとく軽々と振るっている鉾の柄は、常人が二人がかりでやっと抱え上げられる鉄の塊であり、矢の勢いを簡単に退けてしまう。そうして清雷に狙いが集中するため、周囲で戦う仲間たちは、前進を強行できるのだ。

闇が顎港の街を完全に包んだ。静火が動きはじめたはずだ。

「頼んだよ」

街の光のなか、ひときわ輝く光賢宮を見つめ、僑燐は小匣を握りしめた。

叛

どこまで保つか……。

火のように熱い息を口から吐き出しながら、清雷は鉾を振るう。数え切れぬほど振るった鉾は、先刻からきしきしと悲鳴を上げていた。いかに鋼で作った柄であろうとも、何度も振るわれていればたまったものではない。折れても仕方が無い使い方をしているのは、清雷自身も承知している。この戦場に立った時には人間の胴ほどはあろうかというほどに巨大だった刃も、多くの敵の兵を食い千切り続けて、使い古された鋸《のこぎり》のように頼りない姿になっている。

この戦が終わったら、この得物はさすがに捨てようと思っている。

得物はまだ良い。体だ。己の体がもうとっくの昔に悲鳴を上げていた。肩が、肘が、手首が、腰が、動く度になにかが千切れるような小さな音をたてている。敵の首を刎ねる度に、全身の骨が芯の方から縮まるように軋《きし》む。奪ってきた命が、血みどろの澱《おり》となって、清雷の身中に確実に溜まっている。それでもここで止まるわけにはいかなかった。

味方は押している。坂を下りる勢いに乗って攻め寄せて来る敵を、確実に押し止め、それどころか逆に押し込んでいるのだ。敵も味方も、清雷が鉾を振るう様に、震えあがっていた。昔からそうだ。単純な力で清雷の右に出る者など、出会ったことがなかった。

あの男でも勝てなかった。僑燐が殺した男。父だと思っていた男だ。本来ならば、清雷が殺すべきだった。静火があの男の餌食になろうとしていたのは知っていたのだ。それどころではない。僑燐が嬲《なぶ》られたことも、清雷は知っていた。知っていたうえで、あの男に頭《こうべ》を垂れていたのである。

できなかった。盗みの技も、生きるための術も、すべてあの男に叩き込まれた。この有り余る力の使い方を教えてくれたのも、あの男なのだ。こうして戦場で皆に恐れられているのは、あの男に教えてもらった技のおかげである。清雷を形作ったのは、あの男なのだ。

だから、できなかった。僑燐を嬲られても。静火があばら家に連れてゆかれるまでの一年間、僑燐は幾度もあの男の虜《とりこ》となった。そのすべてを清雷は知っている。なのに、一度として、あの男に殺意を抱きはしなかった。

叛乱《はんらん》。殺意を抱かぬまま、清雷は仲間を募った。あの男から解放されるため、彼に不満を持つ者たちを誘った。卑怯者。清雷は己の性根を思う度に、そう思う。情動よりも先に理屈を考える。黄臥のように考えることに長《た》けていないから、結局言い訳がましい屁理屈《へりくつ》しかこねられない。そうして愚にもつかぬことをぐだぐだ考えているうちに、取り返しのつかないことになる。

己が卑怯であったばかりに、僑燐に危うい橋を渡らせてしまった。妹は清雷を頼ることなく、単身あの男と対峙《たいじ》し、静火を守ろうとした。僑燐の勇気が羨ましい。清雷の前には、いつも僑燐の背中があった。僑燐の勇気が、清雷の行く道を定めてくれる。だから考えることは止めた。己は与えられた場所で、思う存分力を振るう。それだけで良い。

あの男が死に、僑燐を己の主だと定めた時、清雷のなかで覚悟が決まった。これより先は妹のために生きる。みずからの有り余る力を振るうのは、妹の行く道を切り開く時のみ。不思議なものである。その途端、清雷の道は驚くほど純粋に、みずからの小匣の宿命に導かれはじめた。

〝叛〟。それが清雷の宿業である。この字がずっと嫌いだった。天字に叛くこともまた、小匣を与えられた者の道である。叛くことを宿命づけられた清雷は、僑燐と弟妹たちに忠を尽くすことで、みずからの天字に叛くと決めた。

だが、いま清雷は叛いている。この世界にだ。章権が僑燐の前に現れ、顥港という街の仕組みを変えようと言った時から、清雷はみずからの天字に導かれるかのごとく、顥港に叛くために鉾を振るっている。天字に従い、大勢に叛く。そして〝叛〟の字に叛くために、兄妹に忠を尽くす。清雷の心の裡ではなんら矛盾はない。

どれだけ体が悲鳴を上げようとも、鉾を収めるつもりはない。目を血走らせ、敵どもを睥睨《へいげい》する。次から次へと敵が湧いてくる。遥《はる》か先にそびえる城には、味方の倍を超える敵が籠っているという。城まで辿り着くことができたとしても、力押しで落とせはしない。それでも、清雷は鉾を振るうだけだった。

□

不気味なほど順調に進んでいる。

静火は己のみに定められた経路を進み、十席会議の構成員に与えられた私室の前に立っていた。この十個の私室だけ、光賢宮の二階の中央部に突き出た三階に作られていた。九人の部屋を周囲に配置し、中央に位置する童鸞の私室を守っている。仲間たちが方々で姿を現し、警護兵と戦闘を繰り広げてくれているおかげで、静火は一度も敵と遭遇することなく、光賢宮の中枢まで潜り込むことができた。

十席会議の面々に与えられた私室は、渦巻き状になった廊下の右方に序列順に配置されている。静火が立っているのは、最下級の者に与えられる部屋の前だった。三つの扉が静火の右方にあり、右に角を折れれば、新たな扉があるはずである。その角のむこうで、争う声が聞こえていた。仲間が戦っている。十席会議の面々を警護する兵、顎港兵のなかでも選りすぐりの者に違いない。

手前の扉に手を伸ばし、把手《はしゅ》をつかむ。引いてみるが、もちろん鍵がかかっていて開かない。前腕に巻いた細い布の隙間から、二本の針金を取り出し、鍵穴に突き入れる。静火に開けられない鍵はなかった。鍵穴に針金を差し込んだ刹那、扉の奥で金具が動く音がした。把手をつかむと、扉はいともたやすく開いた。息を呑み、忍び込む。

小太りの男が、静火の姿を見て叫んだ。机の背後に立つ男の目前まで速やかに近づいた静火は右の掌を曲げて、そのまま男の鼻と口の間に躊躇《ちゅうちょ》なく突き出す。精確な角度で突き出された掌が、男の急所を砕いた。悲鳴を上げる暇もなく、男は白目をむいて気を失った。倒れる男の喉にみずからの膝を当てて、床のほうへと体の重さをかけてゆく。甲高い音を厚ぼったい唇の隙間からひり出し、男は喉を潰して絶命した。

静火は男の死を確かめもせず、男の背後にある開かれたままの窓に体を潜り込ませる。宮殿の中央に突き出した三階から飛び出ると、瓦屋根が広がっている。そこでも争いが続いていた。屋根の上に配置されていた敵は、四方から湧き出た灰火の面々に誘われるように散っていて、三階の外を警護している者はいなかった。窓から見えぬように腰をかがめて、静火は三階の外を回る。目的の窓の下まで来ると、とざされていた木窓を手で押した。部屋の内から閂がかけられている。時が惜しい。屋根を蹴って両足で窓を破り、部屋のなかへと飛び込む。真っ暗な部屋に人の気配はなかった。この部屋は十席会議の第二席に当たる者に与えられたものだ。この扉を開き、そこから真っ直ぐ延びた廊下の先に、童鸞の窓のない私室があるはずだった。扉を開き、廊下に出る。争いの声は聞こえていた。しかし、味方と敵の姿は、静火からはうかがい知れない。

扉の前に敵はいなかった。廊下を進み、扉に手をかけた。開く。鍵はかかっていないが、油断はしない。四方に配された灯火が、決して狭くはない窓のない部屋を照らしていた。

部屋の奥にある机の向こう側に座る禿頭《とくとう》の男が、ねめつけるような視線を静火にむける。扉を後ろ手で閉め、数歩男に寄り、立ち止まって身構える。

「童鸞か」

「ここに座るのは儂《わし》以外にはおらぬ」

丸い顔に悪辣な笑みを貼りつかせながら、男が答えた。一人……では、なかった。

「仄火……。噂では聞いていたが、本当に女が率いていたとはな」

童鸞にもっとも近い場所に腰を下ろしていた男が、顔を横にむけ静火を見上げている。青白い顔色の痩せた男だった。四十にわずかに手が届かぬといったところであると静火は見た。骨と皮だけの男の顔が笑みに歪む。

「顎港兵にもお前たちに似た者たちがいる」

「知っている」

名は知らないが、聞いたことはある。五年にもわたった顎港との戦いの最中、幾度も仲間を殺された。無名《むめい》。静火たちは漠然と感じられる存在を、そう呼んで恐れた。

「俺だ」

椅子から立ち上がって、男が今にも折れそうな細い腕を広げて笑う。

「すべて俺の仕業だ。外でお前の仲間と戦っている奴等はただの警護兵だ。俺には手下はいない。俺こそが、五年もの間、お前達と戦っていた者の正体だ」

単身でできるような仕事ではなかった。街を守る顎港兵の屯所《とんしょ》を攪乱させるために送った三十人の仲間を全員殺されたこともあった。しかも、攪乱のためになされるはずだった仕事はひとつも実行されることなく。

「お前、名前は」

「あんたは」

「無い」

頭をかくりと傾げる。

「名前なんか生まれてこのかた付けられたことがないんだ」

無名。あながち間違いではなかったらしい。

「だからだろうな。知りたいんだ。殺す奴の名前が」

「静火。今からあんたを殺す女の名前さ」

目の前の敵の気が揺らいだ。来る。静火は腰の裏にさした短刀の柄を後ろ手で握り、そのまま引き抜いた。無名が背中を見せる。一瞬、なにが起こったのかわからなかった。振り返った無名の手からなにかが放たれる。

野太い悲鳴を上げたのは童鸞だった。いきなり全身の力を失ったように、どかりと椅子に体を投げ出すようにして座る。無名が童鸞めがけて刃のような物を放ったのだ。童鸞はだらしなく開いた唇の隙間からのぞく歯を精一杯食い縛りながら、悠然と近寄る無名をにらんでいた。

呆然《ぼうぜん》とする静火は、二人のやり取りを見守ることしかできない。抜き身の短刀を胸に掲げながら、無名の背に言葉を投げる。

「あんた、いったい……」

己を見上げる童鸞へと、ゆらりゆらりと体を左右に振りながら歩みよる無名が、背後の静火にむけて語る。

「つまらんのだ。こいつの世が続くのが」

言いながら、軽い身のこなしで机の上に飛び乗る。しゃがみ込んで丸い童鸞の顎を親指と人差し指で挟みながら、体を半身にして静火を見た。にやけ面で、顎をつかんだ童鸞の顔を、静火へと見せつける。

「得をするのはこいつだけだ。お前たちが敗ければ、この街に敵はいない。こいつが死ぬまで、この街はこいつのものだ」

食い縛った歯の隙間から呻き声を漏らしながら、童鸞が目を血走らせる。

「決めていたのだ。この部屋に灰火の頭が辿り着いた時は、こいつをくれてやろうと」

「そんなことをしてっ……」

体の自由を奪われている童鸞の口を、無名が塞いだ。

「お前がいなくなれば、俺は自由だ。いや」

この街の支配者を見下ろす無名の目に、殺気がみなぎる。

「生まれた時から俺は誰にも縛られるつもりはない。面白いかどうか。それだけだ」

無名の薄い掌が、童鸞の丸まった顎を斜めにしたたかに打ち抜いた。おもしろいように頭を回転させた童鸞が白目をむく。

「連れてけ」

無名が机から飛び降り、静火の真正面に立った。とっさに短刀を振り上げた手が、いともたやすく掌で止められる。あらんかぎりの力で振り上げようとするが、細い腕で止められたまま、びくともしない。息が触れあうほどに顔を寄せてきた無名の、紫色の薄い唇が吊り上がる。

「お前、匣、持ってないだろ」

「どうして……」

「感じないんだよ」

手と手が触れているだけなのに、全身を制されているようだった。どこに力を込めてみても、無名から身を離すことができない。

「小匣が放つ気を……」

無名の掌が柄を握りしめる拳から離れた。

丹田に溜めた気とともに、眼前の男の首筋めがけて短刀を振り上げる。いない。いつの間にか背後に回り込まれていた。静火が振り返った時には、無名は扉に手をかけていた。

「じゃあな」

把手をつかんで戸を開く。

「待ってっ！」

扉のむこうに無名が消える。静火は立ち尽くしたまま、一歩も動けなかった。

盗

狼牙《ろうが》。城のなかから突然現れた部隊の名だ。顎港の国防の最後の砦であるこの部隊の屈強さを、僑燐党は知らなかった。狼牙の猛攻は凄まじかった。一日がかりで押し上げてきた戦線が、その十分の一ほどの時で押し戻されてしまった。力比べで敗けたというのなら、押し返せば良い。しかし、戦線を押し戻されたということは、味方にそれだけの損害が出たということなのだ。

「押せ、押すんだ……」

後退を続ける本陣の最奥で、僑燐は力無くつぶやく。策を講じる手立てもない。狼牙の刃に蹂躙《じゅうりん》されてゆく味方に、ただ押すことだけを命じるしかない己を恥じる。

胸の小匣が熱い。〝盗〟の字が燃えていた。黄臥と聞英の姿は、本陣からも見て取れた。二人とも、みずからが従える将兵に四方を守られながら、刃を遠ざけている。兄の姿が先刻から見えない。後退を続ける先陣の先端にいるのだろう。狼牙によって戦意を奮い立たせられた他の軍が、先陣に密集している。砂埃《すなぼこり》が巻き上がる。敵味方の別すら定かではない殺戮《さつりく》の天地の只中で、清雷は今も刃を振るっているはずだった。

白馬が近づいてくる。その背に負った旗に〝伝〟の一字が染め抜かれていた。伝令だ。白馬もそれを駆る男も、血で染まっている。どれが手傷で、どれが返り血かも定かではない。戦況を僑燐に伝えるためだけに、狼牙が支配する死の戦場を一心不乱に駆けてきたのである。

「伝令っ！」

僑燐の前まで誘導されてきた伝令が、叫びながら白馬から降りようとする。

「そのままで良いっ！」

下馬を制し、鞍《くら》の上で語らせる。

「清雷様が深手を負われました。狼牙に囲まれ、右の肩口に槍を突き入れられ、左手で太刀を引き抜き、戦おうとなされるところを、近臣によって止められ、ただいま本陣へ運ばれようとしております」

兄が士気の要《かなめ》であった。前線から清雷の姿が消えれば、狼牙の猛攻を留めることなどできはしない。

「分かった」

うなずくと、血塗れの顔に疲れを滲ませた伝令は、一礼とともに再び戦場へと駆けて行った。

敗北の二文字が脳裏で大きくなってゆく。静火はどうしただろうか。これほど押されていては、童鸞が戦場に現れたとして、どこまで敵の勢いを削《そ》ぐことができるだろうか。

「清雷っ！」

将兵に囲まれながら、味方の背にもたれるようにして目を閉じる兄の姿を捉えた。馬を駆る。兄だけしか見えない。周囲で諌《いさ》める声が聞こえているが、聞く耳を持たない。迫りくる馬群を掻き分け、清雷へと馬を寄せた。

頬に手を当て揺さぶるが、兄は固く目を閉じたまま微動だにしない。息はある。が、全身傷だらけだった。いったいどれだけの血を流したのだろうか。無数の傷を全身に負った兄は、おそらくその傷の数十倍、数百倍の敵を屠《ほふ》ったのだろう。

「本陣に……」

それ以上は言葉にならない。涙をこらえ、背後を見ると、清雷の配下の者たちが、主を守るようにして本陣へと駆けてゆく。もう抑えきれない。僑燐は天を見上げる。黒雲に覆われた闇夜にむかって吠えた。東の空が仄かに明るい。朝はすぐそこまで来ている。

その時、静火の声が聞こえた。

〝戦乱〟

悃

都……。

大陸の北東部、砂江《さこう》の河口に形作られた大海を望む中洲《なかす》に、真族の帝が住まう都市がある。この街には名がなく、真族は〝都〟とだけ呼んでいた。

「僑……燐……」

長い長い階《きざはし》のむこうで帝が賊の名を呼んだのを、楣豊《びほう》は頭を垂れながら聞いた。金色の玉座に腰を据える男の目が、楣豊を捉えていた。この地に住まう真族のなかで、最も高貴な男である。

謄《とう》王朝五代帝、剛《ごう》。それが玉座に座す男の名であった。この大陸に真族が流れ着き、先住の民であった緋眼との争いに打ち勝ち、はじめて築いた王朝が謄である。王朝が築かれて七十年あまり。大陸に住まう真族たちの長である帝が採択する政によって、数億にも上る真族の民は、静謐《せいひつ》に治められていた。

ふたつの例外を除いて。

ひとつ目の例外は、真天山。真族の心の拠《よ》り所《どころ》であり、生まれると同時に授けられる小匣を統べる源匣が眠る山。そこに住まうのは神官たちと、その長である徐一族である。彼等は教えと戒律を厳しく守り生きている。源匣の教えはこの地に住まう真族にとっては、みずからの生きる標《しるべ》となる揺るがしようのないものだ。それ故に、謄王家の帝たちは徐一族と神官たちを、代々丁重に保護してきた。彼等の自治を認め、政の埒外《らちがい》に置いている。

そしてもうひとつ。帝の住まう都から遠く離れた、顎港。謄王朝において厄介なのは、こちらの方であった。この地に住まう者たちにも、自治が許されていた。真天山のように源匣の教えに基づく厳しい戒律があるわけではない。外界との交易を行うことのできる顎港は、大陸にはない物品を手に入れることができる。帝であろうとも、内陸に住まう者は外界の物品を直接手に入れることはできない。帝には毎年献上品として多くの物品がもたらされるが、それも結局は欲という鎖によって、王家を縛る行為に他ならない。どれだけ顎港が貴重な物品と銭で欲を操ろうと、真族を統べる王家が武力で制圧しようとすればひとたまりもない。そのことは、商人たちも重々承知しており、絶対服従の証を立て、そのうえで十分な益を王家にもたらすという約束の元に、独立を勝ち得ていた。顎港の商人どもは、銭によって帝より自治を買っているのだ。

その顎港に変革があったという。報せを受けた梠豊が、すぐに帝との面会を求めた。数万の群臣が働く王宮のなかで、最も規模の大きい広間に主だった家臣たちを集め、剛は梠豊の報告を受けていた。そうしてつぶやいたのが、件《くだん》の賊の名である。梠豊はわずかに頭を上げ、伏し目がちに帝を見上げた。

「今度の叛乱の首謀者は、僑燐という名の女であるとのこと」

剛の落ちくぼんだ目の奥に、欲の光が宿るのを榻豊は見逃さなかった。真族の頂に君臨することの男以上に強欲な者は、大陸全土を虱潰《しらみ》しに探しても見つからぬと榻豊は本気で信じている。叛乱の首謀者であることを聞かされた上で、なお女であると知って食指が動いたのだ。

「強硬な顎港の政に不満を持つ民を扇動し、裏の顔役にのし上がった盗賊であるとの報告を受けておりまする。すでに顎港は、この者とその手下どもによって治められており、商人たちの合議は廃されておる模様……」

顎港の変容にはさして興味を示さぬ剛は、なおも僑燐に対する欲だけは減じていない。

「その女、それほど民の気を引くということは、さぞや美しき女なのであろうのぉ」

「まだ若き娘であるそうにござります」

目を細めた剛が、階の下の榻豊へと身を乗り出した。舌なめずりをして前のめりになった帝の目が、続きをうながす。

「僑燐のみにて叛乱が遂行された訳ではありませぬ。十席会議にも名を連ねておった章権が、裏で動いておったのです。僑燐の手下により、顎港の要衝弩笵城が攻められる間に、光賢宮にて十席会議の主席、童鸞を拉致。その身柄を弩笵城まで拘引したところで、章権に率いられた顎港兵の半数が僑燐への恭順を表明し、僑燐党を救援したことで、弩笵城は瞬く間に陥落。僑燐は章権とともにその日のうちに光賢宮に入り、十席会議の解散を宣言。顎港の自治の継続を民に表明し、顎港の政の刷新を民に約束した模様。混乱はこの刷新の表明によって完全に収まったとのこと」

豪奢《ごうしゃ》な肘掛けに思い切り体を預け、剛が気のない相槌を打つ。この男が政に興味を示さぬのは良い。が、必要な決裁だけは下させなければならぬ。いかに椙豊が優れた役人であろうとも、帝が首を縦に振らなければ些事《さじ》であろうとひとつも前に進まない。解《わか》らせてやらねばならない。僑燐という賊の危うさを。

「僑燐と章権は、民のための政を行うと申しておりまする」

剛は欠伸《あくび》を押し殺し両の目に涙を浮かべた。椙豊は構わず続ける。

「必要なき富は奪わぬ。私腹を肥やす者は、小役人であっても死罪。そう決し、光賢宮に民を集め、童鸞とともに十席会議において特権を濫用《らんよう》していた六人の富豪を斬罪に処しました」

みずからの間合いに入ってこない話に、この愚帝はいっさいの興味を示さない。だから、この男の間合いの裡に話を持ってゆく。

「恐らく……いや間違いなく、この先、顎港からの献上品は少なくなりましょう」

「何故じゃ」

この謁見《えっけん》において、僑燐以外の話題ではじめて剛が興味を示した。浅はか。椙豊は玉座に座る愚か者に対し、侮蔑の笑みが浮かびそうになるのをこらえながら、辞儀に見せかけ顔を伏せる。

恭《うやうや》しく言上するような態度を取りながら、愚帝の心をくすぐり続けた。

「僑燐は顎港のこれまでの悪政を糾《ただ》すことで、民の支持を得たのでござります。童鸞らによってもたらされた顎港からの献上品の多くは、豪商たちがみずからの商いへの融通を願うために運ばれたもの」

　当初、顎港の自治を許すかわりに、一定数の献上品を贈るよう、王府は取り決めた。今やその数百倍もの献上品が豪商たちによって毎年都に運ばれている。そのほとんどが、豪商たちの権益を守るために、競合者や民を虐げるような法を顎港にもたらすことに費やされた。そして、顎港からの富の大半が、帝とその一族の懐へと吸い込まれていることを、楣豊は知っている。欲深き帝の心を満たすために、顎港の民や健全な商人たちは、血と汗と涙を搾り取られていたのだ。

「先刻も申し上げました通り、僑燐は必要なき富は奪わぬと民と約束いたしました。それは都へも必要なき富は送らぬということの裏返し」

「ならぬっ！」

　肘掛けを思いっきり叩きながら、剛が重い腹を揺らす。

「僑燐とその……」

「章権」

「そう、章権っ！」

　呆れるほど己が欲に関わることしか覚えない帝の発言を、顔を伏したまま待つ。

「其奴等は反逆者じゃっ！　決して許してはならぬっ！　賊徒どもを打ち払い、一日も早く顎港をあるべき姿に戻すのじゃっ！」

　楣豊の狙い通りの展開になった。帝のような浅ましき我欲など、楣豊は持ち合わせていない。楣豊のそれは、美味《うま》い飯を食いたい、良い女を抱きたいなどという浅薄な欲求ではない。国だ。

椙豊は国が欲しい。どうしてこんな愚物が、先の帝の長子であったというだけで、真族の頂に居座ることができるのか。椙豊にはどうしても我慢がならない。国は治めるだけの力を有した者によって治められるべきなのだ。椙豊にはそれがある。だからこそ、みずからの力を示し続ける必要があった。椙豊の天字は〝悃〟。力だけが悃《まこと》なのだ。

この大陸において、真族の国はひとつ。顎溝の独立などあってはならぬのだ。銭によって自治を保障してやる程度のことは良い。が、王府の手から完全に離れることは許さない。首輪は締めておく。当然、緩めばきつく締め直す。

「すぐに討伐軍の編成を行いまする」

より深く頭を垂れて、謝意を愚帝に示す。目的が達成されれば、これ以上一刻たりと愚かな気を浴びていたくはなかった。

「椙豊」

振り返ろうとした腹心の背を、やけに研ぎ澄まされた帝の声が止めた。足を止めて階を見上げる。

愚帝がもたれかかる玉座のむこう、開け放たれた大窓のむこうに山が見える。はるか二千踏《とう》(二千粁《キロ》あまり)も離れているというのに、気高い山の麗姿がはっきりと見て取れる。大陸のどこにいようと、この山は見える。

真天山。

源匣を戴《いただ》く、真族の要の地である。その神々しい頂からは、一本の光跡が常に天につながっていた。雨天であろうと関係ない。青白い光が頂から天へと伸びているのだ。その光の柱は源匣から放たれており、その光によって、真族が持つ小匣は真天山と結ばれていると信じられている。

神の光を背に負いながら、剛が脂ぎった唇を気怠《けだる》そうに揺らす。

「僑燐は殺さず、儂の前まで引っ張って来るように」

「御意」

それだけ答え、榍豊は足早に帝の前から立ち去った。

盗

分厚い鉄の扉が轟音《ごうおん》を上げて揺らぐ。

「な、なんだい、あれは……」

巨馬にまたがり鉾を振るう男を、城壁に立って見下ろしていた僑燐は、驚きの声が口からこぼれるのを止められなかった。

童鸞を殺してから半年あまり後、都より来訪した二十万の正規軍によって、顎港が囲まれた。はじめのひと月で、童鸞に与し私腹を肥やしていた者たちを徹底的に粛清した。いまや顎港は、僑燐と章権によって、平穏に治められている。しかし、正規の手続きによって実権を手に入れたわけではない僑燐たちを、謄王府は認めなかった。帝による討伐令に従い、二十万という兵士が大陸全土から集められ、顎港へと差し向けられたのである。

すでに三月《みつき》あまり、港は囲まれていた。幸い、顎港は外部との接触を閉ざしていても、自立できるだけの食糧はある。そのうえ外海と交流できるのも顎港のみ。顎港以外の大陸の海は沖へとむかう激しい海流に覆われており、敵が海から攻め寄せて来る心配はなかった。

顎港という街は、分厚い城壁や城門を崩されない限り、何年でも籠ることができる要塞であった。しかし今、そんな盤石な要塞が、打ち壊されようとしている。城壁の頂に達するほどの櫓《やぐら》が方々にかけられ、敵が侵入を試みる。顎港の兵たちは、城壁に上り、侵入者を殺してゆく。鉄の城門には、巨大な杭《くい》を打ち付ける攻城兵器が設えられ、激しく門を揺らしている。

「昨日までは、あんな男はいなかったぞ」

隣に立つ清雷がつぶやく。眼下で戦う男の勇猛さに言葉を失っている様子だった。

「この門を崩せずに陣所へ戻れると思うなよっ！　できなくば、俺が一人残らず叩き斬ってやるっ！　腹を決めて押すのだっ！」

そう叫んで兵たちの背中を押す男の目が、城壁の上にむけられた。束《つか》の間《ま》、僑燐と男の視線が交錯する。銀の兜の下の四角い顎を悪辣なまでにゆがめながら笑った男が、攻城用の杭を操る味方の兵たちから遠ざかり、みずからの全身を誇示するように胸を張った。

「我こそは僑燐党討伐軍、総大将、凱慧《がいけい》なりっ！　そこにおられるは僑燐殿とお見受けしたがいかがかっ！」

天を衝くほどに高い城壁を駆け上るようにして、凱慧と名乗った大男の声が僑燐の体を叩いた。思わずのけぞりそうになるのを、清雷の右手が止める。毅然と見下ろす僑燐に、凱慧が言を重ねた。

「じきに城門は壊れるっ！　そうなれば二十万の討伐軍が顎港に雪崩《なだ》れ込《こ》むっ！　いかに私兵を養っておろうとも、王府直属の精兵に敵《かな》いはせぬっ！　顎港が血に染まらぬうちに降《くだ》れっ！　御《お》主《ぬし》と章権。門を開き二人そろって首を差し出せば、他の者の罪は不問にいたすっ！　すみやかに出て来いっ！」

「好き勝手に吠えおって……」

城壁を飛び降りそうな勢いで、清雷が身を乗り出す。矢が届く距離ではないので、敵も狙いはしない。

「御主が章権かっ！」

「あんな優男と間違うなっ！」

「ならば下がっておれっ！　僑燐っ！　返事はどうしたっ！」

城壁の縁ぎりぎりまで右足を踏み出し、清雷の隣で身を乗り出し、僑燐はめいっぱい笑ってみせる。

「馬鹿に付き合ってる暇はないんだっ！　あんたの方こそ、このまま都に戻ってくれるんなら、背中は襲わないでいてあげるよっ！」

清々《すがすが》しく笑った凱慧が、大きくうなずいて城壁の上から目を逸らし、手綱を握った。その目は、いまなおさかんに攻められている正門にむけられている。気合とともに馬腹を蹴った凱慧が、味方の兵たちを押しのけ、城門にむかって駆けてゆく。煉瓦《れんが》組みの城壁の厚さが邪魔して、門に迫る凱慧の姿は、僑燐たちから窺い知ることができない。

大きな唸《うな》りとともに、城壁が揺れる。それは、凱慧が鉄の門扉を打ったことで生まれた衝撃のようであった。

「まさか」

苦笑いとともに清雷がつぶやく。大人の男の胴の幅ほどの厚みがある扉である。左右の扉を同時に開けば、五十人が横並びになっても通過できるほどの大きさの扉なのだ。一人の武人が武器を振るって叩いたところで、どうなるものでもない。それが、凱慧が突撃すると同時に、数十人がかりで操っている杭ですら与えられぬほどの震えが、城壁を伝って僑燐たちをも揺らしたのだ。なにか得体の知れない力が、凱慧とともに蠢《うごめ》いている。そんな馬鹿げたことを本気で思わせるほどの一撃であった。

背後に侍る近習《きんじゅ》に清雷が声をかける。若兵がうなずきとともに、背後に立てかけられていた鉾に手を差し出す。その動きを悟った若者の仲間が二人、鉾に手を伸ばした。慣れた手つきで三人が鉾を傾け、柄を持ち上げる。無言のまま若者たちの前まで歩んだ清雷が、三人がかりで持ち運んだ鉾を、右腕一本で軽々と持った。弩笵城で失った物よりも頑丈な鉾を、半月前、清雷は顎港随一の鍛冶屋に命じて作らせた。結果、常人が三人がかりで持ち運ばなければならぬという、化け物じみた逸品が出来上がった。

「なにをするんだい？」

両手で柄を握って幾度か空を斬った兄に、僑燐は問う。この兄も城壁の下の凱慧に負けず劣らずの化け物であると、僑燐は思う。

「たしかめてくる」

刃を震わせながら、兄が答える。

「大丈夫かい」

「俺を誰だと思っていやがる」

そう言って笑った兄を、僑燐は止めることができなかった。

叛

味方の兵たちによって、城門がゆっくりと左右に開かれてゆく。馬一頭が通れるだけのわずかな隙間だ。清雷が門を抜けたらすぐに閉ざされることになっている。

「行くぞ」

背後には十数騎が従っている。彼等にむかって清雷は告げた。どんな戦場であろうと、常に清雷の側を離れぬ者たちである。その多くは、弩笵城での激戦をともに潜り抜けた猛者《もさ》たちであった。

清雷が門を守る兵たちにうなずきで合図して、馬腹を蹴った。門の隙間めがけて疾駆する清雷の黒馬とともに、十数騎が駆け出す。血気に逸《はや》る他の兵たちが、ともに門を出ると言い出したが、その願いを退けた。敵と正面から戦うつもりはない。目的はただ一人なのだ。腕前も定かではない兵たちを引きつれるのは足手纏《あしでまと》いでしかない。

わずかに開いた隙間から、敵が染み出してくる。常人では持つことすら敵わない鉾を振るい、城内に入ってきた敵の首を刎ね飛ばしてゆく。清雷の刃から逃れた者も、付き従う者たちの手にかかって始末されてゆく。清雷は隙間だけを見つめ、ただ一直線に駆ける。

いた。さすが、わずかな隙すら見逃さない。門の隙間に押し寄せる兵たちの頭を越すようにして馬を駆る凱慧の姿をとらえた。黒馬を急《せ》かす。凱慧が門を越えようとする正面からぶつかった。清雷の鉾と、凱慧が振るう鉾が虚空で重なる。敵将が笑った。清雷は押す。主の心に同調するように、愛馬も凱慧がまたがる巨馬をじりじりと門外へと押し出してゆく。

「御主っ！　僑燐の隣におったなっ！」

「我が名は清雷っ！　僑燐の兄だっ！」

快活な笑い声とともに、凱慧が鉾を薙ぎ払う。凄まじい力で鉾が押される。先刻まで清雷の首があった場所を、刃が駆け抜けた。

とっさに避けた。体が動くに任せただけだ。強い。見てからでは間に合わない。一度刃を合わせただけで、目の前の敵の腕前を悟ることができるのは、清雷の特技のひとつである。戦場に出て学んだことではない。顎港の路地裏で喧嘩《けんか》に明け暮れていた頃に、自然と身に付いたものだった。敗けると死ぬ。それは路地裏のころから変わらない。相手を否定するか、こちらが否定されるか。ふたつにひとつだ。存在を否定するということは命を絶つこと。そこまでしなければ争いなど終わるはずもない。だからこそ、勝てる相手かどうかを瞬時に見極めることが、みずからの命を明日に繋ぐ確率を上げるためには重要な技であった。

清雷が特別であったわけではない。あの頃、路地裏で生きていた親のない子供たちならば、誰にでも備わっていた技だ。相手と自分の力の差を見極め、できるだけ勝てない相手と戦わずに過ごす。それができない者から死んでゆく。そうしてぎりぎりのところで命を繋いできたのだ。

刃が鼻先を過ぎてゆく。

「死ね」

王府直属の将軍とは思えぬ悪辣な言葉を吐きながら、凱慧が清雷の鉾を既《すんで》のところでかわす。

二人の周囲では、休むことなく杭が門扉に打ち付けられている。

清雷を守る騎兵たちが、隙を見つけては杭を操る兵を始末するのだが、次から次へと新手が現れ、思うように止めることができない。それでも先刻までのような衝撃は、城壁はおろか城門にさえ伝わっていなかった。やはり、凱慧の仕業なのか。この男の真の力を見極めなければならぬ。

清雷は屠るつもりで鉾を振るう。しかしそのことごとくを、凱慧は器用な身のこなしでかわしてゆく。刃を交えたのは、最初の一撃のみ。後はすべて、馬上とは思えぬ柔らかな動きでやり過ごすのだ。こちらはそうは行かない。見てから避けていては間に合わぬ斬撃が、息をする間もなく襲いかかってくる。ふたつにひとつは、鉾で受けなければ間に合わなかった。

楽しそうな声を上げて振るう凱慧の鉾が、清雷へと迫る。鉾の柄を両腕で振り上げ、その軌道を遮った。刹那、衝撃が腕の骨から脳天、そして足先へと駆け抜けてゆく。目から電撃がほとばしったような震えが、体中を伝って外へと放たれる。これまで一度も受けたことのない衝撃を、凱慧の鉾を受ける度に感じていた。本当にこれが人の力の成せる業なのか。

清雷は息を呑む。間違いなく清雷より、凱慧の方が力量は上だった。そしてそれは、顎港に凱慧と並ぶ武人が存在しないことを意味していた。

鉾を振るう。またかわされた。来る。銀色の雷に見える斬撃を、なんとか鉾で受けた。全身を雷撃が駆け抜ける。眩暈《めまい》がした。

「疲れてきたかっ！」

嬉《うれ》しそうに凱慧が叫ぶ。敗けるわけにはいかない。だが敵わない――。

胸が熱い。

匣だ。〝叛〟の一字が刻まれた小匣が胸を燃やしている。熱が細い紐となって背後に延びていた。背後から迫って来る。

脇をすり抜ける白馬の姿が見えた。笑っている敵将の頰が裂け、血飛沫が上がる。

「清雷っ！」

「僑燐……」

凱慧に刃を振るったのは妹だった。

「ぼやぼやしている暇なんかないだろ！」

また、馬が脇をすり抜ける。馬上から槍を突き出す背中は、弟のものだった。

「聞英……」

頭上から闇が降って来る。凱慧が悲鳴じみた声を上げながら、馬上で思いきり上体を反らした。

それまで敵将の頭があった場所に、闇が降り立つ。凱慧の馬が前足を振り上げ棒立ちになった。降り立った闇の正体は、静火だった。静火が胸に抱いていた剣が、鞍を破り馬の背を貫いたらしい。本来ならば、凱慧が脳天から串刺しになっていたところだ。棒立ちになった馬から闇が素早く飛び退き、聞英の背に納まる。

凱慧は左手の手綱を思い切り握りしめ、馬の動揺を抑えようとする。だが、静火の刃が深々と体を貫いたらしく、馬は四本の足を激しく振り乱しながら、いっこうに落ち着く気配がない。

「首を取るよっ！」

僑燐の声が清雷の尻を叩く。

「応っ！」

泡を吹いて倒れた馬から飛び退いた凱慧が、地に足を付ける。鉾を振り上げ清雷は一直線に凱慧へと馬を走らせる。剣を構える僑燐が、右から回り込むようにして迫る。左からは槍を握る聞英が駆けた。静火は身軽に敵兵の頭を飛び石にしながら、逆手に持った小刀とともに将の首を狙いにゆく。兄妹四人が一丸となって、二十万の敵の頂に立つ男の首へと迫る。

熱い。胸の小匣が燃えるように熱かった。真族の心の拠り所である小匣が、真天山におわす源匣の力を借りて兄妹の縁を繋いでいた。恐れはない。五人はひとつだと感じていた。

いや、三つ。清雷とつながっている小匣は三つであった。

「清雷っ！」

僑燐の悲痛な声が不意に起こった疑念から清雷を呼び覚ます。妹が馬上から振り下ろした剣を地上でかわした凱慧が、次に迫った聞英の槍の柄をつかんで思いきり背後へと放り投げた。あまりの剛力に翻弄された弟が、枯葉のように宙を舞う。空になった鞍を最後の飛び石とした静火が、凱慧の首元へ小刀を振るう。

黄色い歯を見せながら無骨な笑い声を吐いた敵将が、両手で握り直した鉾を、恐るべき膂力《りょりょく》で乱暴に振るう。虚空を切り裂く刃がむかう先には、か弱い娘の姿があった。静火の小刀が凱慧の喉へ届くよりも先に、鉾が妹の脳天に届く。しかし妹を犠牲にすれば、敵将は無防備な首を清雷に晒すことになる。どうする。決断に残された時はなかった。清雷は体の動くままに任せる。

衝撃が脳天から足先まで駆け抜けてゆく。

「清雷」

妹の声を背後に聞く。だが間に合わなかった。振り下ろされる鉾に合わせて鉾を振り上げたのだが、どうやら凱慧の膂力が勝っていたようである。

兜が真っ二つに割れていた。しゃべることすらままならない。頭を割られたらしい。

「兄者っ！」

聞英だ。静火も戦っている。なんとか清雷は鉾を杖代わりにして、倒れるのだけは堪えた。血塗れの視界のなかで、三人の弟妹たちが猛将を相手に戦っている。

「やめろ……」

声にならない。突然飛来した矢が、凱慧の鎧《よろい》を貫き胸に突き立つ。

「ざまぁ見やがれっ！」

叫びながら弓を持った黄臥が馬を走らせてきた。

「皆で獲るぞっ！」

弟妹たちが敵の総大将に襲い掛かる。

「死ねぇっ！」

僑燐が叫ぶ。凱慧の首が宙を舞うのを、清雷は血が滲む視界の中で捉えていた。

盗

大陸の南域で叛乱の火の手が上がっていた。

顎港が二十万もの王府の兵を相手に戦い、総大将を討ったという快挙に奮い立った南域の都市が、次々と騰王朝に対して叛旗《はんき》を翻したのである。各地で蜂起した叛乱兵への対処を迫られた王府は、将を失った顎港追討軍をそのまま南域掃討軍へと再編成した。

大陸はふたつの大河によって三つに分断されている。大陸の東を流れる砂江より東を北域。砂江より西に位置する大河である碧江《へきこう》より東を中域。碧江より西を南域と、真族たちは呼んでいた。南から北へと流れる砂江は、海へと流れ着く下流域において、流れをふたつに分けていた。そのふたつに分かれた流れの中洲になっている場所に、騰王朝の都は位置している。

顎港は南域の南西の端に位置している。もともと王府からの支配力も北域や中域より薄く、そこに点在する他都市も、顎港ほど定まった独立権は有していないながらも、都との行き来の困難さ故、ある程度の裁量が認められていた。毎年定められた税を納めれば、重要な案件でないかぎりは、法の定めにおいて裁断してしまって構わないという暗黙の了解があったのである。故に、南域に暮らす民は、他の地域に住まう者たちよりも王府に対する忠誠心は希薄であった。

　時は五代帝剛の御代である。政をいっこうに顧みず、みずからの欲を満たすことのみを帝である理由としているような男が君臨する世において、正道などという言葉がまかり通ることはなかった。世に賄賂《わいろ》が横行し、強き者に阿諛追従《あゆついしょう》し頭を垂れる者のみが美味い汁を吸える。顎港に童鸞が君臨し、弱者を虐げていたのも、剛という帝により、大陸全土から清廉なる政が失われていたことも大きく影響していた。王府の支配力が希薄な南域の民が、顎港に僑燐が興ったのを知り、みずからも独立を望み始めたのは当然の成り行きといえた。叛乱の火が南域全土に広がるのは、時間の問題であったのだ。

　十年。僑燐が章権に出会ってから、さらにそれだけの時が流れた。王府との戦いは続いている。南域の多くの都市が、顎港との連携を望み、そのうちのいくつかは、同盟という形で結実していた。いまや南域全土が、王府との戦いに身を投じているような状況である。その叛乱の渦の中心に、僑燐はいた。

　平原に並ぶ男たちを見つめながら、僑燐は機をうかがっている。都と顎港を結ぶために大陸を北東から南西に突っ切るように作られた大道である〝貫道〟と、大陸の西を流れ中域と南域を分かつ碧江が交差した地に、秦崔《しんさい》と名付けられた町があった。都から南域へ入る玄関口とも呼べるこの街は、王府によって五十年前から要塞化が進められ、大陸全土においても有数の難攻不落の城塞都市として知られている。真族の大陸においての最初の王朝となった謄が北域の端に都を定めた時点で、顎港は王朝にとって看過できぬ存在であった。ある意味、権力よりも力を有する、経済という実を手にした顎港の商人たち。そして王府の影響が及びづらい南域という土地。それらに対し、王府が築いた最大の壁こそが、秦崔であった。

五年という歳月をかけて、僑燐は秦崔へと兵を進めている。

五十万。顎港だけでなく、同盟を結んだ都市からも集められた軍勢とともに、秦崔の街を囲むように布陣している。僑燐が合図をすれば、それだけの人数が一気に秦崔に押し寄せる手筈《てはず》になっていた。

この戦に勝てば、南域はほぼ僑燐たちの手に渡ることになる。父同然の男を殺し、僑燐党を立ち上げてから十一年。僑燐の勢力は帝の領地を盗もうとするまでに成長していた。

「二十万、というところか……」

かたわらから聞こえた頼もしい兄の声に、僑燐はうなずく。城を包囲しようとするこちらの行軍を阻《はば》むようにして、二十万ほどの敵が秦崔の前に壁を築いていた。

「大した数じゃないよ」

兄の向こう側から聞こえて来たのは、聞英の声だ。僑燐党を立ち上げた時は幼さの残る面立ちであった末弟も、二十歳を過ぎ大人になった。

「それでも敗ける時は敗けるぜ」

三人の前に立っていた黄臥が聞英に毒づく。そんな弟の悪態を聞き流しながら、清雷が僑燐に目をむける。

「静火はどこにいる」

「城に潜り込ませてる」

僑燐の返答を黄臥が笑みを浮かべつつ補う。

「仄火を使って城内に噂を流させている。顎港に与する者は咎め立てせず、戦が終わった後に仕官を望むなら快く受け入れるとな」

すでに謄王朝は末期的状況に陥っている。兵や民のなかで、いったいどれだけの者が王朝に心から忠を尽くしているだろうか。

「南域の活況は秦崔に住む奴等にも知れ渡ってる。どちらに付いた方が得なのか、少し考えりゃ誰にでもわかる。下手に刃を交えなくても秦崔は落ちるぜ」

自信に満ちた声で黄臥が続ける。

「こちらは五十万、どう見ても奴等は半分もいねぇ。こんだけの兵差を覆すことなんかできねぇよ」

「勝つよ」

じりじりと迫りくる敵兵を見据えながら、僑燐は兄弟たちに告げる。

「当たり前だ」

清雷の揺るぎない声が返ってくる。

「少しぐらいしくじっても、全部ひっくり返されるようなことはないよな」

末弟が笑う。

「そういう油断が敗北を招くのだ、聞英。気を引き締めていくぞ」

生真面目な清雷が弟妹たちを叱咤《しった》する。よくぞ皆、無事にここまで生き抜いてくれた。思うままに生きる僑燐の行く道を、四人の兄妹が全力で切り開いてくれた。皆のおかげで、僑燐はこうして今を生きていられる。国と勝負できるまでの女になったのだ。

「行くよ」

三人の男の力強いうなずきを受け、僑燐は右腕を高々と挙げた。

覇

「小長がっ！　小長が死にましたっ！」

涙と汗と返り血でぐしょぐしょに濡れた兵士の悲鳴じみた声を聞き、宝超《ほうちょう》は苦笑いを浮かべるしかなかった。

「小長っ、しっかりしてくださいよ小長っ！」

泣《な》き喚《わめ》きながら、血塗れの中年男の体を胸に抱いて激しく揺さぶっているのは、まだ少女と呼ぶほどの年にしか見えない女性だった。軽卒の鎧を着ていなければ、兵であるとは思えない。

「そんなことしても小長は生き返らないよ」

「わかってますよ！　どうするんですかっ！　小長がいなけりゃ、私たち全滅ですよっ！」

この娘の言う通りなのだ。完全に囲まれていた。秦崔防衛のために急遽《きゅうきょ》編成された討伐隊として、宝超は百人の同胞《どうほう》とともに三日ほど前にこの街に入った。戦が始まったのは昨日の昼だ。敵を迎撃するために城を出ていた総大将が、戦場で討ち死にしたという報せが城内にもたらされたのは、その日の夜のことだった。宝超は呆れてものが言えなかった。総大将であれば、たとえ味方を犠牲にし、一人だけ生き残ったとしても城門の裡へと戻ってきて、城を守るべきであろう。

　それがどうだ。野戦に夢中になり、挙句首を取られてしまった。結果、城はその日のうちに門を開かれ、敵の侵入を許す事態となってしまった。五十万とも言われる敵が、十万人がなんとか暮らせる規模の都市の裡に殺到する事態になったのだ。混乱である。大路小路の区別なく、道という道を血に濡れた刃を振り上げて叫ぶ野蛮な敵が闊歩し、商家という商家が、品物や家財はおろか、女子供にいたるまで奪われる始末。被害は商家に留まらず、扉があれば敵はこじ開け、金目の物や女を片っ端から奪ってゆく。惨劇の夜が明け、なんとか命を長らえた宝超であったが、昨日ともに町に入った上役は少女の胸に抱かれて息絶えていた。

「顎港はっ！　顎港は略奪をしないいんじゃなかったんですかっ！」

　骸を抱いたままの娘が泣き喚く。

「まぁなぁ……。五十万のうち半分以上が、顎港兵じゃないしなぁ」

　南域全域から掻き集められた兵たちを、僑燐が治めきれるわけもない。

「でもっ！　顎港に従えば、仕官も許すって」

「裏切りたいの？」

「そういう訳じゃ……」

「その方が良いかもしれないよ。その服装のまま顎港兵を見つけて投降すれば、無碍《むげ》に扱われることはないと思うよ。今のこの状況じゃ、鎧を脱いで民のふりして逃げようとしたって、敵兵に襲われちゃうかもしれないし」

「裏切るつもりなんてありませんよっ！」

宝超はため息を吐き、女兵士の目線に視線を合わせるようにしゃがんだ。

「君、名前は？」

「芽依《めい》です」

「役職は」

「僕《ぼく》です」

王府軍の中で最下層の役職であった。得物を持って戦うことはなく、兵たちの身の回りの世話をするために従軍する者たちである。

「そっか。俺は宝超。役職は下士《かし》」

僕よりも二つ上の位。得物を持って戦う者のなかでは、一番下の役職である。

「立てるかい？」

尻の砂埃を両手ではたき、芽依が立ち上がる。自分の槍を手にして、宝超も続いた。

「さて……どうしようか」

あたりを見回す。ふたりの足元には頭半分を失った小長の骸が転がっている。そのほかには、壁にもたれるようにしてうなだれる下士が五人ほど。皆の疲れ果てた顔には、これから待つ死の定めを受け入れてしまっているような虚《うつ》ろさがあった。宝超が所属する百人の部隊を率いる大長はすでにどこにいるのかすらわからない。十人の長である小長は、いま足元に転がっている。骸になった小長が率いていた下士が六人と僕の芽依のみが、誰の物かもわからない煉瓦作りの家に避難していた。

宝超が扉に手をかけた時には、鍵はかかっていなかった。住人は敵の侵入とともにどこぞに逃げたのだろう。骸や血、略奪があった気配もなかった。小長の亡骸を担いでこの家に逃げ込み、なんとかひと息吐いたところである。だがこうしている間にも、敵の略奪は続いている。

「この家に兵が押し入ってくるのも時間の問題だろうね……」

腰に手を当てため息を吐くと、そんなぁと細い声で芽依が言った。

「どうする？」

芽依に言っているように見せかけて、うなだれている男たちにも語り掛けている。

「このままここで兵たちを待って、死ぬまで戦うか。それとも、みんなで顎港兵を見つけて投降して、顎港に仕官するか」

「どっちも嫌ですっ！」

甲高い声に耳を貫かれ、顔をしかめた。

「南域の奴等に殺されるなんて嫌ですっ！　顎港に仕官するような裏切り者にもなりたくありませんっ！」

芽依が耳に刺さる声で怒鳴る。うなだれる男たちは、会話に参加しようという意志すら見せず、汚れた床をぼんやりと見つめている。よもや自分が殺されるような事態に陥るとは、三日前には思いもしなかったのだろう。都にいれば、南域の騒乱などふたつの大河を隔てた遠く離れた対岸の火事なのだ。この大陸に真族が足を踏み入れて百二十年あまり。真族同士が争うようなことはこれまでなかった。大陸に真族より先に住んでいた緋眼との争いこそが、真族にとっての戦いのすべてだったのだ。

「私は逃げますっ！　逃げたいですっ！」

兵卒などよりもよっぽど自分を持っている僕の娘が、きっぱりと言い切った。己を見上げる純粋な眼差《まなざ》しがあまりにもまぶしくて、宝超は思わず笑ってしまった。

「なにがおかしいんですかっ！　私は真剣なんですよっ！」

「わかったから落ち着いて、ねぇ」

「このまま皆さんを置いて逃げちゃっても良いんですかっ！」

「そうだねぇ、もはや小隊の体も成してないし、小長も死んじゃったしねぇ……」

言って男たちを見る。

「使い物になるのもいないみたいだからねぇ……。逃げちゃって良いんじゃないの？」

「わかりましたっ！」

「ちょっとちょっと」

小さな背中を呼び止める。面倒そうに振り向いた芽依に、宝超は苦笑いのまま声をかけた。

「どうするの？」

「だから逃げるんですよ」

「一人で？」

「だって、皆さん逃げる気ないみたいですし」

「俺も行くよ」

「でも」

閉ざされた扉をにらみつけながら、宝超は重い声を吐き、槍を握りしめる。

「君を見殺しにはできないでしょ」

つぶやいた宝超を見上げる芽依の白い喉が、ごくりと音をたてた。

「とにかく行こう」

若い僕の前に進み出て、宝超は往来へと踏み出した。

敵、敵、敵……である。

「なんかすみません、宝超さん」

後ろを付いてくる芽依が泣きそうな声で語り掛けてくるのに、答える暇すらなく、宝超は槍を振るい続ける。南域の男たちは、敵の兵を見つけると、なりふり構わずむかってきた。道理など関係ない。敵だから殺す。それだけだ。男たちの狂気をはらんで血走った瞳が、そう語っていた。

とにかく、この場を切り抜けないことには、芽依の謝罪に気にするなと答えてやることすらできない。宝超自身、あんな場所で死を待つ気などさらさらなかった。芽依が言い出してくれたことで重い腰を上げることができたと、感謝すらしているくらいだ。しかしこれほどの敵の数だとは思っていなかった。

「こっち」

眼前の敵を斬り、背後の芽依に語り掛ける。

「なんか根拠はあるんですか！」

ある訳がない。襲い来る敵を押し退け、できた道を歩んでいるだけだ。が、根拠がまったくないかといえば、それも嘘になる。気配が薄い方へとむかっていた。

感じるのだ。匣を通じて。宝超には昔から奇妙な力があった。

それにはじめて気づいたのは、物心がついたばかりの幼子の頃だ。宝超は年嵩の子供たちに追い回された。こちらは一人。なにが気に食わなかったのか、子供たちが集う広場じゅうを追い立てられて、しまいには広場の外までついてきた。息を潜め、宝超は気配を器用に掻い潜り、無事に家へと辿り着いた。見えたのだ。子供たちの気配が。それ以来幾度となく、宝超は胸の小匣を通じて気配を感じた。

真族であれば、この匣に不思議な力が宿っていることを幼い頃に聞かされる。縁の深い者の存在を匣によって知覚することができると、宝超も教えられてきた。だが、宝超が感じる匣の力はそんなものではなかった。縁など関係ない。みずからの周囲に存在する者すべてを、気配として知覚することができるのだ。おそらく日頃は、その力を無意識に遠ざけている。でなければ、気配の圧に押し潰されて頭がどうにかなってしまう。

真天山と天を繋ぐ光。あれを皆は一本の柱だという。しかし宝超には違って見える。無数の頭髪のような細い光が光の柱から伸びて、大陸じゅうに広がっているのだ。おそらくそれは、みなの小匣へと繋がっている。宝超の胸にある匣からも、ひとすじの淡い光が滲みだして、真天山にむかって伸びているのだ。

〝本当に大丈夫なの、この人……〟

「なんか言った？」

震えながら後ろを付いてくる芽依に問いを投げると、戸惑うような声が返ってきた。あまりにも切迫した状況で神経を研ぎ澄ますと、気配だけではなく心の声まで聞こえてくる。縁を繋いだ者であればあるほど、繋がりは濃くなってゆく。芽依とは刹那の縁の交わりではあるが、生死を共にした間柄となっている。声が聞こえてもおかしくはない。

どうやらここまで気配や声を感じられる者は、真族のなかでも稀有《けう》な存在であることは大人になるにつれわかってきた。それ故、小匣のことを語る際、みずからが感じる力については誰にも語らずにいる。小匣によって他人を感じることが一度もなく、生涯を終える者も少なくないらしく、真族でも宝超のように小匣の力を本気で信じている者は少ない。熱心に信じている者でも大半は、みずからの心の弱さを源匣の教えによって補強しようという盲信の類であることも、これまでの人生でわかっていた。

「これで少しは楽になるよ」

背後に語り掛け、広場の先の路地へと入った。進むと、敵の気配は遠ざかってゆき、静けさが二人を包んだ。

「真っ直ぐ行くと、城壁に辿り着く」

「出て行けるんですか？」

「さぁ」

「さぁ、って……」

毒付《い》く芽依の声を聞き流しながら、宝超は立ち止まった。口元に指を当てて、発言を止める。

「痛てっ」

甲冑《かっちゅう》の背に頭をぶつけた芽依が声を上げた。

「だって宝超さんが……」

「黙って」

抗弁する芽依を制すると、剣呑な気を悟った少女が口を尖らせたまま固まった。

「いる」

「なにが？」

路地のむこうを顎で指し示す。

「この先を曲がると、どうやら小さな広場があるみたいだ」

煉瓦作りの家がひしめき合う隙間の路地だ。三日前に秦崔に入った宝超には、大まかな方向程度しか街並みは理解できていない。

「十人……いや、十二人。人が集まってる」

「なんで？」

「切り開くしかない。怪我《けが》をしないように気を付けてね。囲まれちゃったら、守ってあげる余裕はないから」

「わかってます」

毅然とうなずく芽依にみずからもうなずきで応え、宝超は気配の方へと歩を進める。すぐに広場の脇まで辿り着いた。角を曲がったところに人影がうごめいている。なにやらひそひそと語り合っているようだった。息を潜め、煉瓦の壁に背をつけて、耳を澄ます。

「どこに行っても敵ばかりです」

「このままでは街を抜けることはできません」

「拙者が犠牲になりまする。その間にどうか」

「貴公がおらねば、誰が儂を守るのだ」

建物の陰から顔を半分だけ出し、片目で姿をたしかめる。役人のような恰好の男たちが大半を占めていた。そのなかの一人だけがやけに高価な衣を身につけている。頭に載せた冠に差した簪《かんざし》の先端に、紫色の飾りが付けられていた。簪の飾りの色は、役人の官位を示している。紫色は金色の帝に次ぐ高位の者に許された色だ。秦崔のような地方都市の長であっても、黄色の二品《にほん》止まりだ。

「一品《いっぽん》……」

思わずつぶやいていた。

「誰だっ！」

鎧姿の男が宝超の声を耳聡《みみざと》く聞きつけて、怒鳴った。

戸惑う芽依をそのままにして、槍をつかんだまま両腕を上げて広場へと躍り出た。

「何者だっ！」

「顎港討伐軍第十補強隊、十五団下士、宝超と申します」

「下士……」

ひときわ高貴な身形《みなり》の男がつぶやく。宝超と男の視線が交錯した。脳髄を駆け巡った雷が、胸元に集中する。小匣が燃えている。鎧姿の男が、槍を構えて恫喝《どうかつ》する。

「一人か」

高貴な男が問う。静かな口調であった。四十前後であろうか。にしては目尻の皺が深すぎる。とにかく、宝超の周囲ではこれまで見たことがないような、白面の男であった。

「いいえ」

言って背後に目をやる。

「出て来い」

宝超が語り掛けると、路地から芽依がひょこりと姿を現した。

「その僕の恰好は変装か」

無骨な鎧武者が問う。役人たちを警護しているのは、この巨漢と、もう一人の痩身の兵士だけのようである。

「いいえ、私も従軍しております」

背筋を伸ばして芽依が答えた。

「こんな少女も戦に駆り出しておるのか」

「時勢にござります」

憐《あわ》れむようなまなざしで芽依を見つめつぶやいた高貴な男に、巨漢の兵士がきっぱりと言い切った。

「今回の旅では良きものを見た。都に戻ってから参考にすべきことばかりじゃ」

「生きてこの街を出ることが叶《かな》った折には、存分に参考にしてくだされっ！」

「おぉ、恐ろしい。ふふふふ」

猛々《たけだけ》しく叫んだ巨漢の背を笑みに歪む目で見ながら、高貴な男が笑う。猛る兵と肩を寄せ合うようにして震える役人たちに囲まれながら、高貴な男だけがまるで宮中の戯れのなかにいるかのように、一人異質な気をまとっていた。なんとかなる。心のどこかでそう確信しているかのような不可思議な目に、宝超は思わず引き込まれそうになる。

「あの」

声をかけていた。一介の下士が吐いた意味のない言葉を、みずからにかけられたものだと即座に悟った高貴な男が、猪武者越しに緩んだ視線を宝超に投げた。

「恐れながら、御名を……」

「無礼なっ！」

「楣豊だ」

背後で芽依が腰を抜かした。

無理もない。宝超自身も言葉を失っている。こんな大陸の僻地《へきち》で名前を聞くような人物ではなかった。楣豊という名が本当に正しいのならば、この男は帝の腹心として宮中深くに陣取っているはずの者だった。簪の色も楣豊ならば説明がつく。

「ど、どうして、こんなところに……」

「見たかったのだ、僑燐の顔を」

「そ、それだけのために」

「皆そう言う」

楣豊が嬉しそうに笑い、口元に手をやって歪んだ唇を隠した。よどみない口調には、嘘は隠されていないように思える。が、下賤《げせん》な身の上でありながら五代帝に見いだされ、その腹心となり、政敵となった者はその一族郎党ことごとく容赦なく叩き潰すと評判の男である。宝超のような無粋な武人に、その底意など知れるわけもない。

「結局、見ることは叶わなんだわ。こちらの軍がこれほど脆《もろ》いとは思いもせなんだわ」

笑みのままの目に邪な光を湛《たた》え、楣豊は、宝超を威嚇し続ける武人の背を見た。

「ここでじっとしておるわけにも行くまい」

武人がうなずき、役人たちを見やる。

「拙者とこの者が守ります」

集団の最奥に控える痩身の武人が、巨漢の言葉にうなずく。

「とにかく城壁の外まで辿り着きましょうぞ」

「おい」

楣豊が役人の一人に声をかける。

「それをよこせ」

戸惑い小首をかしげる役人に舌打ちしながら、朱色の衣をつかむ。

「これじゃ、儂にこれをよこせ。代わりに御主にはこれをやろう」

言いながら豪奢な刺繍《ししゅう》に彩られた己の衣を楣豊が示した。

「ほれ、時が無い。脱げ」

言いながら衣を脱ぎだす楣豊を前に、芽依が顔を伏せる。そんなことは構いもせず、真族のなかでも五指に入るほど高位に座す男は、淡々と衣を脱いでゆく。それにつられるように、命じられた役人も裸体になった。役人の衣に手をかけた楣豊に、他の役人たちが手を差し伸べる。

「儂ではなくあっちを手伝ってやれ。着くずれておったら、身代わりだと見破られる」

楣豊の言葉に、着替えを進める役人が手を止めた。

「生きて都に戻ったら褒美は思いのままだ」

吐き捨てた楣豊は衣を整える。二人とも着替えを終えた。

「さぁ、行くぞ」

楣豊の調子はまったく狂わない。

大男が先導し、一行は広場を出ようとした。その先は、宝超たちがむかおうとしていた城壁のほうだった。

「あの」

前を行く者たちの背に声をかけた。宝超と芽依のことなどすっかり忘れてしまったように歩みを進めていた楣豊が、立ち止まって振り返る。先導していた大男が苛立ちの視線を宝超に投げる。楣豊は大男の嫌悪など気にも留めずに、呼び止めた下士に問う。

「どうした？」

「そっちは駄目です」

「城壁はこっちだ！」

苛立ちを雄叫《おたけ》びにして大男が怒鳴る。宝超は平然と答えた。

「いまそっちに敵が集まっています。百は下りませんよ」

「なぜ分かる」

「これで」

言いながら宝超は鎧に触れた。真族ならば、胸に手をやるだけで、小匣のことを指しているとわかる。

「そちらに行きたければ止めませんよ。ですが私はこちらに行きます」

自分たちが来た道の方に宝超は顔をむける。芽依も迷わず、その背に従う。

「だったら儂も」

「び、楣豊様」

楣豊が宝超たちの後ろに立ったことに戸惑い、大男が高官の名を呼んだ。

「御主たちはそちらへむかえ」

宝超が広場を出ようと足を踏み出すと、その前に大男が立ちふさがった。

「退け」

宝超の肩越しに、冷酷な声が大男を射た。背筋が寒くなるような声に、思わず宝超は背後に立つ楣豊を見た。大男を見つめる楣豊の瞳に、武人とは別種の覇気が閃いている。

「御主たちに守られるのはここまでだ。御主たちはそこの偽物を守って城外を目指せ。逆らうことはゆるさぬ」

「しょ、承知……」

楣豊の命に屈強な武人が身をひるがえして、道を譲る。

この後、宝超は芽依と楣豊とともに秦崔からの脱出に成功した。

貫道へと出た後も、楣豊は宝超と芽依に都への護衛を依頼し、二人は無事に遂行した。これが、後世、真族の歴史において唯一〝覇王〟の称号を冠することになる宝超の、はじめての武功であった。

盗

僑燐党が秦崔を占領してから二年の月日が流れた。

僑燐はいまや南域で並ぶもののない権力者となっている。それでも、みずからの歩みを曲げはしなかった。殺さず、貧者からは奪わず、常に弱者の味方となる。僑燐党を立ち上げる時に定めた掟は、僑燐のなかで揺るぎない規範となっている。みずからが治める都市でも、これに準ずる法を根幹に定めていた。もちろん人を殺すのは一番の罪である。盗みも基本的には禁じているが、貧者がやむにやまれず、富者や強者から盗みを働いた際には、情状酌量の余地を与えていた。逆に、強者や富者が弱者や貧者を虐げていることが露見したら、たとえ相手が権勢に近しいところにいる者であっても徹底的に罰を与える。

顎港の街を奪ってから七年あまり。いまだに政の世界は不得手であった。弱者を虐げる者に徹底的に厳しい僑燐のやり方を、章権や黄臥などは、高潔過ぎると言ってたしなめる。貧者や弱者の犠牲の元に、強者に富が集まるのはある程度は仕方がないと言うのだ。人は生まれながらに持ち合わせた才の多寡があり、持たざる者が貧するのは自然の理《ことわり》であると黄臥は説く。

わかっているのだ。この世が不平等であることなど。生まれながらの才だけではない。才があっても親に恵まれなければ、這い上がる機会すら与えられない。富者であっても才がなければ、没落して弱者となる。弱肉強食。そのとおりだ。これまでうんざりするほど戦に明け暮れ、なんとか勝ちを得てきたからこそ、僑燐は今こうして、人の上に立っていられる。敗ければすべてを失う。また路地裏の孤狼に逆戻りだ。

いや、今度は持たざる者に戻る程度では済まないだろう。ここまで上り詰めてしまった以上、敗北はすなわち死だ。いまの僑燐の首には、戦を終結させるだけの価値があるのだ。南域のほぼすべての集落に、僑燐の手が及んでいる。直接顎港と同盟を結んでいる大きな都市をはじめ、その庇護《ひご》下にある中小の街や村においても、顎港の後ろ盾によって、騰王朝に税を納めることを拒否している。秦崔での戦に勝利した後、南域に住まう真族は顎港の影響の元、騰王朝から完全に独立を果たしている。いわば南域全土が、顎港の支配下に置かれているという状況であった。

だからといって、僑燐は南域の都市に税を納めさせるようなことはせず、それぞれの都市に自治を許している。章権や黄臥などは、保障のための金品や物資、人材などの供出を求めることは当たり前だと主張したのだが、僑燐は絶対に首を縦に振らなかった。民の支持のおかげで顎港を治めることができた。南域においても同じだと思っている。十席会議を支配した童鸞は、弱者から苛烈に富を奪ったが故に民の信望を失った。南域もそうだ。騰王朝の容赦ない搾取によって疲弊した民が、顎港の叛乱に希望を抱き、それぞれの都市で力を合わせ立ち上がったのだ。

そもそも他から奪わずとも、顎港はやっていけるのだ。それだけの富が外海からもたらされる。童鸞時代のような富豪による労働力の支配ではなく、金銭による経営者と労働者の正当な契約関係によって商売が成り立つようになってから、格段に収益が増している。過剰な搾取を行わずとも、政がとどこおりなく行われているし、十分な兵を養えているのだ。

民は束縛するものではない。思うままに生きる喜びを感じてもらえばよい。行く末に希望を持てば、鞭《むち》で背を叩かずとも人は働くのだ。働けば富が得られる。良い循環を生めば、街はおのずと発展してゆく。南域全土に、良い循環をもたらせば、そのうち腐敗した王朝さえも……。僑燐は途方もない夢を抱き始めている自分に戸惑いを覚えていた。

「そんなことはありません。人は欲とともに生きるものです。貴方《あなた》だけが特別なのではありませんよ」

体の奥に染み渡るような声だった。この場を去ってしばらくすれば、どんな響きであったのか忘れてしまいそうな声音なのだが、これまで僑燐が一度として味わったことがない、心をゆさぶる不可思議な響きをもった声である。

徐祭《じょさい》。それが声の主の名だ。

真族の心の拠り所となる匣の教えの聖地、真天山。すべての真族の民が有する小匣の元となる源匣が眠る地に僑燐はいた。源匣が眠る真天山の頂は禁足地《きんそくち》になっており、何人たりとも足を踏み入れることができない。匣の教えの教主である、徐祭でさえも頂に踏み入れることはできなかった。

頂から続く細い石段があり、それは中腹に至ってひとつの宮殿へと繋がっている。この宮殿こそが、源匣の教えの総本山であり、真族最大の巡礼地、真天宮であった。

匣の教えの教主、徐祭から真天宮への招待を受けたのはひと月ほど前のことであった。教主直々の招待を受ける資格を有している者は、都の帝をおいて他にはいない。僑燐のような一介の真族を教主が真天宮に招くなど、前代未聞の椿事《ちんじ》である。この慶事を受け、章権を筆頭に真天宮参詣の支度が開始され、半月をかけて、面会用の僑燐の服装から奉献の品々、道中付き従う者たちの兵装や装束にいたるまで、膨大な品々が取り揃えられた。煩雑な仕事が不得手な僑燐は章権や黄臥によって蚊帳《かや》の外《そと》に置かれた。

兵の調練に忙しい清雷や静火は、光賢宮にめったに姿を現さないため、手持ち無沙汰な僑燐は、末弟である聞英に相手をしてもらおうと思った。だが幼いと思っていた末弟も存外器用に立ち回っているらしく、黄臥の小間使いのようにして参詣の支度のために忙しく働いていた。

僑燐は一人寂しく支度の完了を待った。さすが章権の差配である。わずかな遺漏もなく、支度はとどこおりなく整えられ、僑燐は静火と聞英とともに、顎港の護衛を清雷に任せ真天山へと旅立った。そうして半月あまりの旅程の後、無事に真天宮にて徐祭との面会と相成ったのである。

真天宮の最奥に位置する応天の間に、僑燐は一人通された。左右の石造りの壁は純白で、磨き上げられ光り輝いている。窓ひとつない広間のなかに明かりになるような物は見つからないのに、四方が見渡せるほど白く輝いていた。純白の天井や壁自体が光を放っているようである。広間の奥の壁がわずかに開かれており、そこから石段が部屋の外へと真っ直ぐに伸びている。おそらくそれが、頂へと続く石段なのだろうと、僑燐は思った。部屋を照らす光は、頂から天へと伸びる、大陸全土から見ることのできる光の柱から降り注いでいるのだと、この時になって僑燐は悟った。

頂から伸びる石段が果てた場所に、純白の石組みが床より一段高くなるように設えられており、その上に金色の椅子が置かれている。白色の光のなか、椅子の金色はまったく嫌味《いやみ》が感じられない。その椅子に、これまた白色の衣に身を包んだ四十がらみの男が座っていた。徐祭である。僑燐は石組みの前に至ると、恭しく片膝立ちになって頭を垂れた。楽にしてくれという教主の求めに応じ、床に直接腰を落ち着け、教主と二人きりで相対した。どうやら教主の望みのようである。

「欲がなければ人は生きられませぬ。食うことも寝ることも欲。深きも浅きもありませぬ」

教主が静かに言った。

「そうだろうか」

素直な想いが口から漏れたことに、僑燐自身驚いている。徐祭の透き通るような物腰に、ついつい心が開いてしまう。礼法を考えるより先に、想いが言葉になってこぼれだす。

「私は人よりも欲深い気がする。父同然に私を育ててくれた男を怒りに任せて殺さなければ、兄妹たちは私とともに戦うことはなかった。仲間たちが死ぬような目に遭うこともなかった。私は自分の欲のためには、誰かを犠牲にすることもいとわない。欲に目を覆われると、周りが見えなくなってしまうのです」

「素直な方だ、貴方は」

そういって教主はくすりと笑った。穏やかな笑顔が清々《すがすが》しくて、なんだかうれしくなった。

徐祭の物腰を、僑燐はすでに好ましく感じている。広い応天の間に二人の声だけが心地よく響く。まるで余剰な音の一切が、純白の石壁に吸い込まれているようだった。徐祭の背後から真っ直ぐに延びる石段、その先に源匣がある。己が胸にある小匣と繋がる存在を間近に感じる。己はやはり真族なのだと改めて実感する。

「私は親の顔を知りません」

何故、そんなことを言い出したのか。僑燐自身にもわからない。が、みずからの心に任せようと思った。そしてそれを目の前の教主は受け入れてくれると信じていた。

「生きる術を教えてくれたのは、父同然の男だった。彼は盗人で、しかも大勢の手下を率いる盗賊の長だった。そんな彼が教えてくれたのは、他者から盗むこと。他者から奪い、食らい、生きる。それが私にとっての生きる術だった」

胸に手をやり、教主を見上げる。

「私の天字は〝盗〟です」

親しき者にしか告げてはならぬことを、会ったばかりの男に聞かせていた。教主は細い眉を小動もさせずに、続く言葉を待っている。

「欲望のまま、これまで盗み続けてきた。父が作った盗賊団も、顎港も、南域も……。盗むことで私は命を繋いできたんだ」

「悔いているのですか？　自分の生き様を」

目を伏せる。徐祭の正しさに満ちた視線に耐えられなくなったのだ。己の生き様に対する後ろめたさが、胸を締め付ける。それでも言葉は止まらなかった。

「わからない。けど、そうしなければ生きてこられなかった。言い訳になるかもしれないけど、私は許せなかった。力で弱者を虐げる奴等が。そんな奴等を生かしておけなくて剣を取った。盗んだのは、結果でしかなくて。本当はただ、許せなかっただけ」

「本当に素直な方だ」

また教主が笑った。しかし今度は、少しだけ腹が立った。気付いた時には伏せていた顔を振り上げて、徐祭の白面をにらんでいた。

「なにが可笑《おか》しい？　私はちっとも可笑しくはない」

「私の悪い癖です。愛《いと》おしいと思える方に出会うと、つい口元がほころんでしまう」

「愛おしい……」

僑燐は動揺を隠しきれなかった。面の皮の奥で熱がぽっと灯ったのを知覚したが、抑えることなどできるはずもなく、ただじっと教主の穏やかな笑顔を見上げたまま固まってしまった。

「みずからの欲望を自覚し、覚悟を決めた上で、あえて盗む。そんな貴方だからこそ、私は会いたいと思った」

昔から僑燐のことを知っていたかのように語る。

「ここにいない者のことを語るのは好きではないのですが……」

そう前置きをして教主は続けた。

「今の帝はみずからの欲に忠実な御方《おかた》だ。我欲のおもむくまま、大陸全土から富を吸い上げ、悪びれもしない。おそらく帝はみずからの欲に気付いてもいない。ただ息をするように欲するだけ。手に入れるのは当たり前。みずからが動かずとも、家臣どもが目の前まで持って来てくれる。だから、奪っているという意識もない。そういう意味で誰より純粋な人間ともいえましょう」

「そんな者が純粋な訳が……」

「人もまた、獣ですよ」

僑燐の言葉に徐祭が声を重ねた。

「獣はみずからが奪った命に罪など感じません。ただその日の命を繋ぐために、獲物を殺《あや》め、腹を満たす。腹が満ちれば寝る。機が訪れたら交わり子を生《な》す。命の円環のなかでみずからが殺められる番になったとしても、その罪業により訪れた死であるなどと考えることもない。欲を知覚することもない」

「いまの帝は獣だと？」

「だから、この地に現れない」

にこやかに語ってはいるが、教主の言には微かな嫌悪が揺らめいている。

「先代の帝の御代までは、一年に一度、帝は真天山を訪れ、源匣に詣《もう》でるしきたりでした。真族の長として、源匣を信奉し、小匣を有する民を統べることを誓うのです」

「それを一度も行っていないのですか」

「獣であれば仕方ありません」

欲を知覚し、奪う覚悟を定める。教主は僑燐にはその覚悟があると言うが、本当にそうなのだろうか。自信がない。奪う覚悟など定めている余裕はなかった。奪わなければ死ぬ。その連続でしかなかったのだ。奪う覚悟。そんなものは奇麗事だと思う。奪われた者の気になってみるが良い。どれだけ盗んだ当人が盗みを正当化したところで、奪われた者にとっては悪以外のなにものでもない。たとえそれが覚悟の上に行われた窃盗であったとしても、そんな者は罪人の言い訳でしかないではないか。

「どのように生きても罪を負う。生きている限り、その宿業からは逃れることができません。罪を知り、覚悟の元に負うのか。それとも罪を知らず、無邪気に罪を重ね続けるのか。人だけが、覚悟の元に罪を犯すことができる」

決して敬虔《けいけん》とはいえぬ信徒の名を徐祭が呼んだ。

「僑燐殿、私は貴方こそが、真族の頂に立つにふさわしい御方だと思っているのです」

思わず言葉を失ってしまった。

「顎港を都として国を造られよ。私はその国こそが真族の正統であると支持します」

真天宮の宗主であり、匣の教えの教主である徐祭の後ろ盾を得るということがどういうことなのか。政に疎い僑燐でもわかる。この場に章権や黄臥がいたら、教主の申し出に飛び付いたことであろう。僑燐を帝として顎港に国を建てる。その大義名分を徐祭に求めれば、都の謄王朝と十分に対抗できるだけの権力を得ることができるのだ。

「もう謄王家では真族は保ちませぬ。東域の緋眼の新しい長は、民の信望を備えた英傑であるという噂です」

真族がこの地に降り立つ以前より大陸に住む者たちを、真族は緋眼と呼んだ。陽光に目をむけると瞳が紅くなることから名づけられた名である。彼等は真族とは異なった武の理を持ち、〝武士〟と呼ばれる戦う者たちが政をも行う。緋眼の長は武士としても有能でなければ務まらない。

「盛為《もりため》という名の新しき長は、この大陸は緋眼のものだと声高に叫び、真族を恐れぬ荒武者であるという。都はどこまで緋眼の不穏な動きを把握しておることか……。このまま剛の悪政が続けば、混乱は南域だけではなく、この中域、果ては北域にまで広がりましょう。そうなれば、緋眼の思《おも》う壺《つぼ》。東域の境を踏み越えて、緋眼どもが真族の地を蹂躙するでしょう。時は無いのです」

徐祭が椅子から身を乗り出す。

「ここだけの話ですが、剛はもう長くはない。長きにわたる不摂生が体の隅々まで腐らせております。剛が死した後に、残される子はあまりに幼い。政はますます王家から離れることになる。楣豊は良き官人ではあるが、冷徹過ぎる。あの男では国は保たない」

教主の触手は大陸の隅々に張り巡らされているようだった。ただの温和な人物ではない。侮れぬ。僑燐は気を引き締め、教主と正対する。

「私一人で決められることではない。一度顎港に戻って協議をさせていただきたい」

「時が無い」

「顎港は民のもの。誰か一人のためにあるのではない」

「貴方が顎港の長ではありませぬか」

「あくまで民の代表であるだけだ。皆に求められ、職を務めておるだけ。退けられる時には、あまんじて身を退く覚悟を持っています」

「民が求めれば、帝になっても良いということですかな?」

何故、ここまで熱烈に僑燐に建国を迫るのだろうか。どんな思惑がこの男にはあるのか。匪の教えは政には参画しないことを旨としている。戦に臨むこともない。故にみずからの兵を有してもいない。警護は有志の信徒によって行われている。

「顎港を支持するということは、騰王朝と反目するということ」

「私は覚悟を決めている。私は貴方こそが騰王家を打倒する者だと思うているのです」

「王家を打倒する……」

「百年ほど前、我が民族がこの地に降り立った時には、王家など無かったのです。我が徐一族が、皆を導いていたのです。騰などと名乗ってはいるが、元は各地に散らばった長の一人であった喜《き》戒《かい》が王家を名乗っただけのこと」

その話は知っている。大陸の先住者であった緋眼との苛烈な戦いにおいて、各地に散らばっていた真族の糾合を画した徐一族のかつての長、徐宮《じょきゅう》により集められた長の一人が、騰王朝初代帝となる喜戒だったという。

「首を挿《す》げ替《か》える……ということか」

「いえ、私は真族の行く末を守るために何が必要かを考えているだけです。僑燐殿、貴方はみずからの宿命をしっかりと見据えなければならない」

細く白い指が、僑燐の胸元を示す。

「そこにある一字は貴方の宿命なのです。盗む……。貴方はこの国を盗むのです」

「少しだけ考えさせてほしい」

それしか答えはなかった。

忠

眩しいほどに磨き上げられ白色に輝く床に胡坐《あぐら》をかき、黄臥は腹の底へ深く息を吸い込んだ。光賢宮の一階にある、顎港最大の広間のだだっ広い漆黒の床を、十段ほどの階《きざはし》の上から見下ろしていた。顎港に支配者はいないから、玉座もない。広間の最奥に設けられた階の上の一段高くなった舞台は、十席会議に席を置く者たちが法の布達や演説を行う際に用いられる場所だった。広間には誰もいない。顎港の主だった臣たちは、いま港を離れている。唐突にもたらされた真天宮の教主からの招待を受け、僑燐とともに真天山にむかっていた。静火は僑燐の警護のために仄火を引きつれて中域へとむかった。末弟の聞英までもが、別段役目もないくせに姉に連れ立ち物《もの》見遊山《みゆさん》を決め込んでいる。

謄王家は真天宮と断絶している。毎年行われるはずの帝の真天宮行幸《ぎょうこう》も、剛が帝になってから一度も行われていない。そんな状況のなか、僑燐が教主の招待を受けた。

真族の心の柱である匣の教えの総本山である真天宮が僑燐を支持するようなことになれば、真族への影響は計り知れない。

いまや僑燐は顎港の支配者であった。義賊として名を成し、童鸞を排し、謄王家の南域支配の最大の要衝であった秦崔を落とし、民の信望を得た姉は、章権ら顎港の豪商たちの推挙により十席会議の最高位に祭り上げられた。清雷は顎港の兵の最上位である将軍に、静火は仄火の人員をさらに増やして、南域全土にその触手を伸ばしている。

港の片隅で肩を寄せ合い腐った食い物を分け合っていた兄妹たちが、いまや顎港の頂にいる。

「ふんっ」

胡坐をかいた膝に肘を載せ、拳に顎を置いた黄臥は、静まり返った広間をにらみながら鼻で笑う。


広間へと通じる大扉がゆっくりと左右に開いた。

「おや、どうしてあなたがここにいるのです」

扉のむこうに男が立っていた。黄臥と親子ほど年の離れた男は、まるで友のような気安さで問う。開いた扉をそのままにして、漆黒の床を上座にむかって歩いてくるのは、いまや顎港で僑燐に次ぐ実力者となった章権であった。

「他の姉弟たちとともに、あなたも真天山へむかったものだとばかり思っていたのですが」

「あんたのほうこそ、姉貴に付いていったと思ってたぜ」

「私はこんな物、信じてませんからね」

階に座った章権が、上座を見上げながら胸元に手をやった。手を当てた衣の下には章権の小匣があるはずだ。しかし黄臥は、彼の天字を知らない。親族同然に心を許した者でなければ、己の天字を明かさないのは、真族の常識である。

章権は、たとえ親や妻子であろうと、己の天字を教えはしないだろうと、黄臥は漠然と思った。

「なにを吹き込まれてくるかわからんぞ、姉貴は。あんたが手綱を握っとかないといけねぇんじゃねぇのか」

「それはあなたの役目ではないのですか」

「けっ」

吐き捨てて黄臥は、両手を後ろに突いて、純白に輝く天井を見上げた。

「いまや、あなたはなくてはならない人なのですよ」

「別に俺ぁなんの職も無《ね》ぇし、いついなくなっても良いだろ」

章権は十席会議の第二席だし、清雷は将軍。静火は仄火の頭であり、あの閭英だって、それなりの役職を得ている。

しかし黄臥は明確な職を得ていない。しかし、それを知覚しているのは、おそらく目の前の章権くらいのものである。

僑燐の参謀。

顎港の皆は黄臥のことをそう思っている。僑燐党の武勇は清雷、智謀《ちぼう》は黄臥が担っていることは、自他共に認めているから、顎港の支配者の参謀であることは間違いない。しかし、参謀という正式な役職はないのだ。

僑燐の懐刀が役職を得ていないはずがない。顎港の者たちは皆、そう思っている。

政に不得手な姉も、黄臥がそれなりの職に就いていると信じていた。清雷たち兄妹も同じだ。

だが、黄臥は職を得ていない。

もちろん、みずからの意思において。

「そろそろ、そんな曖昧な立場は許されないと思いますよ」

章権は決して黄臥に押し付けるようなことは言わない。はじめて会った時から、親ほどに年の離れたこの男は、黄臥に一目置いていた。兄妹たちには、提案するような口ぶりでありながら、強制の底意を秘めたことを口にすることもあるのだが、黄臥にだけはいつも頭を押さえつけることはしない。章権の底意を見抜いているからなのだと、黄臥は勝手に納得している。

階に体を預けながら、顎港第二の実力者が、黄臥に続ける。

「じきに僑燐殿も気付きますよ。あなたがなんの役職も得ていないことに」

「そん時ぁ、なんやかんやと言い連ねて、煙《けむ》に巻いて誤魔化すさ」

「どうして、拒むのですか、私の申し出を。幾度も幾度も」

ため息交じりに年嵩の同朋が言葉を吐き捨てる。諦めが滲んだその響きに、黄臥は思わず笑いながら天井を見ていた目を階の下へとむけた。年下の朋輩《ほうばい》に見られていることを自覚しながらも、章権はうらめしそうに虚空をにらみつつ続ける。

「あなたにふさわしい役職を、私は幾度も提示した。そのすべてをあなたは断った。どうしてです」

「俺は誰にも仕えねぇ」

胸に触れる匣の冷たさを感じた。そこに刻まれている文字は〝忠〟だ。

「たしかに僑燐殿や清雷殿はあなたの兄姉です。主従の契りを結んだわけでは……」

「そういうことじゃねぇんだよ」

黄臥は章権にむけていた顔を左右に振る。

己が忠を尽くすのは己のみ……。

それが与えられた天字に対する黄臥の答えだった。

みずからの心のおもむくままに生きる。

ちいさく揺れる父と母の骸《むくろ》を見上げながら、黄臥はそう誓ったのだ。あの日、黄臥は父と母とともに死んだのだ。いまここにある命は仮初《かりそめ》のもの。章権を見下ろしている黄臥という存在は、亡霊なのだ。

「なぁ章権」

顎港随一の商人が首を傾げる。黄臥は続けた。

「この世は夢幻だと思ったことはねぇか。本当のあんたは食うや食わずの貧乏人で、腹を空かせて寝ている。その貧乏人のあんたが見ている夢が、いまのあんただと思ったことはねぇか」

章権が笑いながら胸に手をやった。

「私はこれすらも信じていないのですよ。そんなこと思ったこともありません」

「あんたは目に見えるものだけがすべてだったな」

「はい」

人の心よりも銭や権力を信じる。それが章権という男だ。

「あんたにはわからねぇよ、俺のことは」

「他人のことなどわかりはしませんよ。誰にも。だからこそ、信じているんじゃないんですか、あなたたちは」

「なにを信じてるってんだ」

「兄妹ですよ」

「ぷふっ」

思わず吹き出してしまった黄臥の顔を見上げる章権の瞳に、わずかな動揺が閃く。どうやら黄臥が、僑燐や清雷たち兄妹を信じていると思っていたらしい。

「あんた、それでよく顥港で生き残ってこられたな」

「そうですか……。あなたは……」

黄臥を見上げる章権の頬が緊張で引き締まる。そんな豪商の剣呑な気迫から逃れるように、黄臥は再び天井を見上げた。

「俺は誰にも仕えねぇ。たとえそれが姉貴であっても」

「もしかしたら、姉上はこの街の……いや、南域の帝になるやもしれませぬぞ」

「はんっ」

天井を見上げたまま鼻で笑う。

章権の言いたいことは、黄臥にも理解できる。真天宮の教主に呼ばれたということは、真天宮の後ろ盾を得ることになるかもしれぬということ。

「中域から急使が戻ってきまして、教主が僑燐殿に建国を促されたとのこと」

「へぇ……」

「僑燐殿が帝になり、この地に国が興れば、あなたもこのままではいられなくなる」

「ちくしょう」

上座に大の字になる。

「なんだかここも、堅苦しくなってきやがったな」

「気に入りませんか、国が興るのが」

「南域がまとまって国になるのはおもしれぇ。膽に勝つにはそれしかねぇだろう。姉貴が帰ってきたら、あんたと一緒に帝になるように勧める」

「ならば……」

「それと俺のこととは別だ」

「叛きますか、姉上に」

「俺は俺だ。誰にも仕えねぇ。だが、姉弟は姉弟だ」

「面倒な人ですね」

そう言って笑う章権の気配が広間から消えるまで、黄臥は天井を見つめ続けた。

惘

もう駄目だ。薬師《くすし》でなくともわかる。

土気色になった帝の寝顔を見下ろしながら、楣豊は脳裏に策を巡らす。帝は間もなく死ぬ。毒を盛られた形跡はない。日頃から欲に塗れ、我儘し放題に生きてきたつけが回ってきたのだ。秦崔を奪われた二年ほど前から病がちになり、みるみるうちに床に臥《ふ》し、這い出ることすらままならぬようになった。幸いだったのは南域がなかば王府の支配から外れ、貢物が都にもたらされぬようになったことを怒るほどの力も、帝には残されていなかったことだ。以前から剛がいなくとも政は滞りなく進んでいたのだから、帝が床に就いたとて、国が動きを止めるようなことはない。

憂いは後継のみである。剛には多くの子がいた。しかし、そのほとんどが娘である。十五を超えた子はすべて女であった。年長の男児は、まだ七つになったばかりの玖《きゅう》である。政を行うような年ではない。が、父の御代から政は椙豊が主導して行っていたのだから、玖が帝位に就いた後は、摂政となってこれまで同様の仕事を果たせば良いのだ。

問題は別のところにある。匣だ。この国の帝にだけ許された天字がある。

帝になると〝天《てん》〟の一字が刻まれた小匣を持つことになる。それまで、帝の男児にだけは〝天〟の音に準じる天字が与えられる。ちなみに玖の現在の天字は〝貂〟だ。剛が帝になる以前は〝添〟の字を有していたという。帝だけが真族に生まれた者のなかで唯一、生涯で一度だけ小匣を入れ替える。

帝の小匣の授与はかならず真天宮で行われることになっていた。新たな小匣を教主から与えられなければ、玖はこの国の帝とは認められない。

だが、剛が帝位に就いてから、王府と真天宮の関係は冷え切ってしまっている。毎年行われるはずの帝の参詣も、即位二年目から廃止され、剛は帝の小匣の授与以来、真天山に赴いていない。

信じていないのだ。見えないもののすべてを。

眉間に深い皺をきざんだ帝が、むくみきった顔を歪めて唸った。

「帝っ！」

玖の母が耳障りなほど甲高い声で叫びながら、ぶよぶよとした夫の手を握りしめた。帝の周囲を無数の女と子供たちが取り囲んでいる。家臣のなかで榾豊だけが臨席を許され、帝の枕元に立っていた。己が世継ぎの母であると周囲に知らしめるように、玖の母が悲痛な表情で土気色の帝の顔を覗《のぞ》き込《こ》む。正室は他にいる。王家に連なる血筋の女だ。王家の安定のために成された婚姻であり、帝は正室を閨《ねや》から遠ざけた。代わりに大陸じゅうから、帝の情欲を満たすに足る女が集められた。

玖の母もそんな一人である。中域の中小都市の豪商の娘だ。いまでも両親は娘が生まれた街で商いを営んでいるはずである。剛は我欲を満たすが、周囲の者にみずからの権威を振るわせることを極端に嫌った。玖の母のような側室が、みずからの権威を笠に着て官吏に横暴を働こうものなら、側室は城から放逐されるだけでなく、それまで与えられていたいっさいの境遇や物品を奪われる。子がいればその子も同罪。親子ともども裸同然で都から追われることになる。その妙な高潔さだけは、剛の唯一の美点であると榾豊は思っていた。

「び、び、びほ……」

親族が、いっせいに枕元の榾豊を見た。皆の視線を一身に浴びながらも、榾豊は眉ひとつ動かすことなく玖の母を押し退け、帝の面前に身を乗り出した。

「ここにおります」

必死にうなずこうとしているのだろうが、重い頭を上下させるだけの力すら、帝には残されていなかった。頭の下の柔らかい枕をわずかにゆがめるのが精いっぱいだった。

「仰《おっしゃ》りたきことを、なんなりと」

耳元で囁いてやる。

「きゅ、きゅうを……」

名を呼ばれた幼子が、母に背を押されて身を乗り出す。しかし剛は声のした方を見ずに、楣豊に続けた。

「たのむ。おまえが、まつりごとを……」

「わかっておりまする」

今更なにを言うか。楣豊は心の裡でほくそ笑んだ。玖を頼む。お前が政を行い、息子を支えてくれ。剛はそう言いたいのだろう。笑わせるな。お前が帝であった時から、政は帝のものではなかったではないか。欲の権化で政に関心のない愚か者から、政がどういうものかも知らぬ幼子へと担ぐ神輿《みこし》が変わっただけである。何も変わらない。この国は楣豊によって統べられている。

「たのんだぞ……」

「お任せを」

三日後、剛はこの世を去った。

帝の死の混乱に乗じるように、緋眼の長である和賀《わが》盛為が挙兵したのは、そのひと月後のことである。軍勢を率い夷界《いかい》を出て、北域の重点都市のひとつである拾公《じゅっこう》を落としたのは、それから間もなくのことであった。

盗

「これより、この顥港は国となるっ！　我等は膽の支配から完全に脱却するっ！」

僑燐の言葉を受け、光賢宮前の広場に集まった顥港の民衆がいっせいに声を挙げた。数万にも上る人々の心からの声音に、歓喜が満ち溢れていた。誰もが、僑燐の宣言を受け入れ、喜んでくれている。

「私は皆の推挙を受けて帝となる。だがそれは、私の血族による永続的な支配の表明ではない。国となっても顥港は顥港だ。顥港はこれからも皆のものだ。いや、我が国の領土となる南域全土も、帝のものではなく、皆のものだっ！　我等の国は膽とは違うっ！　私が帝となったのは、皆の代表であるというだけのこと。次代の帝は皆で決める。血族ではない。秀でた者、皆に認められた者が帝となるのだ」

民衆の歓声が僑燐を包む。純白の石組みで築かれた光賢宮が、蒼天に輝く陽光を受けてまばゆい光を放っている。接見用に作られた大窓がすべて開け放たれ、その中央に僑燐は立ち、背後には兄妹たちや章権をはじめとした、側近たちが並んでいた。

「我等には真天宮の教主の力添えがあるっ！　源亘は謄王家ではなく、我等を選んだっ！　真族の大義は我等にあるのだっ！」

国を造れという教主の勧めを聞いた章権は、すぐに僑燐を長にすえた国造りを始めた。

僑燐が求めたのは、たったいま民に宣誓したように、みずからの血族による支配ではなく、民の選出により帝が選ばれるという仕組みであった。血族による支配を民に強いるのであれば、童鸞の行おうとしていた政となんら変わらない。強者による支配を弱者に強いるような真似は、僑燐にはできなかった。みずからが国の長になるのは良い。だがそれは、民に選ばれた存在であるからであって、みずからが力によって権力を奪ったわけではない。その理だけはどうしても曲げることができなかった。

章権は南域全土に広がる顎港と同盟関係にある各都市の有力者たちを呼び寄せ、真天宮教主の意向と、僑燐の考えを伝えた。もとから顎港の独立に共鳴している都市の有力者たちは、章権の説明に納得した。彼等の主導の元、新たに建国される国の支配地を南域全土とする下準備が始まった。各都市から代表者を一人ずつ選び、そのなかから帝を決める。民による投票により、僑燐は顎港の代表となった。南域の各都市から選ばれた代表者による投票を行い、結果、満票で僑燐は帝に選ばれたのである。他者が選ばれた時は、喜んでその帝を全力で支えるつもりだった。育ての父を殺した時も、清雷を長とするつもりだったのだ。もとから率先して表に出るような虚栄心は持ち合わせていない。

「皆の力を私に貸してくれ。皆が力を貸してくれるならば、私はこの国に身命を捧《ささ》げる。新たな国の名は〝能《のう》〟と名付けた。一人一人がみずからの能を存分に発揮できる国にしたいという願いを込めたっ！」

拳を突き上げた民たちが、新たな国の名を叫ぶ。この大陸に真族が辿り着いて百三十年あまり。国がふたつに割れたことはない。螣王家こそが、唯一無二の王家であった。帝と呼ばれる日が来るとは、僑爀は夢にも思わなかった。

「私は父と母の顔を知らぬ。この街の片隅に捨てられていた孤児だ。盗みを働き、同じ境遇の血の繫がらぬ兄妹たちと肩を寄せ合い、生きて来た。銭は強者を生む。そして弱者や敗者も。その定めは、顎港が銭によって支えられた街である以上、避けられぬ。それでも私は、強者が強者であるというだけで、弱者や敗者を足蹴にするようなことは許さないっ！　奇麗事だと言われようと、私は絶対に弱者や敗者と呼ばれる者たちを見捨てない、約束するっ！」

言って僑爀は己の胸に手を当てた。小匣に触れながら、数万の民にむかってうなずく。

「だから、私がこの国の帝たり得ぬと思った時には、堂々と声を挙げてくれ。その声が全土に満ちた時、私は喜んで帝の座を明け渡そう。争う必要はない。この国の帝は皆が決める。それが能という国だっ！」

僑爀は高々と拳を突き上げた。

「僑爀様ぁあっ！」

悲鳴にも似た歓声が方々から上がり、新たな帝の名を叫ぶ。

「私の命は皆のものだっ！　頼む、私に力を貸してくれっ！」

歓喜に震える声を浴びながら、僑燐は己の新たな境遇を噛みしめていた。

覇

僑燐党が遂に碧江を越えた。追討軍を率いる宝超は、二十万の将兵を引きつれ、謄の都と顎港を繋ぐ貫道を行く。能。南域全土に支配を広げた僑燐党が、顎港を都として国を称し始めたらしい。その国の名が能という。誰もが己の能を存分に発揮できる国であるとの僑燐の想いにより付けられた名であるらしい。

志は良い。元々、顎港は有力商人たちによって治められ、帝から自治を許されていた。その頃から、顎港の民は他の地域に比べ、独立心が強い。元は顎港の商人であったという知り合いが、宝超にもいた。商いの争いに敗れ、身ひとつで顎港を逃れ、中域の小都市であった宝超の故郷へと流れて来たという男であった。

男は町の誰とも馴染めなかった。無一文でありながら仕事を選ぶ。己はお前たちのように、なんの疑いもなく働くようなことはないと嘯《うそぶ》き、顎港生まれを鼻にかけ、周囲の者を軽んじていた。そういう男に手を差し伸べる者などいない。男は孤立し、いつしか姿を消していた。顎港の民があの男のような者だけではないことは、大人になった今は理解できる。僑燐が能などという国を建てずとも、顎港は元から己が能を発揮しなければ生きていけない街だったではないか。

「敵は十五万。数ではこちらが有利ですね」

宝超の左右に侍る将兵たちをよそに、背後から女の声が聞こえる。総大将に従う黒馬にまたがるのは、芽依であった。秦崔を逃れ、楣豊を無事に都まで送り届けた功により将になった宝超の近侍となった芽依は、戦場にまで付いて来る。戦場だろうが、都の宝超の執務室であろうが、いっさい態度を変えない。将兵たちの物々しい姿に恐縮する素振りもなく、十五万の敵を目の当たりにして恐れることもなく、気楽な声で宝超に語り掛ける。そんな少女に、総大将もまた、戦場とは思えぬ気の抜けた声で応えた。

「たしかに数ではこちらが勝っているが、まとっている気が違う」

まだ幼さの残る丸顔を銀兜で覆う近侍は、軽やかに笑った。

「また、例の匣ですか」

うなずいた宝超は、荒野に広がる能の軍勢を見据える。

十五万個の小匣から立ち上る念が、ひとつの巨大な塊となって敵を包んでいた。限りなく紅《くれない》に近い紫。敵が纏う気が、宝超にはそう見えた。赤や紫の気は欲望による情動の表れであると、これまでの経験が物語っている。人がなにかを欲する時、小匣に赤い気が宿るのだ。

十五万の情である。しかもここは戦場なのだ。日常とは隔絶された、生と死が最も近い場所にある地平である。

宝超はみずからの眼前に広がる二十万の味方に目をやる。薄い青。これは恐れだ。しかも、あまりにも漠然とした恐れである。みずからの身に迫るような恐怖ではない。磔《はりつけ》にされ腸が飛び出た罪人の骸を見た時のような、己とは隔絶した恐怖の色だ。

戦場の只中にありながら、みずからが死ぬとは思っていないということだ。死ぬのは他の誰かで、己はきっとこの戦場を掻い潜って、生きて故郷に帰れると、心の奥底で信じている。この期に及んで他人事なのだ。それでも戦場は恐ろしい。結果、希薄な恐怖が全軍に漂う。

無理もないと宝超は思う。彼等はみずからの意思でこの場にいるのではない。都から伝達された命により、各地から集められた兵たちである。宝超のように、みずから望んで兵卒に志願した者は、一割にも満たない。騰の国でみずからの武で出世を望む者など、皆無に等しい。椙豊のように智謀により宮中深くに食い込まなければ、この国での栄達《えいたつ》は望めない。どれだけ将として昇りつめようと、宝超のように最前線に送り込まれ、便利な駒としてこき使われるのが関の山だ。だから生きて無事に帰ることだけしか、味方の兵たちは考えていない。

「数で勝っていても、この士気の差じゃあねぇ……」

汗ばむ首筋をぼりぼりと掻きながら、宝超は背後の近侍に答えた。

「敗けるんですか？」

「まぁ、敗けない程度には頑張らなきゃね」

将兵にむけて手を挙げる。一番間近に控えた髭面《ひげづら》の副官が、馬ごと近寄って来た。迅潔《じんけつ》という名の男であった。

「あそこ」

敵の右方、紅の色が薄い場所を指さす。

「あの一帯に全軍で突っ込む」

得心がゆかぬように眉間に皺を刻んだ迅潔を無視して、宝超は続ける。

「俺と俺の兵が先陣を切るから、鏃《やじり》になって突っ込むように」

鏃とは、先陣が刃の切っ先となり、後続が左右に広がって傷口を広げてゆく戦法である。

「あそこから敵を二つに割る。そしたら、後続は左方、俺を含めた先攻部隊は右方に、中ほどから分かれて背後に回って敵を襲う」

「我等の方が数は上。そのような奇襲じみた戦法を取らずともよろしいかと」

「この士気の差じゃ、大物面して正面から迎え撃とうとしてもやられちゃうよ。敵をふたつに割ったら、俺と俺の部隊は敵の総大将を背後から奇襲する。君の部隊は後続の指揮を執ってくれ。頼んだよ」

「しかし……」

「時間が無い。早く皆に伝えてきてくれ」

宝超は去ってゆく武人の背中を見ながら口元を緩める。

「うまく説明できませんよね」

背後で芽依がささやく。

「匣の気が悟れるなんて、誰も信じませんよ」

「匣の教えは、そういう教理じゃなかった？」

「そうは言っても、実際にそんなことがありえるだなんて」

言って芽依は笑う。

「そうだよなぁ」

宝超も苦笑いを浮かべた。


宝超が思い描いた通り、敵はこちらの奇襲を受け、おもしろいように十五万がふたつに裂けた。敵は新興国の侵略軍、宝超が率いる軍勢は叛乱を鎮圧する正規軍。こちらは二十万、相手は十五万。副官の言う通り、迎え撃つのはこちらで、攻め寄せるのが敵だと、この戦場にいるすべての者が思っていたのだろう。

二十万もの大軍が、いきなり襲い掛かるなど思ってもみなかった敵軍は、一度の突撃で裂けた。後方の味方をおもんぱかることなく、宝超は敵を割るとそのまま敵の総大将の軍勢へむけて、みずからの将兵たちとともに疾駆する。

宝超ははなから、僑燐にしか興味がない。能という新たな国は烏合の衆だ。帝である僑燐という強烈な存在によって、独立心の強い商人どもがなんとか手を繋いでいる。本来はみずからの意思を国よりも尊重するような者たちの集まりだ。頭を失えば、櫛《くし》の歯が欠けるよりも早く瓦解するはず。そして僑燐という女は、愚かしいほどに戦場に姿を現す。殺し合いが好きなのか、それとも人々が命がけで刃を振るうのを見るのを好むのか。

僑燐を討ち、能を瓦解させるのだ。戦働きしか能のない宝超にとって、できることはそれしかない。

「我等が狙うは僑燐の首だけだっ！　他の首はいらんっ！　敵はすべて斬って捨てよっ！」

総大将に率いられた千五百の精鋭たちは、宝超の意図など出陣の時からわきまえている。この討伐軍が都で編成された時に、武芸の腕前だけではなく、小匣に満ちる気の質をも宝超が吟味し、これはと思った選りすぐりの千五百人を、みずからの手足となるように本軍とした。

総勢二十万の軍勢である。少なくとも二万は本軍として編成すべしという迅瀠の声を無視して、宝超は命を預けることのできる千五百を手足に選んだ。

宝超の心と繋がっているかのように、千五百の兵たちが、僑燐の本陣を表す〝僑〟の旗を目指して突き進む。宝超が右だと思えば右、左だと思えば左にと、命じるよりも早く、襲い来る敵にむかって刃をむけてゆく。無駄がない。本陣への道を阻もうとする敵と正面からぶつかるのではなく、その卓越した武芸により先陣を崩し、隙を作るとすぐに離れて馬を走らせる。

前進を止めず、敵の猛攻を挫く。周囲で戦う千五百の味方の手並みに、宝超は思わず息を呑む。さすがにここまでは芽依も付いてこない。最後の最後ではみずからの命を選ぶ。その逞《たくま》しさを、宝超は気に入っている。彼女の逞しさが、敵が殺到する秦崔から宝超を逃れさせ、楯豊救出という功をもたらしてくれた。きっと今日も彼女が功をもたらしてくれるはずだ。金色の兜のひさしの下で、宝超は笑みを浮かべる。太刀を手にした右手を挙げ、仲間に見せつけるようにして切っ先を僑の旗へとむけた。

「あそこだっ！　僑燐はあそこにいるっ！　突っ込むぞっ！」

雄々しい声が周囲を包む。千五百の小匣が、宝超の魂の昂《たかぶ》りに共鳴する。行くぞ……。念じると、仲間たちが駆る馬が宝超の気を悟ったかのようにぐんと速度を上げた。存分な働きをしているのは本軍だけではない。宝超たちの後を追って右方の敵の背後を突いた前軍十万の将兵たちも、懸命に戦い、本軍を牽制している。

淡い青だった仲間たちの気が、いつの間にか濃い藍色に変じていた。恐怖だ。漠然とした安穏とした恐れではない。間近に迫る死からなんとか逃れようと、必死に抗《あらが》う恐怖の色だ。それで良い。宝超は敵の本陣に馬で突っ込みながら、一人うなずく。敵のような欲望など無くて良い。欲に駆られて戦うのではなく、みずからの生のために戦う。恐れは欲よりも深いところにある。人の根源に近い感情だ。いま仲間たちを突き動かしているのは、人というよりも獣に近い情動であった。

「死にたくなくばみずからの刃で道を切り開けっ！　命は背後にはないっ！　目の前の敵のむこうに我等の命はあるっ！」

己に言い聞かせるようにして叫んだ宝超は、眼前で怯える敵の兜に思い切り太刀を振り下ろした。したたかに打たれた敵が、白目をむいて馬から転がり落ちる。

「僑憐っ！　僑憐はどこだっ！　我は顎港討伐軍総大将、宝超であるっ！　尋常に勝負されたしっ！」

敵の総大将である。出て来るはずもない。だが居場所はわかる。

気配が違うのだ。敵の本陣のなかで際立って強い気を感じる場所がある。多くの敵に囲まれているそこに、僑嫾がいるはずだ。

紅の気のなかで、その気配だけが緑色に澄んでいる。心地良い新緑の気配だ。

宝超は笑う。本陣深く、兵に守られている気配は、戦場にあってなお、平穏のなかにいるようだった。おおらかな山の風に吹かれ笑っている。

これまで戦場で一度も感じたことのない部類の気を前にして、宝超は愛馬の腹を蹴って急かす。無性にあの気配の主に会いたくなった。自軍よりも多勢である敵の奇襲を受けて陣を二つに割られ、背面を襲われてなお、高原の風を思わせる気をまとう者は、殺戮の天地でいったいどんな顔をしているのか。

必要最小限の動きで道を切り開く。敵陣のどこが脆く、目の前の敵の誰が一番弱いのか。見ずともわかる。感じるのだ。宝超が太刀を振るえば敵陣に罅《ひび》ができる。その裂け目を騰王家屈指の兵たちが強引に切り開いてゆく。

「退けっ！　お前たちに用はないっ！」

苛立ち紛れに叫び、眼下で執拗《しつよう》に槍を突き出してくる徒歩兵の首を薙いだ。涙目のまま倒れた敵の骸を越えるようにして馬を進める。漆黒の壁が現れた。物々しい鉄の鎧に身を包んだ騎兵たちが、緑の気配を取り囲んでいる。

「奴等に全軍でぶつかれっ！　あの先に僑嫾がいるっ！」

太刀を振り下ろすと、味方の騎兵たちがいっせいに黒衣の敵めがけて殺到した。たちまち混戦が宝超の目の前で繰り広げられる。みずからを守り、味方を犠牲にしたわけではない。混乱を生んだのだ。緑の気配に辿り着く道を作るために。死にもの狂いで敵味方が刃を振るう。次々と倒れてゆく男たち。主を失った馬が、行宛もなく戦場を駆ける。もはや秩序などどこにもない。隙が方々で生まれる。

緑の気配につながる道を、宝超は脳裏に思い描く。それは右に左に蛇行しながら、刻一刻と姿を変えてゆく。馬腹を蹴って光の道へと踏み出す。胸が熱い。匣がびりびりと震えている。

〝覇〟。それが宝超の天字だ。気に入っている。

「退けっ！」

味方の兵に押されて仰《の》け反《ぞ》った黒衣の敵の背を太刀で打つ。頑強な鎧を斬り裂くことなどはなから考えていない。背後から突然打たれ、前のめりになろうとした敵の首を、相手をしていた味方の騎兵が的確に斬り飛ばした。すでに宝超は彼等など見ていない。光の道を一心に突き進む。緑の気配の間近まで戦いは続いている。すでにあの気配の主も、戦いの只中にあるはずだ。

目的の気配の前にある敵の鎧の隙間から見えた脇を太刀で突き刺す。唸り声を吐いた敵が振り返ろうとした頭を、宝超を守るようにして従う味方の兵が槍の柄で叩いた。昏倒《こんとう》して馬から転がり落ちた敵のむこうに、見えた。緑の気配の主。緋色《ひいろ》の鎧を着た女だ。

「御主が僑燐かっ！」

女がこちらを見る。

「顎港討伐軍総大将、宝超っ！」

腹から声を吐きながら、太刀を両手に持って思いきり振り上げた。二人の間を隔てる者はもういない。

一騎打ち。総大将同士だ。いずれかが死ねば、戦は終わる。いや、僑燐が死ねば能軍は敗れるだろうが、宝超が死んでも謄軍は終わらない。都には帝がいる。榾豊もいる。多くの将軍がいる。宝超の代わりはいくらでもいるのだ。

「その首もらったっ！」

あらん限りの力で、太刀を振り下ろす。僑燐は細い眉を動かすことなく、白馬にまたがり宝超を見据えている。緑の気を纏ったまま。だが、もはや宝超は太刀を止める訳にはいかない。僑燐の頭上に太刀が迫る。

捉えた。思った刹那、手首をねじられた。宝超の視界がぐるりと激しく回転し、体が急に軽くなる。背中から地面に叩きつけられた。息が止まった。死ぬ。

戦場での一瞬の膠着《こうちゃく》が死を招くことを瞬時に悟った宝超は、すぐに気を取り直しすぐに僑燐を探した。

銀色の閃光《せんこう》が降ってくる。舌打ちとともに地を転がる。

僑燐だ。宝超の太刀を持っている。切っ先を宝超にむけて、冷淡に見下ろしている。

「総大将、宝超……。そう言ったか？」

無言のままうなずくと僑燐が笑った。

「敵陣のど真ん中で名乗るとは。凱慧といい御主といい、謄の総大将というのは武勇に勝ち過ぎておることとよ」

膝を折ったままの足に力を込め、伸びあがるようにして僑燐が掲げる太刀にむかって跳んだ。その動きを見越したように、僑燐が刃を引く。予測していた動きだ。敵の隙に乗じ、宝超は愛馬の鞍に飛び乗り、僑燐と同じ目線に戻る。だが、立場が互角になったわけではない。相手は宝超から奪った太刀を持っている。こちらは無手だ。

「死ぬか」

両手で握った緋眼造りの太刀を回転させ、女帝が構える。その堂々とした姿には隙が微塵《みじん》もなかった。依然として彼女の身は緑の気に包まれている。なんだかおかしくなった。

「なぜ笑う？」

僑燐に語り掛けられ、宝超は自分が笑っていることに気付いた。切っ先をむけられ、周囲で敵味方が争うなか、宝超は指先で鼻の頭をこする。

「なんか、はじめて会ったような気がしないなぁと思ったわけで……」

僑燐は右の眉を吊り上げる。怒りを覚えているような顔つきをしているが、その実、気は小動もしていない。

「おもしろいな、あんた」

「黙れ」

太刀が閃く。軌道は完全に見えていた。

笑ったまま宝超は、僑燐の繰り出した太刀を器用に避け、そのまま股に力を入れて、鞍越しに近寄れと伝える。主の意図を機敏に悟った愛馬が、太刀を振り下ろして無防備になった僑燐の馬へと己《おの》が体を押し付けた。肩と肩を触れ合わせるように、宝超は前のめりになる。

「退け」

太刀を振り上げることができぬ僑燐が、苛立ち紛れに言った。仄かに気が揺れる。

「どうして国なんか建てたんだ。あんた、そんなの全然望んでないだろ」

両の眉尻を吊り上げ、僑燐が宝超をにらむ。

「宝超様っ！」

二人の間に、味方の騎兵が鉾を振りながら割って入った。

「新手にございますっ！　後詰に百鬼《ひゃっき》薙ぎの清雷が現れましたっ！」

「百鬼薙ぎの清雷……」

その名は宝超も知っている。百鬼薙ぎ。顥港での戦の折、凱慧直属の猛者を一本の鉾で瞬く間に百人薙いだという逸話から、膾では百鬼薙ぎと恐れられた猛将である。僑燐とは義兄妹の間柄であるということも広く知られていた。

「そりゃまずいな。この勝負、預けとくよ」

味方のむこうに見える僑燐に告げ、誘われるようにして馬首をひるがえす。

「待てっ！」

「そう言われて待つ奴なんていないよ」

背後から聞こえる僑燐の声に答えながら、宝超は馬を走らせた。

盗

不思議な戦だった。

顎港に戻ってひと月が経ったというのに、僑燐は先の戦を思い出しては、心がざわめくのを抑えられない。能の帝となり、南域全土から集めた十五万の兵とともにはじめて碧江を越えた大戦は、三カ月の長きにわたりながら、真天山を目指すという当初の目的を果たせぬまま終わった。中域の中央に位置する真天山に辿り着くどころか、碧江の対岸に橋頭堡《きょうとうほ》すら築けずに、僑燐は兵を引いた。

だからといって敗けたかといえばそうとも言えない。戦が始まった当初は、幾度か激しい衝突もあったが、半月もすると、碧江の両岸の貫道を繋ぐ孤老橋《ころうきょう》を守るように布陣した敵軍とにらみ合う形で、戦線は膠着。にらみ合いの末、能建国により新たな領土となった各都市から出陣してきていた大将たちから兵糧不足という訴えが続出するようになり、兵を退かざるを得ない状況になった。殿《しんがり》を買って出た清雷を戦場に残し、僑燐たちは顎港に退き、大将たちも各都市に退いていった。その間、敵が追撃の兵を差し向けてこなかったのは、僑燐には意外であった。

宝超という名が、心に刻まれている。初めの戦いで背後を突かれた際、総大将みずから本陣に突撃してきた。なんとも不思議な若者であった。敵なのはわかっている。わかっているのだが憎めない。

「どうして国なんか建てたんだ。あんた、そんなの全然望んでないだろ」そう言って笑った宝超の顔が、ひと月経った今でも頭から離れなかった。

「どうしたの？」

妹の心配するような声を聞き、僑燐は我に返る。箸を手にしたままの静火が眉根を寄せながら僑燐を見ていた。食堂である。顥港には船乗りたちの銭を当てにした食い物屋が、海の近くに軒を連ねている。競争が激しいため、いずれの店もなかなかの料理を手ごろな値段で出す。帝でありながら、僑燐はこの手の店を好む。

「大丈夫？」

細い声で問う妹に、僑燐は笑みを返す。

「ちょっとぼうっとしてただけ」

「お腹《なか》の調子が悪いんじゃない？　ほら昨日の晩は定例の宴《うたげ》だったでしょ？」

帝などという面倒臭い立場になると、付き合いも多い。昨夜の宴は、顥港の豪商たちとの月一回開かれている定例のものであった。

「腹の出た爺《じじ》ぃたちのご機嫌取りしてるだけの宴だから、体なんか壊すことないよ」

目の前に並んだ大皿のなかから、甘辛く煮た大振りの魚に箸を伸ばす。縞模様《しまもよう》の紅い皮を箸で破り、柔らかい白身を取り皿に載せる。

「ほら、あんたも食いな」

顥を突き出し、並べられた皿を示す。

　姉妹二人きりでの外出である。着ている物は町娘が着るような安い一重の衣だ。刺繍などない無地の帯に、安物の薄い衣。履き物も足の甲を留める太めの帯が付いた、木製の誰もが履くものだ。王侯のごとき暮らしが性に合わない。能の帝という立場である以上、それなりの暮らしをしなければならぬと黄臥や章権などは口うるさく言うのだが、多くの女たちが周囲に侍り、起きてから寝るまで常に誰かに見張られているような暮らしが窮屈でならない。

　帝としての務めは十分に果たしている。帝の決裁を必要とする案件にはすべて目を通し、みずからの判断において命を下している。光賢宮の隣に建てられた皇宮と名付けられた僑燐の屋敷に、毎日帰宅しているのだから、少しくらいの自由は許してもらいたいと思う。灰火の主であり、いまや能の謀略実行の長ともいえる静火を連れて行けば、黄臥や章権も文句はないだろうという目算の元に、たびたび町に繰り出す。

「美味《おい》しい」

　焼かれた小魚に頭からかぶりついた妹が、口を掌で隠しながら言った。こうしていると、どこにでもいそうなか弱い女性なのだが、掌に隠れる程度の刃を握らせたら、大仰な得物を持った大男でも太刀打ちできない。

「この前、一人でこの辺りをぶらぶらした時に見つけたのさ」

　僑燐は満面の笑みで白身魚をほおばる。丁度良い塩梅《あんばい》で煮付けられた白身は、なんともいえぬまろやかさを、口いっぱいに広げてゆく。至福のひと口に、少し辛めの酒を注ぐ。商用のために大陸全土から集められた米のなかで、砕けたり半端だった物を使って、顥港では昔から酒が造られている。他の地域の酒が白く濁って酒気も弱い中、顎港の酒は濾《こ》して澄んだ物を飴色《あめいろ》になるまで熟成させるから、酒気も強く、芳香も他の地域の酒とは一線を画している。顎酒《がくしゅ》と呼ばれるこの酒は、都の王侯貴族の間でも珍重され、顎港を出ると途端に値が吊り上がる。

「ふぅ、やっぱりこれだね」

干した盃《さかずき》に、新たな酒をみずから注ぐ。酌をされながら呑むのが嫌いだった。給仕もだ。甲《か》斐甲斐《いがい》しく世話をされずとも、一人で飯くらい食える。だから宮中での食事はわずらわしくて仕方なかった。そんな姉の気性を知っているから、静火もわざわざ酒壺《さかつぼ》を取ることはない。僑燐のやりたいように任せ、みずからも好きなように大皿に箸を伸ばし、黙々と飯を食っている。

「おかわりっ！」

店の端から聞こえてきた男の威勢の良い声に続いて、客たちが歓声を上げた。口の中に目一杯鶏肉《とりにく》を詰めたまま、僑燐は声のした方に目をむける。いつの間にか、店の客たちが全員ひとつの卓を囲んでいた。船乗りたちの大きな背中が邪魔して、席に座る者の姿はまったく見えない。

「ごめんなさい」

この店で注文できる一番大きな酒壺を抱えながら、店の娘が男たちを掻き分けてゆく。

「酒闘ね」

姉と同じように頬をふくらました妹が、男たちの背中を横目で見ながら言った。

「久しぶりだねぇ」

目を輝かせながら、僑燐は男たちの方へ椅子を回した。顎港の船乗りたちの間で行われる一番平和な勝負が、酒闘である。面倒臭い決まり事などない。ただ単純に交互に盃を干してゆき、潰れた方が敗け。酔い過ぎて命を落とさない限り人死にが出ないから、船乗りたちは争いごとがあると酒闘で決着を付ける。

「どんな奴がやってるんだろ」

「放っときなよ、姉さん」

椅子から腰を浮かして足を踏み出した姉を、呆れ声で静火が呼び止める。が、姉はそんなことでは止まらなかった。

「ちょっと、通してくれよ」

汗臭い肉の壁の隙間に肘を差し込み、男たちを掻き分けて輪の中央へと乗り込んで行く。

卓一杯に並べられた酒壺の奥に座る男の顔を見て、僑燐は言葉を失った。

男の方は、勝負相手との飲み比べに夢中で、僑燐に気付いていない。顔を真っ赤にして、へらへらと笑っている。が、目の奥に輝く光は微塵も揺らいでいない。一方、相対している男の方は、中程まで酒の入った盃を手にしたまま、ぐるぐると頭を回している。おそらく自分でも回っていることに気付いていない。眉間に皺を寄せ、必死に目の前の男をにらもうとしているのだが、頭が回転しているせいで、卓から天井、天井から卓へと視線が定まらない。

「どうした。お前さんがそれ呑まないと、次が呑めないだろ」

言いながら笑う男の手には、縁まで酒を満たした盃が握られている。

「おい」

「わかってらぁっ！」

天井をにらみながら叫んだ男が、中程まで入った盃をうつろに開いた口に当てた。だらだらと唇の両端から酒を垂れ流しながら、なんとか盃を干した男が、空になったそれを卓に叩きつける。凄《すご》んでみせるが、目の焦点が合っていない。

「全然呑んでねぇけど、まぁいいか」

へらへら笑う男が、掌中の盃を口に運んで酒を一気に腹へと流し込んだ。

「ぷはぁっ、やっぱ顎酒は美味《うめ》ぇなぁ、おいっ！　あ……」

笑いながら卓を叩いた男が、僑燐に気付いて口を開けたまま固まった。男が卓を叩いた勢いで仰け反った男が、激しい音を立てて頭から卓に突っ込んでそのまま動かなくなった。

船乗りたちがいっせいに歓声を上げる。敵も味方も関係ない。港の男たちは勝者を好む。

「あんた、いったいなにしてんだ」

「なにって……」

剣呑な視線を受けながら、酒闘に勝った男が頬をぽりぽりと掻きながら僑燐から目を逸らす。そうしてわずかの黙考のあと、笑顔のまま僑燐に目をむけた。

「旅？」

あまりにもさわやかに答えた男に、二の句が継げずにいると、周囲の男たちが僑燐を見てざわめきはじめた。

「おい、あれ」

「本当だ」

「帝だ」

「なんでこんなところに」

皆の視線が僑燐に集まる。

「もうっ、姉さんったら……」

船乗りたちを掻き分けて静火が僑燐の肩に手を触れた。

「良い加減にして……うそ……」

男の顔を見て静火が固まった。

「宝超……？」

仄火の長が、卓に座る男の名を呼んだ。戦場でまみえることがなくとも、仄火の長が先の戦の総大将の顔を知らぬはずがない。

「姉さん」

宝超をにらみつけたまま、静火が僑燐の肩をわずかに揺する。どうやら周囲の男たちは、僑燐に夢中で、先刻の勝負の勝者が敵国の将であることに気付いていない。船乗りたちがじりじりと僑燐から遠ざかってゆく。恐れ多いとでも思っているのだろう。いつもなら、そんなことしないでくれと笑いながら呼び止めるのだが、いまはそれどころではなかった。

「旅ってあんた……」

僑燐の剣呑な気を悟って、男たちが宝超へと視線をむける。不穏な気配に包まれながらも、顎港討伐軍の大将は気の抜けた笑みを崩しはしない。

宝超が空になった右手の盃を高々と挙げて、僑燐へと言葉を投げる。

「どうだい。あんたも勝負してみないかい？」

沈黙が店を支配する。皆の目が僑燐にむく。どうする？　男たちは無言のまま問うている。

勝負事が三度の飯より好きな顥港の船乗りたちだ。旅の男が帝に酒闘を挑んでいるこの状況が、面白くて仕方が無いようである。誰も宝超の素性など気にも留めていない。ただ、僑燐の答えが聞きたくてたまらぬといった様子で、口を閉ざして成り行きを見守っている。

「姉さん」

どうする？　妹もまた問うている。おそらく、店の周囲には妹の手下が数名いて、密かに僑燐たちを警護しているのだろう。静火が合図を送れば、屯《たむろ》する船乗りたちに紛れて、誰にも気付かれることなく宝超を始末できるのだ。僑燐はへらへらと笑う宝超から目を逸らし、酔い潰れて眠っている男を蹴って椅子から落とすと、どかりと腰を据えた。

「姉さんっ」

首を左右に振って、灰火の動きを止める。そしてそのまま宝超をにらみつけ、腹から声を出す。

「新しい盃をちょうだいっ！」

船乗りたちが素早く左右に分かれ、一本の道を作ると、肩をすくめるようにして娘が歩いてきた。両手の指先でつかんだ素焼きの盃を僑燐に差し出しながら、娘が泣きそうな顔をしている。

「ありがとう」

穏やかな笑みで盃を受け取り、ふたたび目の前の男をにらみつける。僑燐は空の盃を卓に置き、そのまま身を乗り出し、まだまったく減っていない店一番の酒壺を両手でつかんで持ち上げた。

壺の縁を口まで持って行き、ゆっくりと斜めに傾けてゆく。一気に酒が口中に流れ込む。息が出来ぬほどの濁流を、喉を開いて腹の底へと流し込んで行く。

呆気《あっけ》に取られる妹を無視しながら、ぐいぐいと酒壺を傾けてゆく。腹のなかで炎が暴れまわっている。それをなだめるよりも先に、新たな酒が次から次へと喉から腹へと流れ込んでゆく。血走った目で天井をにらみながら、僑燐は酒壺を干す。

一気に息を吸い込んで、空になった酒壺を放る。宙を舞った壺を、背後の船乗りが受け止めた。

「まだ呑んでやろうか」

「いや、もう良いよ。あんたの呑みっぷり見てたら、こっちも呑みたくなっちまったし」

船乗りたちがすでに新たな酒を手配していたようで、男たちの輪から酒壺が現れ、卓の上に置かれた。

「へへへ、皆楽しみにしてるみたいだね」

赤ら顔の総大将が酒壺を手にした。

「そのまま呑むんじゃないよ」

「わかった？　へへへ」

持ち上げていた壺をゆるりと下げて、みずからの盃にむける。静かに傾け盃に酒を満たすと、それを宙に掲げて、僑燐にむかってぺこりと頭を下げた。

「あんたと酒を酌み交わせて、うれしいよ」

笑みを崩さず一気に酒を呑み干す。卓は新たな酒壺を置く隙間もないほど、壺で満たされている。いったいどれだけの酒を、この男は呑んでいるのか。僑燐が店に入った時には、こんな勝負が行われていることに気付きもしなかった。

それでも宝超は崩れていない。みずからの盃を空にした討伐軍の大将は、それを卓に置いて酒壺を手に取って身を乗り出しながら、僑燐へとむける。酌をしてくれようとしているのだろう。誰かに酌をされるのが苦手なことを、宝超は知らない。苦笑いのまま盃を手にして掲げられた壺へとむける。酒壺をかたむけながら、宝超が周囲の船乗りたちに目をむけた。

「こいつら、あんたの素性に気付いておきながら、大袈裟《おおげさ》に騒がないね。日頃からしょっちゅうこんなことしてるんだろ」

悪戯《いたずら》小僧のような笑みを浮かべながら、宝超が問う。盃に酒が満ちた。壺を卓に置き、宝超がみずからの席に腰を落ち着ける。盃を手にしたまま、僑燐は問う。

「どうして、顎港に？」

「あんたが治める街を見たかった。まぁ、こんなことになるなんて思ってもみなかったが」

「私を見張ってたんだろ」

「いいや」

首を振った宝超が小汚い衣の上からみずからの胸に手をやった。

「縁だよ」

妙に確信じみた宝超の揺るぎない口調に、僑燐は思わず言葉を失ってしまう。

「ほら、あんたの番だよ」

言いながらさわやかに笑う敵将にうながされ、僑燐は一気に酒をあおった。まだ酔うほど呑んでいないというのに、体の芯が熱を放つ。

「呑んだよ」

苛立ちを滲ませ言った僑燐の目の前で、すでに酒を満たしていた盃を空にして、宝超が両手を広げる。まだまだ余裕だと笑ってはいるが、白目まで真っ赤に染まっている。

「こんなところで死ぬ気かい」

「あんたとの勝負で死ねるなら本望だ」

「言ってな」

三杯目、四杯目と盃を重ねてゆく。

「姉さん」

背後で静火が心配そうにささやく。これまですべてひと息で呑み干し続けている。普段以上に酒気が体に回っているのは間違いなかった。

「大丈夫だよ」

言いながら大きく息を吸う。五杯目を干す。瞬く間に宝超が続く。六杯目の酒が満たされる。手に取った。

「あぁっ！　やっと見つけたぁっ！」

若々しい娘の声が出入り口の方から聞こえ、船乗りたちがいっせいにそちらをむく。白熱する勝負に興奮する男たちを掻き分けて、宝超の隣に立ったのは、まだ顔に幼さの残る娘だった。

「こんなところでなにやってんですかっ。目立たないっていう約束だったでしょっ!」

脳天から突き抜けたような甲高い声が、僑燐の耳を襲う。あまりの声の高さにめまいがしそうだった。卓を挟んで目の前に座る宝超も同様だったらしく、瞼《まぶた》を何度も開け閉めしながら、小指を耳の穴にねじ込んでいる。

年の離れた妹のような娘に叱られ、悪戯がばれた子供のように肩をすくめる宝超が、あまりにも滑稽で思わず笑ってしまう。すると、きらきらとした少女の瞳が僑燐を捉えた。

不審そうな眼差しで僑燐を見る娘の肩に手をやった宝超が、おもむろに立ち上がった。

「すまない、邪魔が入ってしまったようだ。この勝負、俺の敗けでいいよ」

なにか言おうとした娘を押し留め、大声で言った宝超が、肩に置いた手を背中に回し、振り返らせる。

「さぁ、行くぞ」

娘の背を押す。

なにかに気付いた宝超が、懐に手をやってぎっしりと中身が詰まった革袋を取り出した。

「こいつで勘定しておいてくれ」

言って僑燐へと革袋を投げた宝超が、そのまま娘とともに男たちを掻き分けてゆく。

「待てっ!」

立ち上がって叫ぶ。男たちを割ってできた道の真ん中で、宝超が足を止める。

「この勝負の続きは、いずれ」

ぺこりと頭を下げて店を出てゆく。

「姉さん」

殺さなくていいのかい？　静火が問うている。僑燐は笑う。口から歌が漏れる。椅子に腰を下ろし、空になっていた盃に酒を注ぐ。飴色の水面を見つめながら、束の間の邂逅《かいこう》を楽しんでいた自分を思い出す。

「放っておきな」

不思議な男だった。

覇

顎港への旅から戻ってひと月あまり、宝超は都にいた。

「よもや、また御主に救われるとはな」

呑気《のんき》な声を背に受けながら、宝超は馬を走らせる。能討伐軍総大将。それが宝超の肩書であった。中域において真天山を牽制する位置にあり、貫道に接続した大都市である笵《はん》に普段は駐屯しているのだが、この日はたまさか都に来ていた。能の情勢報告という名目である。

その間、緋眼が不穏な動きをしているなどという報せはまったく入っていなかった。それはどうやら楣豊たちも同様であったらしく、奇襲同然の敵の襲撃に、近衛軍をはじめとした都を守る五十万もの将兵たちは、浮足立っていた。

決起から七年あまり。北域の都市を着実に陥落させていった緋眼が、ついに都へと兵を進めたのである。緋眼を率いる和賀盛為の武勇は、宝超の耳にも届いていた。武士が長となる緋眼において、百年に一度の勇将という噂の盛為は、絶大な支持を得ているらしい。その強烈な牽引力によって、北域を荒らしまわり、ついには都を襲うまでに成長した。

緋眼の奇襲を受けて将兵たちが浮足立っているとはいえ、宝超が口出しできるわけでもない。近衛軍の大将や王府軍の大将と、格の上では対等であるが、宝超はあくまで能討伐軍の大将である。だが奇襲の報を受け、すぐに都へかけつけた。

大敗であった。宝超が救援に行く間もなく、都は緋眼に攻め落とされ、味方の兵たちは逃げ惑うありさまであった。敗北を悟った楣豊は、都を捨てるという決断を下した。

激しく上下する鞍の上で、宝超は隣に並ぶ芽依にむかって、言葉を投げた。

「大変だな」

「本当ですよっ！　なんでいつもこんなことになるんですかっ！」

並走する秘書官が宝超にむかって叫ぶ。背後にはこの国の宰相が駆る馬がいることなど、この闊達《かったつ》な娘には意味がないらしい。

「ふふふ、相変わらず其方の声は耳に刺さる」

「聞こえてたんですか？　そうですよね。すみませんね。はい」

背後を見もせず、芽依が楣豊に尖った声を投げる。そういえばと、宝超は昔を思い出す。王府にまで轟《とどろ》く武功をはじめて挙げた時も、芽依はともにいたのだ。秦崔から都まで楣豊を送り届ける旅であった。芽依と楣豊、そして宝超。今宵は、もう一人。

「どこまで逃げるのだ、楣豊」

三頭の馬が立てる蹄《ひづめ》の音の隙間から、か細い声が漏れ聞こえてきた。

「ひとまず、宝超の軍が駐屯する中域まで参ります」

「中域……。我は行ったことがない……」

玖。この国の帝だ。

先帝の父、剛が死に、帝位を継いだ時には七つであった。今は十四になっている。なのに、玖の体は十四とは思えぬほど幼く、楣豊の懐に抱かれるようにして彼が駆る馬の鞍にすっぽりと収まっていた。病弱であるのか。食い物には困っているはずがない。

「逃げておるのは我等だけではござりませぬ。きっと母上や、貴臣たちも後から現れまする。朕は滅びませせぬ。これからでござります。ここにおります宝超は、敵の盤踞《ばんきょ》する秦崔から我を救ってくれました。かならずや、都を奪い返してくれまする」

「宝超……」

名を呼ばれ、馬の脚を緩める。楣豊の駆る馬よりわずかに後ろに退いて、みずからの馬を走らせる。

「其方が頼りだ、宝超。一日も早う、都を取り戻してくれ。我は寝床を替えると、よく眠れぬのだ」

「承知仕《つかまつ》りました。かならずや都を取り戻してみせましょう。ですが……」

「宝超」

楫豊が止めようとするのを無視して、帝にむかって続ける。

「某《それがし》が都の奪回に赴けば、能は黙ってはおりますまい。真に危うきは緋眼にあらず、僑燐を帝とする能にございます。都が攻め落とされたことを知れば、能に走る同胞も出てまいりましょう。ひとまず都は緋眼のものとし、まずは僑燐を討つことに専念いたした方がよろしいかと。能を落とし、南域を支配した後、ゆっくりと緋眼と相対するべきかと存じまする」

そうか……。鞍にまたがる玖の色の薄い唇がそう動いたのを宝超は見逃さなかった。おそらくささやいたのであろうが、細い声は宝超の耳に届かなかった。一国の主であるにしては、あまりにも気が希薄である。その胸には小匣を有しているのであろうが、一向に気配を感じることができない。もし、このまま宝超や楫豊とはぐれてしまったら、帝の気配を追うことはできないかもしれない。こんな帝を推戴《すいたい》したままで、果たしてこの動乱を乗り越えることができるのか……。

宝超の胸に暗雲が垂れ込める。東には都を陥落させた緋眼の長、盛為。西には南域にみずからの国を建てた僑燐がいる。真族は緋眼を夷界に追いやって以降、はじめてといえる戦乱に直面しているのだ。三つの勢力が大陸に割拠し、覇を競うなか、宝超が仰ぐ主は、この虚弱な帝なのである。どれだけ宝超が必死に戦っても、果たして勝てるであろうか。

勢いは盛為と僑燐にある。膽は滅ぶべき王朝なのか。

「させぬ……」

「なんだ、宝超？」

忘我のつぶやきを楣豊に聞かれ、宝超ははっとして隣を走る馬を見た。

「某が絶対に帝と楣豊様を御守《おまも》りいたします」

「頼んだぞ」

宝超は愛馬の腹を蹴って楣豊たちに先行した。宝超が拠点とする中域の大都市、笵の地に帝が逃れ着いたのは、それから五日後のことであった。

忠

つまらぬ。数年前から黄臥は心のなかで数え切れぬほどこの言葉をつぶやいていた。だからこの場にいる。

「其方がこうして某の前に立っているとは、ひと月前には思わなかった」

そう言って笑う敵の将は、執務室に設えられた机に肘を突き、身を乗り出しながら黄臥を見ている。

「能の五兄妹といえば、大陸全土にその名が轟き渡っている。五兄妹の知恵袋。権謀才知《けんぼうさいち》の黄臥。真に御主なのだな」

「身の証を立てるものはなにもねえがな」

「そんなものいくらでも立てられるさ」

敵将は、黄臥の背後に立っている女の近習にむかって笑みのままうなずいた。勝気そうな女は、ひとりの男を連れてきた。粗末な衣を着た男だが、その顔に見覚えがあった。清雷の側近であった武人だ。

「なにを……。なにをなされておられるのですか、こんなところで……。黄臥様」

「あぁ、問われる前に言っちゃったね」

ため息まじりに敵将が言って、怒りに震える男にむけていた視線を、黄臥に移した。

「彼は三月前の戦の折に、清雷をかばって敵陣に残って捕らえられたのさ」

三月前の戦も、なんら代わり映えのしない戦だった。中域に橋頭堡を作るべく、碧江を渡った清雷の軍勢と、宝超率いる討伐軍の小競り合い。十日ほどの戦いで、清雷が二千ほどの兵を失い撤退した。兄は敗けを素直に認めた。しかしそれを咎める者は、いまの能にはいなかった。能の武は清雷に委ねられている。黄臥や章権のような政を専らとする臣は、立ち入ることが許されない。

いまや能の軍政は、清雷と彼を慕う取り巻きどもで動かされている。清雷の献策を、僑燐が決裁し、戦が行われる。黄臥たちは、清雷たちが策定した戦略を遂行するための兵糧や軍備を整えることしか求められない。さすがに無茶な献策には、文政の立場から退ける求めを出すこともあるが、首を縦に振るか横に振るかは僑燐に任されている。

「降ったんだよ。我が国に」

宝超の言葉に武人が怒りのまま体を震わせ、黄臥をにらむ。

「何故……」

「それを今から聞くんだ。けど、もう君には用はない。下がってくれ」

男はうながされるようにして、部屋から去った。その目は最後まで黄臥をにらみつけていた。

二人だけが部屋に残される。

「これで君の素性の証明が出来たわけだが」

机についた両肘のほうへ身を乗り出し、掌に顎を載せた敵将が黄臥を見上げる。

「何故、兄妹を裏切る気になったんだい？」

理由を知りたいのは当たり前だろう。この男が言った通り、能の五兄妹といえば、大陸に知らぬ者はいない。それほどに黄臥たちは伸し上がった。僑燐を主に据え、長兄が道を切り開き、もう一人の姉が闇に潜み、末弟が殿を守り、己が五人の行く末を智謀によって見定める。そうして、五人の兄妹の名は大陸全土に知れ渡った。いまや姉は一国の主である。帝だ。

それが、どうした……。

「つまらねぇんだよ」

敵将が首を傾げる。わかるはずがない。

「定まりきった国なんかに興味はねぇ」

「定まりきった国……。能のことか」

首を縦に振って笑った。

「俺は奴等のことを兄妹だと思ったことなんて一度もねぇんだ」

拾われた先でたまたま一緒になった。僑燐たちとの縁はその程度のものだ。

「嫌いなんだよ。絆なんて暑苦しいもんが」

言って胸に拳を当てる。そこに眠る小匣に刻まれた文字は〝忠〟。主に尽くす真の心という意味があるらしい。ならば、黄臥の主は己自身だ。他の誰にも仕えたことはない。

「俺は俺のためにここにいる。治まりきった世の中なんざ吐き気がする。なにが帝だ。なにが智謀の黄臥だ。冗談じゃねぇ」

人は死ぬ。柱にぶら下がって大便を垂れ流していた実の父のように。どれだけ高貴なふりをしても、己の性根は変わらない。掃き溜めのような路地裏にいた頃から、黄臥はなにも変わっていない。

変わったのは、僑燐たちだ。金を持った大人たちに担ぎ上げられ、いい気になってあの頃の自分たちを見下している。

「ふざけんじゃねぇ」

言葉の意味を悟れない敵将が、首を傾げる。構わず続けた。

「ぶち壊してやるんだよ、俺が。なにもかも」

「能を滅ぼすために、御主はここに来たというのか。御主が作った国ではないのか」

「腕っぷしばかりで頭の無い奴等を使って気に喰わねぇ奴等を殺しただけだ。そうしている間に国なんて面倒な物が出来上がった。それだけだ」

親父のような面をして威張っていた盗人の長を僑燐に殺させた。顎港の金持ちたちも。盗人の長や金持ちたちのような悪党が世にのさばるのが許せない。奴等がいなければ、父や母が死ぬことはなかった。だから殺してやったのだ。そんなことをしていたら、手足どもが国を造った。そうこうしている間に兄妹の一人として、「智謀の黄臥」などと祭り上げられてしまった。

そして、手足どもが顎港でのさばっている。どれだけ高邁《こうまい》な理想を掲げようとも、やっていることは盗賊の長や金持ちたちと同じではないか。

「わからんな」

敵将がうめく。

「わかってもらうつもりはねぇが、俺があんたの味方になるというのは本気だ。俺は僑燐党のことは誰よりも知っている。あんたの力にならせてくれ」

「本当に御主は我等の味方になるつもりか。よもや裏切るふりをして、我等を陥《おとしい》れるつもりではないのか」

「その時は斬り捨ててくれ」

「命を証とするか」

「その覚悟はできている」

元から拾った命なのだ。本当は死んでいたのだ。実の両親が首を括った時に。

「頼む」

ひれ伏す。

「俺を使ってくれ」

盗

真天山と領土を繋ぐ。そのために僑燐は碧江を渡り、中域へと馬を進める。

背後には五十万の軍勢を従えている。能建国以来、最大規模の動員であった。

総大将は帝である僑燐自身であるが、軍勢を直接指揮するのは、兄の清雷である。将軍となった清雷を超える軍の統率権を、僑燐は持たない。統率する五十万人の上に据えられた神輿なのであった。有名無実の総大将であろうと、みずから馬を駆って戦に臨むのには、領地と真天山を結ぶという目的とは別の理由があった。

黄臥だ。ひと月前、弟が姿を消した。身近な家臣たちにも告げず、忽然と姿を消してしまった。置手紙のようなものもなく、誘拐を疑いもした。

弟が消えてひと月経った今、たったひとつだけ気になる情報が僑燐にもたらされた。都を緋眼に奪われた朧王府が拠点とする笵の地で、黄臥を見た商人がいるというのだ。

宝超に降った。黄臥を見たという商人は、そう言った。

清雷や静火たちは、なんの確証もない商人の言葉を虚言であると切って捨て、はなから信じようとはしなかった。では、黄臥はどこに行ったというのだ。虚言だと言って目を背ける兄妹たちも、僑燐の問いに答えてはくれなかった。黄臥が裏切るはずがない。僑燐もそう思う。だが気にかかる。あの頭の良い弟が、誰にも告げず顥港から姿を消したのだ。連れさられ、人知れず殺されでもしていないのならば、笵に逃れ宝超に降ったというのは、黄臥らしい行いであると僑燐は思う。黄臥には黄臥なりの考えがあり、僑燐たちのもとを離れたのだ。だとすれば、宝超の元に降ったと考えるのが、妥当な線だ。兄妹よりも宝超を選んだのか。わからない。それでも、この戦に参加して中域に行けば、黄臥の痕跡を辿れるのではないかと思った。皆は、弟の捜索は仄火に任せろと言って、それ以上の話を避けるのだが、僑燐は諦めきれない。じっとしていられない。だから、清雷や章権の反対を押し切って、今回の戦に参陣した。

五十万の兵を引きつれ、堂々と貫道を行く。

目的の真天山は、謄の王府がある笵に近い。そこへ辿り着くまでに、必ず宝超は迎撃の軍勢を用意してくるだろう。宝超の軍勢の中に黄臥がいる。そう信じる。根拠など必要ないのだ。十八の時に父を殺し、僑燐党を起こしてから二十一年。三十九になった。若い頃は思うよりも先に体が動いていたのだが、近頃は動かぬために理屈を考えるようになった。だからこそ、理屈や根拠などをくどくど考えるよりも先に、動くのだ。黄臥は必ず宝超の軍勢のなかにいる。そう言い切ることで、老いた体を奮い立たせるのだ。

宝超を討ち、黄臥を取り戻す。黄臥は兄妹よりも宝超を選んだのかもしれない。ならば、その宝超を討ち、弟の目を覚まさせる。どこまで行っても、僑燐には兄妹しかいないのだ。四人がいてくれるから、帝などという窮屈な立場も受け入れることができる。面倒な暮らしも投げ出さずにいられるのだ。たとえ自分の前から姿を消しても、黄臥は今も可愛い弟である。本当に能を裏切り膾に降っていたとしても、その想いは変わらない。もし黄臥が見つかり、膾に降っていたという事実が能の者たちに知られてしまえば、斬首は免れない。反逆は大罪である。そんなことは僑燐も重々承知している。それでも生かす。章権に異を唱えられようと、能のすべての民が僑燐を糾弾しようと、黄臥を死なせるつもりはない。弟を殺すくらいなら、喜んで帝位など投げ出してやる。

帝になりたいと思ったことなど一度もない。兄妹のために。皆が健やかに暮らせることを望んだ。その果てに、帝などという面倒な位を得ただけ。僑燐は微塵も揺るがない。望んでいるのは、五人の幸せだけだ。どこでねじ曲がってしまったのだろうか。黄臥はなぜ姿を消したのか。誰にも相談できなかったのか。己にだけでも話してほしかった。そう思うと、痛くなるほど胸が締め付けられる。

「帝」

黒馬が背後から近づいて来る。聞き慣れた声を耳にし、僑燐はみずからの白馬の足を緩めることなく、声の主の到来を待つ。巨馬が僑燐と並走する。前を向いたまま清雷が口を開く。その手には自慢の得物はない。

「斥候からの報せで、この先に敵が布陣しているとのこと」

「この先とは」

「俸仙《ほうせん》の街の周縁、おそらく麦倒原《ばくとうげん》でしょう」

俸仙の街は、笵より五十踏《とう》（約五十粁《キロ》あまり）ほど貫道を下った場所にある中域第二の都市である。その周縁には、麦倒原という一大穀倉地《こくそうち》が広がっていた。

「数は四十四万」

「細かい数字だな。仄火か」

「左様。静火はいまも敵陣に潜んでおります。で、気になることがあると……」

横目で兄を見遣る。能を建国して八年あまりが経った。兄妹たちの関係もそれぞれが年を追うごとに変化している。常に側に付き従い僑燐を守ってくれていた清雷も、こうして戦場で馬を並べなければ顔を見ることすらないほどに関係は冷えていた。無理もないとは思う。清雷には南域全土に広がる数百万の能軍を統制するという役目がある。僑燐が顎港で戦果を待つような小さな戦にも必ず出陣して、兵たちを鼓舞している。兄の目はもはや妹ではなく、能全土の兵たちにむけられているのだ。

聞英も王府には無くてはならぬ存在となっている。清雷のような抽んでた武勇も、黄臥のような秀でた頭脳もない。静火のように愚直な粘り強さも末弟は持ち合わせていなかった。しかし、官人に一番好かれているのはこの弟だ。五人のなかでもひときわ愛嬌《あいきょう》がある。多少の苦言でも聞英が言うと、それを苦にする者がいない。王府にて章権や黄臥あたりが、官人たちに苛烈な物言いをし、双方の間に隙間風が吹きそうになっても、聞英が間に入れば、仕事が円滑に運ぶ。帝となった姉にも、聞英だけは昔のような気さくさで接してくれる。こういう男は、重宝されるものだ。いまや五人のなかで一番忙しいのは聞英かもしれない。

静火は相変わらずである。が、南域全土を支配域とし、瞻王家との対立を続ける能国の暗部を一手に担う仄火の長は、とかく顥港を離れている。たまの休みには相手をしてくれるのだが、それも年に一、二回あれば良いという程度であった。

兄妹はそれぞれの立場をまっとうしている。それが、皆にとっての幸せだと、僑嫾は信じていた。

黄臥が姿を消すまでは……。

「宝超の旗が見つからぬそうです。俸仙の本陣で、こちらの出方を見ているのやもしれませぬ」

僑嫾の数倍、宝超と干戈《かんか》を交えてきた清雷が告げる。

「宝超らしくない」

「あの男は、初戦には必ずみずから兵を率いて姿を現すはずだ……。見逃したということは」

「仄火からの報せです。あり得ぬかと。宝超に構わず、このまま進軍し、敵とぶつかるか。それとも、この場から一旦退き、敵の出方をうかがうか」

「ふたつにひとつか」

長兄の銀の兜が上下に揺れる。進むか退くか。答える前に知りたいことがあった。

「黄臥のことは、静火はなにも言ってきていないか」

憮然《ぶぜん》とした態度で兄が首を振る。

「敵の軍勢のなかには」

「なにも言ってきていないと御答えしたはず」

苛立ちを露わにした兄の声が、妹の弱気な言葉を止める。

「あいつは俺達になにも言わずに去ったんだ。大陸は広い。どこにいるかわかりもしない。宝超に降ったと言い張っているのはお前だけだろ」

「でも笵の商人が……」

手綱を握る兄の拳が怒りに震えていた。

「奴が俺達を裏切るはずがない。黄臥は……俺たちの弟だ。どこの馬の骨ともわからぬ商人の妄言など俺は信じぬ。笵に奴がいたとしたら捕らわれたんだ。それしかない」

「だとしても……」

「帝」

毅然と言い放った清雷が、これ以上の問答を拒むように妹の顔を覗き込む。

「参陣すると申された以上、今度の軍勢の総大将は帝なのです。それ故こうして某《それがし》は、進退を伺いに参ったのです。迷っている暇はござりませぬ。このまま兵を進めて宜《よろ》しゅうございますか」

兵を進める……。清雷のなかですでに答えは決まっているのだ。そのうえで、伺いを立てるという体裁を整えに来ただけなのだ。

「わかった。あんたに任せるよ」

わざと昔のような口調で言った。しかし兄は、そんな妹の心を汲む素振りもみせず、ただ一度うなずいただけで、馬首を返した。

「清雷」

去って行く背中を呼び止めた。器用に馬を止め、妹を見る兄に笑みで応える。

「真天山に辿り着いたら五人で酒を呑もう」

覇

「清雷は絶対に兵を止めねぇ」

己の傍らに馬を並べる黄臥の言葉を聞き、宝超はちいさくうなずいた。

これまでの清雷との戦いでは、一度として前線で兵を率いなかったことはない。宝超は総大将として、戦端を開く命を下してきた。初戦に己の旗が無いことを、清雷は不審に思うのではないか。宝超の危惧はそこにあった。

宝超の軍勢に加わった黄臥の言った通りだった。たとえ敵の異変を感じ取ったとしても、愚直で武張った清雷は、決して軍勢を止めはしないと黄臥は言う。そして、黄臥の言うとおり、能国五十万の将兵は、俸仙にむかって兵を進めている。二千。それだけが宝超が率いる兵の総勢だ。数十万の兵を率いるより、このくらいの数を指揮している方が、宝超は強い。

「まだ、姑息《こそく》な真似だと言うつもりか」

裏切り者を身近に置くことに、芽依は最後まで反対した。だが、宝超はその声を無視して、戦場まで連れて来た。戦働きよりも政や策謀において才を発揮してきた黄臥の腕の太さは、宝超の半分にも満たない。腕力の差で強さを測るような愚かな考えは持っていないが、丸腰の黄臥に、宝超を殺すような力はない。いまも黄臥は僑燐たちと繋がっており、嵌《は》められているのではないかという疑いは拭えない。匣の気はゆらめいているが、黄臥の心根は読めない。

なにもかもを壊すと言って憚《はばか》らない黄臥の衝動を、宝超は理解することができなかった。己が己の主だと豪語し、ともに育った僑燐たちを兄妹ではないと言い切り、気に食わないから殺すという黄臥の身勝手な主張には、同調できない。しかし、理解できないからこそ、宝超はこの男の策に乗ろうという気になった。こやつに殺されるのなら己はその程度なのだ。

「姑息ではある。その考えは今も変わらない」

裏切り者の顎港人から目を逸らすようにして前を向き、宝超は迷いなく答えた。黄臥の策に乗るつもりだ。そのための二千である。

「それでもやるんだろ」

いまさらすべてを覆すつもりはない。すでに戦は始まっているのだ。黄臥が立案した策を元に、全軍に命を与え、兵たちは敵との戦いを待っている。勝つ公算が一番高い策を採った。それが裏切り者の献策であったというだけだ。

「僑燐は退くか」

「間違いなく」

「見て来たように語るな」

「長年一緒にいたんだ。その心は手に取るようにわかる」

岩山の間を抜けるようにして、二千の騎馬が一列になって進む。戦が始まる半月ほど前に俸仙の周辺をくまなく駆け回った黄臥が選び出した道である。貫道より二十踏（二十粁あまり）ほど離れたこの谷間の道は、俸仙からはるか南方に位置する龍鬼山《りゅうき》に連なる山系の間を縫うようにして走り、碧江に達しようかというところで北へと進路を変える。その間、貫道のほうからは山が遮り死角となっており、途中に点在する都市や村からも遠く離れていた。敵の斥候がどれだけ入念に近隣を調べ回っても、中域の地理に暗い能国の兵では、この細道まではわからないだろうという黄臥の提言に、宝超は乗ったのだった。

一刻も早く、この道を抜けなければならなかった。細道を抜けると、貫道は目と鼻の先である。そこから北東に進路を取り、俸仙で戦っている敵の背後に回り込むのだ。

敵陣の最奥にいるはずの僑燐を背後から奇襲して、殺す。それが黄臥の立てた策である。二千での奇襲という無謀な策を黄臥が立案したのには、宝超の匣の気を見ることができる才を知ったことが多分に影響していた。

「僑燐を感じたら、宝超殿は脇目も振らず突っ走ってくれ」

黄臥の言葉に宝超はうなずきだけを返す。その時、異様な匣の気配を感じた。

「なにかが来るぞっ！」

振り返り、宝超が叫んだ時には、左右の崖から無数の黒い影が湧き出していた。木々さえ生えぬ断崖に潜んでいた漆黒をまとった人影が、軍勢の頭上に降り注ぐ。

「静火かっ」

頭上を見上げ、腰の太刀を抜きながら黄臥が叫んだ。その名が灰火の長のものであることは、宝超も知っている。

「謀ったのか」

「謀るつもりなら、もう逃げているっ！」

叫んだ黄臥の頭上に刃が降って来る。舌打ちとともに乱暴に太刀を振り上げ、黄臥が刃を払った。そのまま着地した黒い影が、折った膝を伸ばす力を利用してふたたび宙に飛ぶ。黄臥が駆る馬の首から血飛沫が舞った。

ぐらりと揺れた鞍の上で、黄臥がよろめく。助ける余裕はなかった。大将であると言わんばかりに輝く金色の兜を目指し、五つの影がいっせいに襲い掛かって来る。両腕で槍を一回転させ、五つの刃を同時に薙ぎ払った。が、ただ単に我が身に迫る危機を防いだだけである。五つの影は傷ひとつ負うことなく、ふたたび宝超の白馬めがけて襲い掛かってきた。匪の気を感じる。ひとつ、ふたつ、みっつ、よっつ、いつつ……。みずからに迫りくる気配に、近づいてくる順に刃をむける。目で追うよりも、腕が感じるよりも早く、気を悟って槍を走らせた宝超に、五つの影は防ぐことすらできず、順々に首を駆られて骸となった。

「黄臥っ！　あんたっ！」

馬を斬られ鞍から投げ出され、地に倒れた黄臥の前に立った影が叫んだ。女の声である。

右手に小刀を逆手で持った影が黄臥をにらんでいる。

「あんた、どうして……」

「こういうことだ」

太刀を持ったまま黄臥が両腕を広げた。

襲い来る敵を打ち払いながら、宝超は姉弟の対峙に気を配る。二千の兵たちも、灰火の奇襲に遭って、次々と数を減らしていた。

「堪えろっ！　頭を冷やしてしっかりと見極めれば、大した敵ではないっ！」

味方を叱咤しながら宝超は、影をまとう敵を薙ぎ払い続ける。姉弟に迫る刃はない。影は姉の命を受けているのだろう。黄臥たちを遠巻きにして、宝超たちだけを狙っている。

「僑燐姉さんはあんたを探すために今回の戦に参陣してんだよ」

「だからなんだ」

両腕を広げたまま黄臥が姉との間合いを詰めてゆく。黄臥が踏み出した分、姉は胸元に小刀を構えたまま、後ずさる。

「姉さんがどんな想いでこの戦に参陣したのか、あんたはわかってんのかい」

「知らねぇよ」

両腕を広げ、黄臥が静火にむかって大きく踏み出す。

「さぁどうした。あんたに俺が殺せるのか」

「黄臥……」

姉の声が震えていた。掲げた小刀がかすかに揺れている。

「裏切り者一人殺すことが出来ねぇで、なにが灰火だ。笑わせるんじゃねぇ。俺はもう能には戻らねぇ。なにがあっても」

「姉さん」

静火が目を閉じ、念じるようにつぶやいた。ふたたび黄臥をとらえた瞳から、迷いの影は消え去っていた。

「殺れるもんなら殺ってみろよ」

腕を広げたまま黄臥が笑う。

「くっ」

ゆるく閉じた唇の隙間から小さな呼気をひとつ吐いて、静火が刃を構えて弟との間合いを詰める。

「黄臥っ！」

静火の背後へと駆けてきた馬の上で、宝超は叫んだ。

「止っ……」

黄臥が止める間もなく、姉の首が宙を舞う。静火を斬った宝超は、首を失った骸の脇を駆け、黄臥のかたわらへ馬を止めた。

「なにを考えているっ！　あのままでは死んでいたぞっ！」

目の前に倒れた首のない骸を見下ろしている黄臥は聞いていない。

「黄臥」

宝超の呼びかけに答えず、広げていた腕をだらりと垂らし、黄臥は骸を見下ろし続ける。

「静火」

しゃがんだ黄臥が、姉の足先に触れた。

「馬鹿が」

目を閉じ、一度ちいさくうなずいた黄臥が、宝超を見上げる。

「時が無い」

宝超は背後で戦う味方へと目をむけた。長の死を知った他の影が、静火に殉《じゅん》じるように次々と討たれてゆく。すでに大勢は決していた。後方に顎を突き出し、黄臥に語る。

「主を失った馬に乗れ」

うなずき、黄臥が駆けてゆく。五百ほどの味方が骸となった。

盗

俸仙で迎え撃つ敵とぶつかった。

五十万が一気に攻めかかるのではない。清雷は五万をひとつの軍として十に分け、縦に配置し、ひとつずつ順に敵にぶつけてゆくという策を採った。迎え撃つ敵は四十四万。こちらは俸仙の城壁と門を守るべく横に広がるようにして布陣している。僑燐は最初の五万にみずからを守る近衛軍五千とともに入った。帝が先陣として敵にぶつかるなど、許すわけにはいかぬと清雷が強硬に反対したが、僑燐は頑として聞かず、最後には根負けさせる形で第一陣の先頭に陣取った。

「某も一度目の激突までは近衛軍に加わります。第二陣が敵とぶつかった後は近衛軍を率い、十個の軍列の後方へと退いていただく」

これが姉に先陣を許す清雷の交換条件であった。

渋々ではあったが、僑燐は飲まざるを得なかった。この条件を飲まなければ、軍の指揮権を有する清雷が、帝の参陣自体をこの期に及んで拒みそうだったからだ。ここで顥港に帰される訳にはいかなかった。

「こちらが動かねば、敵は俸仙を守って動かぬつもりのようですな」

隣に馬を並べる兄が仏頂面で言った。能の屈強な兵が誰一人単身で持つことができぬ鉾を小脇に手挟んで、口をへの字にして敵をにらむ姿は、「百鬼薙ぎ」の異名にたがわぬ威容である。

「宝の旗が見えないね」

鬼殺しの鬼の猛々しい声に反し、朗らかな口調で僑燐が問う。

「俸仙を抜けば笵は目と鼻の先にござります。さすがの宝超も、帝や楫豊を放って笵を離れる訳には行かぬのでしょう」

「そうか」

気楽な帝の言葉を、清雷が咳払《せきばら》いで制する。

「眼前の敵を打ち払い、俸仙を落とし、真天山を我が領土に組み込み、笵へとむかい、膽を滅ぼす。その道程のどこかで、かならずや宝超は現れましょう」

「そんなに呑気な奴だとは思えないけどね」

「もう少し、気を張っていただかぬと、皆への示しがつきませぬ」

背後に居並ぶ兵たちに、二人の問答は聞こえていない。

「お前は国の支柱なんだ。絶対に死んではならんのだ。どんな戦になろうと、たった一人でも顎港に辿り着くんだ。良いな」

「大した覚悟だね」

「俺はいつもなにが起こってもおかしくないと思って戦に臨んでいる。今日、俺が死ぬとしても、お前は生きねばならんのだ。それだけは肝に銘じておけ」

笑いながら拳で銀の鎧に包まれた兄の胸を叩いた。それからゆっくりと、その拳を天にむかって突き出す。背後に居並ぶ兵たちに自らを誇示する。

「この戦はこの街が目的ではないっ！　我等にはやるべきことがあるのだっ！　一日も早くこの街を抜け、真天山に辿り着く。真天山に辿り着けば、笵の街は目と鼻の先だっ！　この戦は能こそが正統な真族の国であることを証明するためにあるのだっ！　それ故に私は皆とともにあるっ！　行くぞっ！」

馬腹を蹴って駆け出す。喊声《かんせい》とともに五万の軍勢が一列になって敵へむかって進む。

「黄臥……」

あのなかに弟がいることを願って、僑燐は誰よりも速く駆けた。

叛

突然だった。

敵へと突入した第一軍と後続を隔てるように、戦場に炎が舞い上がる。業火の壁によって背後を塞がれた第一軍は、前方の敵の堅牢《けんろう》な守りと退路を断たれた焦りによって、心を掻き乱された。

「帝っ！　帝はいずこっ！」

混戦のなか、はぐれてしまった妹を呼びながら、清雷はあらん限りの力で鉾を振るう。

切り離された。敵の策であるのは間違いない。そう思うと、敵の思惑が透けて見え、清雷は身震いする。この第一軍に僑燐がいることを敵は知っていたのではないか。はじめからその確信があった上で、後続と第一軍を炎によって切り離したと考えると、そこに黄臥の介在があると思えてしまう。

やはり黄臥は敵に降った。そして、姉であるはずの僑燐の命を狙っている。そうとでも考えなければ、まだ緒戦といえるいま、第一軍を後続と切り離す意図が見えないのだ。第一軍を全滅させたところで、能国には四十五万の後続が残っている。奇策をもって緒戦を制しても、その怒りが後続の四十五万を焚《た》きつけ、勢いを増す。背後で燃える分断の炎は、後続の兵たちの怒りの炎を掻《か》き立《た》てる薪《まき》程度の意味しかなさない。そんな策をあの宝超が考える訳がない。

黄臥だ。出陣した僑燐が必ず戦の初戦に参陣することを見越した黄臥が、第一軍を後続から切り離したとしか思えない。ならば一刻も早く妹を混戦のなかから見つけ出し、炎の壁を抜けなければならない。

「僑燐っ！」

思わず名を呼んでいた。僑燐党の旗を挙げ、顎港の路地裏で戦っていた頃、兄妹に隔たりはなかった。兄と妹という関係より強い絆は存在していなかった。清雷にとって僑燐は頼りがいのある妹であり、静火は物静かな二番目の妹で、黄臥は生意気な弟。聞英は甘ったれで目が離せない末っ子だった。いつからだろう。皆の間に壁を感じるようになったのは。

「どこだ僑燐っ！　どこにいるっ！」

いつからこんなにも離れてしまったのか。

「黄臥……ここにいるのか」

声が震える。

懸念はあったのだ。清雷は僑燐のように心の底から黄臥を信じることができない。幼少の頃、父に拾われてきた黄臥を見た時から、清雷の心の底には猜疑の念がわだかまっている。頭を使うよりも体を使うことが得意な己が、知恵の回る弟に嫉妬しているだけだと心の裡で己を律していたが、どうしても黄臥という男の心根を信用することができなかった。

心に暗雲が垂れ込めるが、鉾は止めない。目で妹を探す間も、百鬼薙ぎと謳《うた》われた清雷の鉾は止まらない。殺意が刃を導く。腕が、みずからにむけられる気を感じて忘我の裡に動くのだ。僑燐が帝となり、能の総大将となった頃からである。数えきれないほどの膾との戦のなかで、体得した清雷だけの業であった。誰に教えられるものでもない。感じるがままに刃を振るう。それが、敵を屠《ほふ》るために最小限の動きになっている。己でもわからない。おそらく自覚し、考えようとした時に、この境地はどこかに去って行くのだろうと漠然と思っている。だから考えない。体が感じるまま、動くままに任せるのだ。そうしているとかならず胸の小匣が熱くなる。それが、満足に戦えていることの証であった。

「清雷っ！」

敵軍が割れ、妹が姿を現した。肩で大きく息をしながら、白馬を駆る妹は総身を血で真っ赤に染め上げながら、清雷の隣に並んだ。幸い目立った怪我はないらしい。体を濡らす血は敵のものである。右手に握った太刀がぼろぼろだった。かなり激しく戦ったようである。妹の馬の手綱を握り、清雷は体を寄せた。周囲の怒号に敗けないように、腹から声を出し妹の耳に注ぎ込む。

「もう気が済んだだろうっ！　退くぞっ！」

言って清雷は右腕の鉾を高々と挙げた。

「退けっ！　後は第二軍に任せ、最後列に回って態勢を立て直すのだっ！」

周囲に侍る近習たちが清雷の命を聞いて四方に散った。五万を率いる将たちにいまの命を伝えるためだ。

「あとはお前を逃がすだけだっ！」

みずからの立場を理解した僑燐が静かにうなずき、みずから手綱を取った。馬ごと振り返った妹が、燃え盛る炎をにらむ。

「あれはどこから」

「工作兵だろう。俺達が敵陣に深く切り込むのを見越していたとしか考えられん」

炎が上がるまで背後の異変にまったく気付かなかったことを悔いる。目の前のことに必死で、後方にまで気が回らなかった。

「敵はお前をここで殺すつもりだ。なんとしても俺はお前を炎の壁から逃がしてみせる！」

「すまない、清雷……。私が前線にこだわったばかりに」

「反省はこの戦に勝ったらいくらでも聞いてやるっ！　五人で酒を呑むんだろうっ！」

「そうだった」

炎をにらむ僑燐の瞳に力が宿る。

「行くよ」

「応っ！」

兄妹は燃え盛る壁にむかって馬を走らせた。

覇

貫道に出た。いまとなっては緋眼に奪われてしまった北域の果てにある都まで続く大陸一の大道である。

横幅が十行《こう》（百米《メートル》あまり）でそろえられた大道は、どこまでも続いている。その先に、真天山の威容がそびえていた。天へと続く光の柱が、いつもよりも激しく輝いているように宝超には見えた。男たちの昂りに、源匣が呼応しているのだ。

戦の噂を聞きつけ、俸仙から離れようとしている民の集団が、宝超が率いる千五百の軍勢を目にして左右に割れてゆく。行く手に黒煙が立ち上っている。それはか細い筋ではなく、横幅を持つ巨大な壁となって、宝超たちの前進を阻まんとしているかのごとく、黒々としたうねりとなって蒼天を汚そうとしていた。

「炎が上がっているぞっ！　戦いは始まっている。急ぐぞっ」

大将に千五百ほどの騎兵が雄叫びで応えた。宝超を先導するように、数十騎が前を行く。心から信を寄せる者たちである。宝超が想いを巡らせれば、命を聞くより先に手足のように動く。愛馬の力を抑えて兵たちを先に行かせ、宝超は軍勢の中程を懸命に走る黄臥の馬に並んだ。馬を駆ることと自体には慣れているのだろうが、謄国でも選りすぐった騎兵たちに付いて来るのはさすがに骨が折れるようだった。「悔やんでいるのか」

陰りを帯びた目で馬を走らせる黄臥の横顔に声を投げる。

「まさか」

かつての顥港の謀臣が鼻で笑う。

「さきほど俺が討ったのは、お前の姉なのだろう」

山間の戦いで宝超が首を刎ねた女のことだ。仄火の主は、僑燐の四人の兄妹の一人だ。あの女を目の前で見たこともある。匣の気が感じられない女だった。

「一度だけ顥港に行ったことがある。その時にあの女と僑燐に会った」

「知っている」

行く末を見据えたまま黄臥が答えた。

「僑燐と酒闘をしたんだろ」

宝超の胸にあの時の僑燐の朱に染まった顔が蘇る。

「楽しかった」

黄臥が鼻で笑う。

「あの時、僑燐が杯を重ねるのを心配そうに見ていたのが、あの女だった。俺を殺せという姉の命を待っていたな」

内気そうな女だった。

「能国の暗部を司《つかさど》る仄火の主が務まるような女には思えなかったけどな」

「静火は誰よりも優しかった。幼い頃は虫を殺すことさえできないような女だった。すべては僑燐のためだった。僑燐の行く道を遮る者は何人たりとも許さない。その一心で、静火は戦っていたんだ」

黄臥の小さな舌打ちを宝超は聞き逃さなかった。

「俺は知っていた。捨て子だった静火は、捨てられた時に小匣すら持たされていなかったのさ。それを俺達にも内緒にしていたんだ。自分の天字は〝僑〟だって言って……。僑燐の僑だ」

小匣。真族に生まれた者は生まれながらにして小匣という宿命を与えられる。匣に刻まれた一字をみずからの定めと信じ、生きてゆく。小匣など無ければ、天字など無ければ、人は誰かに与えられたものに縛られることなどない。小匣を有しているか否かで同族と他民族を選り分け、そのうえで天字という定めを人に与える。いったい真天宮はなにを考えているのか。真天山に眠るという源匣が真族の定めを司っているというのなら、静火のような者はどうなるというのか。生まれた時に小匣すら与えられず、真族でありながら定めからも解き放たれた者は、小匣を持ち、天字を有しているという嘘でみずからを偽り、他者を騙して生き続けなければならないというのか。

「馬鹿げている。こんな物に縛られている俺達が……」

小匣のある場所に鎧の上から触れた。

「絆と言えば聞こえが良いだろうが、結局は呪いじゃないか」

「呪い……。小匣がか」

「俺達は縛られているんだ、この匣に。真族という業に」

黄臥が宝超に顔をむけて語る。

「お前がその業を打ち払ってくれるっていうのか」

「さぁね」

おびただしい量の油が燃えていた。鼻を突く尖った臭気に噎《む》せそうになりながら、僑燐は先を行く清雷の背中だけを見つめて馬を走らせる。炎のなかに敵はいない。一気に抜けさえすれば、後は後続の兵たちが救援に駆けつけてくれるはずだ。

「出るぞっ！」

兄が叫びながら炎を割った。

後に続いて出ようとした僑燐の視界がぐらりと揺れ、体が宙を舞う。息が出来ぬまま炎の中を駆けた所為で、愛馬が気を失ったのだ。炎のなかで倒れても、立ち止まる訳にはいかない。気付けをしてふたたび走らせたかったが、一刻の猶予もなかった。僑燐は投げ出され、叩きつけられるのを避けるように転がりながら着地して、そのまま清雷が消えたほうへと駆け出す。頭の芯が重い。煙を吸い込み過ぎたのだ。前に踏み出す足は地を踏んでいるのだろうが、なにか柔らかい物を踏んでいるような心地がした。頭の芯に感じる重さが、じわじわと手足を浸食してゆく。どれほど進んだのか。馬から放り出されて何歩進んだのかさえわからない。

不意に体が軽くなった。閉じかけていた瞼の隙間から、まばゆい光が差し込んでくる。

「しっかりしろ、僑燐っ！」

兄の声が耳朶《じだ》を打つ。広い胸に抱えられるようにして、僑燐は兄の馬に乗せられていた。

兄の腕の中でぼやけた視界を前方に定める。軍勢が行く手を塞いでいた。敵の旗がひるがえっている。第二軍はおそらくあの敵の背後にあるのだろう。炎の壁を作ったのは、この敵なのだ。

「清雷……」

「黙っていろ。必ずお前を生かして逃がす」

「まだ……。私はまだたたか……」

「黙ってろっ！」

左の腕に僑燐を抱き、その手に手綱を握りながら、清雷が右手の鉾を振り上げた。

私も戦える……。口に出したかったが、腹の底に力が入らず言葉が声にならない。第二軍と戦っていた敵が、炎を脱してみずからに突っ込んで来る清雷に気付いた。将の差配なのだろうか。それとも敵の到来に機敏に対応した結果なのだろうか。百あまりの騎馬と徒歩《かち》が入り乱れた敵が、清雷単騎のためだけに軍勢から脱して迎え撃つ。兄妹は敵に囲まれた。

太い兄の体を滑るようにして、ゆっくり背後に回って鞍に収まる。その頃には少しずつ頭がはっきりしてきていた。腰に手をやるが、炎のなかに落としてきたのか、太刀が鞘ごと消えている。

周囲の敵を見渡す。僑燐が背後に去って前方が自由になった清雷が、縦横無尽に鉾を振るう。その見事な鉾さばきは、共に戦場を駆け回っていた頃とは比べものにならぬほどであった。無駄がない。そのうえ、背後にいる僑燐の体もしっかりと把握している。右方左方と自在に鉾を振り回しながらも、僑燐が刃や柄に巻き込まれないように気を配っている。だから、わざわざ僑燐が身を左右に振って避ける必要がない。それだけの動きをしながら、敵の刃が清雷に迫ることがないのだ。気を悟っているとしか思えない。敵が清雷にむかって得物をむけようとした時には、すでに兄の刃が仕留めているのだ。「百鬼薙ぎ」という異名が伊達《だて》ではないことを、僑燐は今更ながらに思い知らされていた。

背後から新手の喊声が上がった。炎を脱した第一軍の兵たちが次々と敵にむかって飛び込んでゆく。僑燐たちを取り囲んでいた敵たちも、新手の出現に浮足立っている。清雷が間近に迫った騎兵を鉄芯入りの柄で殴り落とした。良い馬だ……。僑燐は狙いを付けた。

「清雷、飛び移るよっ！」

叫ぶと同時に鞍を蹴り、主を失った栗毛にまたがる。驚いた馬の手綱を引き、首を叩いて落ち着かせると、清雷がいる方からなにかが飛んできた。虚空を手で掻いて、それをつかむ。清雷が腰に佩いていた太刀だった。

「そいつをくれてやる」

鞘を投げ捨て、太刀を握りしめる。

「戦はまだ始まったばかり。こんなところで死ぬわけには行かないよっ！」

「当たり前だっ！」

兄の声に背を押されるようにして、僑燐は一人の敵に狙いを定めた。

馬上から槍を振り上げこちらを狙っている。鼻の穴を大きく広げ、両腕を高々と上げながら、全力で槍を振るう。あまりにも大振りな一撃を、僑燐は体をかたむけて躱《かわ》すと、そのまま右手に握った太刀を男の喉めがけてまっすぐに突き出す。喉に入ったと同時に、手首を回して肺への道を断つ。短い悲鳴を上げ、男が白目をむいた。

鞍から落ちる姿を見る暇はない。馬を走らせ、新手にむかう。三人の兵が、馬上槍よりも倍ほども長い槍を突き出し、行く手を塞ぐ。足元からせり上がってくる槍を嫌って馬が足を止める。腹を蹴って馬を急かすと、前足を高々と振り上げて棒立ちになった。それを好機と見た三人の兵が、槍を突き出したまま間合いを詰める。慣れぬ馬が、棒立ちのまたたらを踏む。斜めになった鞍の上で鐙《あぶみ》を踏みながらなんとか堪える。

馬上で体勢を整えようとする僑燐めがけて三本の穂先がいっせいにむかってくる。二本の槍の間で馬が後ろに倒れるのをなんとか堪えて、前のめりになるような体勢で、前足を地についた。穂先が僑燐の頰を裂く。押し出されそうになりながら、前方に傾いた体のまま右端の兵の首へと太刀を振り出す。思いきり槍を突き出した恰好で呆気に取られていた兵の首が飛ぶ。左手の手綱を目一杯引くと、馬が左に体ごと回転する。右方正面に真ん中の兵を捉えると、馬が回転した力を利用するようにして太刀を横薙ぎに振るった。ふたつめの首が飛んだ時には、残った一人が馬の前足で頭を砕かれ動かなくなっている。

敵を求め僑燐は走る。僑燐が生み出す太刀の旋風の外側に、清雷が作る鋒の暴風が渦巻いていた。ふたつの死の螺旋《らせん》に巻き込まれた敵が、次々と骸になってゆく。

「第二軍だっ！」

敵の群れの背後に、味方の姿が見える。

「このまま突っ走るっ」

叫ぶ兄にうなずきだけで応えて、僑燐は刃を振るう。敵が割れ、第二軍が姿を現した。

「脇を抜けるぞ」

包囲を脱した後の動きは頭に入っている。血に濡れた太刀を右手に持ったまま、僑燐は味方の最奥を目指して走った。戦ははじまったばかりだが、前線で思いきり刃を振るう戦いは終わったのだ。

帝という枷《かせ》が、この時ほど重く感じられたことはなかった。

覇

声が聞こえて来た。

熱い……。火傷《やけど》しそうなほどの熱を感じ、宝超は思わず鎧に触れた。小匣が燃えている。感応しているのだ。眼前に迫る戦場から発せられる奔流と化した気に。真族同士が戦っている。朧と能というふたつの国が大陸に生まれ、いずれが真族の正統な帝であるかを争っているのだ。

心の底からくだらないと宝超は思う。真族に帝などなかったのだ。海のむこうの故地から拒絶され、逃げるようにして新天地を目指した真族という哀れな民族にとって、帝などという存在は無用であった。とにかく安住の地を見つける。その一心でこの大陸に辿り着いた。その頃の真族は小匣など持っていなかったという。真天山に眠る源匣などという存在もなかったのだ。この地にて、緋眼という先住の民との争いのなかで、真族は源匣を得て、小匣という宿業を背負った。

源匣の力により、緋眼に打ち勝った真族は、この地で国を持ち、帝を名乗る血族を生んだ。

その帝家が膾を作った。膾王家の祖も、元をたどれば真族を束ねていた数多《あまた》の頭領の一人でしかなかったのである。この地に流れ着くまでの指導者であった徐一族は、真天山の源匣を祀るために、真天宮に籠り、真族を統べるという務めを放棄した。帝位が生まれて七十年あまり。僑燐が新たな帝の系譜を生んだとしても、なにも不思議ではない。だからこそ馬鹿げているのだ。帝など飾りでしかない。

真族がふたつに割れ、相争うような戦いのどこに正義があるというのか。

燃えている……。宝超の胸で震える〝覇〟の一字を刻んだ匣が。

「僑燐」

敵の名を呼ぶ。あの女がみずからの帝位を誇示しようとしているとはどうしても思えなかった。己が血を残すために戦っているとも思えない。大陸を統一し、帝として君臨する。そんな言葉と、顎港で会った清々しい女の姿がどうしても符合しないのだ。

敵がはっきりと見えて来た。前線で仕掛けた策から必死に逃げて来たのであろう。僑燐を守るはずの近衛兵《このえへい》が、二百あまりしか見当たらない。小勢に守られながら、彼女が大軍の最奥にみずからの旗を立てた。兄であろう巨軀を乗せた黒馬が去って行く。まだ奴等はこちらに気付いていない。背後から迫る討伐の刃に。

「行くぞ」

もはや兵たちに声をかける必要もない。宝超は静かに馬腹を蹴って、速度を上げた。

盗

「なにが起こったっ！」

僑燐は我が目を疑った。敵が背後からいきなりぶつかってきたのだ。しかも、清雷が全軍の指揮を執るために前線へと戻った直後、ひと息吐いた絶妙な間を衝くように。どこから現れたのか。敵は南域のほうから現れた。

千を超す敵軍にひるがえる旗を見て、僑燐は言葉を失う。無数にはためく旗には〝宝〟の一字が染め抜かれていた。

「宝超」

総大将が、二千に満たない兵を引きつれ、背後から襲ってくるなど、思いもしなかった。僑燐の動揺よりも、二百あまりの近衛兵の混乱のほうが凄まじかった。いまだ前線での混乱から立ち直れずにいる第一軍が最奥へと帰ってくることを見越し、最後尾に位置する第十軍との間合いを十分に取った位置に本陣を設えようとしていた近衛兵たちは、突然の敵の到来に即応することができず、得物を手にするより先に、次々と敵の刃の餌食となってゆく。瞬く間に半数ほどが討ち取られていた。

僑燐は混乱する頭をなんとか戦いへと引き戻し、敵から奪った馬へと駆け寄り、鞍にまたがると、味方が用意した槍を小脇に抱えて背後の敵にむかって駆け出した。第十軍にむかって走り、助けを求めようかと一瞬思ったが、前線から逃れてくるであろう第一軍が入る間を半踏（五百米あまり）ほど空けているから、その前に、敵の餌食になってしまう。敵に背後を見せるよりも、懸命に戦い、本陣の異変を察知した味方の到来を待つほうが生き延びられる公算が高いと即座に判じた。

「僑燐っ！」

己を呼ぶ声へと、僑燐は目をむけた。敵将が駆けて来る。顎港の酒場で会った顔だ。

「宝超っ！」

「久しいなっ！」

鉾を右脇に抱えた宝超が、あの日と同じ朗らかな笑みを浮かべている。

「総大将がこんなところにいて良いのかい」

何故だかわからないが、どうしてもこの男を前にすると、気安い心持ちになってしまう。奇襲を受け、窮地に陥っているはずなのに、再会を喜んでいる。

宝超の大きな背中のむこうから、見慣れた男が姿を現した。

「黄臥……」

宝超の腹心だといわんばかりに、馬を寄せながら走る弟に、僑燐は目を奪われた。やはり弟は宝超に降っていたのだ。周囲では味方が敵に飲み込まれながらも懸命に戦っている。帝に敵を寄せ付けまいと、命の壁を築き、僑燐を中心とした輪を作っていた。それを突き破って現れた二人の男は、僑燐と相対するようにして馬を止めた。

「宝超はちゃんと遇してくれてたかい」

「十分過ぎるくらいに良くしてもらってたよ」

敵の大将に目をむける。

「弟が世話になった」

「なにもしてないさ」

ふたたび黄臥を見る。

「戻ってくる気はないのかい」

胸の小匣が震えていた。呼応している。気が通う道筋を辿るようにして、僑燐は視線を移した。宝超がいた。敵の大将が、鎧の上から胸に手をやった。彼もまた、小匣が呼応していることに気付いているようだった。

「それで、なにをしに来たんだ」

弟に問う。

「あんたを……」

弟が笑みを浮かべる。

「殺しに来たんだ」

「なんで」

「うんざりなんだよ。あんたが帝になって、定まりきっちまった顎港の街が」

あんたの所為じゃないか……。喉の奥まで出かかった言葉を僑燐は呑んだ。真天宮から戻り、徐祭から国を建てろと言われた時、その話に乗り気だったのは、目の前の弟と章権だった。

「もう姉弟ごっこは止めだ。俺は一度だってあんたのことを姉だと思ったことはねぇ。俺の家族は首を括った両親だけだ。姉貴面して説教するんじゃねぇ」

脳天から力が抜けだして、膝から崩れ落ちそうになるのを、腹に力を込めてなんとか堪えた。

黄臥の目に憎しみが宿っている。弟が口にしている言葉は本心からのものだ。だが、こんなところで止まるわけにはいかない。

「私は戦う。ここでこの男を討てば、この戦の勝利は決まったようなものだ。宝超を討ち、私は笵にいる帝の首を刎ね、真族をひとつにして、都から緋眼を打ち払う」

槍の切っ先を宝超にむけた。黄臥を連れ戻すという本来の望みは、どうやら叶いそうにもない。弟は、みずから宝超に降ったのだ。

それでも。

「それで、あんたを顎港に連れ帰る」

「しつこいぜ。俺はもう顎港に戻る気はねぇ」

「何と言われても、あんたは私の弟だ」

「暑っ苦しいんだよっ！」

「私はあんたを諦めない」

「宝超っ！　この女を黙らせてくれっ！」

背後にむかって叫んだ黄臥の脇を抜けるようにして宝超が進み出る。

「ひとつだけ聞いても良いか」

姉弟の間に割って入った宝超が、鼻の頭を指先で掻きながら言った。槍を掲げたまま、僑燐がうなずきで応えると、敵の総大将は静かに口を開いた。

「僑燐、あんたはなんのために戦ってるんだ。本当は顎港で会った時、それを知りたかったんだ。あんたの戦う理由を」

理由など深く考えたことがなかった。大きな力に流されるようにして、ここまで来たから、自分がどうして戦うのかなど考える余裕もなかったのだ。

胸で震える匣に手をやる。〝盗〟の一字が刻まれた小匣はいまも熱を帯びていた。

己はいったいなにを盗んできたのだろうか。義父を殺し、その一党を盗んだ。章権と手を組み、顎港を盗み、南域を盗んで、国を築いた。帝位などという途方もないものまで盗んでしまった。それがいったいなんだというのだ。なにもかも言葉でしかない。幻だ。僑燐は霞を盗むために、これまで幾人もの命を犠牲にして戦ってきたのかもしれない。後悔はない。もしかしたら黄臥は、そんな姉を恨んでいるのかもしれないと思う。何故、戦っているのか。答えが見つからない。それでも胸に宿る小匣に触れながら、宝超を見据え、僑燐は薄桃色の唇を開いた。

「盗むため」

「盗む……なにを」

小首を傾げる総大将に、みずからの想いをぶつける。

「奪われたものを」

「なにを奪われたんだ」

「自由さ」

拳を胸に当てる。

「私たちが生まれた時から持っていたはずの自由を取り戻すために、私はこれまで戦ってきたんだと思う。この国に、顎港に、強き者たちに奪われ、奪われていたことにすら気付かずに生きてきたんだ。でも、そんな自分を変えるために、私は剣を取った。戦った。国から、顎港から、強き者たちから、知らぬ間に盗まれていたものを取り返すために。本当なら生まれた時に与えられていたはずの自由を、思うままに生きることが許される世の中を、すべてを奪い返すために、私はここにいる。だから……」

弟の苦しそうな視線とぶつかった。微笑んでうなずいて、僑燐は槍の切っ先を宝超にむける。

「このまま退いてくれないか。私はこんなところで終わるわけにはいかないんだ」

「それはできない」

「ならば、あんたを斬って黄臥を取り戻す。そして私は先に進むっ！」

声高に叫んで栗毛の腹を蹴って駆け出す。

「姫賊僑燐っ！　ここで死んでもらうっ！」

宝超も馬を走らせる。

「やってくれ宝超っ！」

黄臥の怨嗟《えんさ》の声を宝超が聞き流す。間合いが一気に詰まる。大上段に鉾を振り上げた宝超が吠えた。右脇に槍の柄を挟んだまま、僑燐は心を落ち着け、静かに刃の到来を待つ。

覇

はじめての邂逅を思い出す。

あの時も背後からの奇襲だった。突然の襲撃にうろたえもせず、僑燐は素手のまま宝超を迎え撃つと、動きを見極め腕をねじって、鞍の上から転がした。

あの時の驚きを、宝超はいまでもはっきりと覚えている。

それでもあえて大上段から攻める。雄叫びを上げ、渾身《こんしん》の力で僑燐の脳天を真っ二つに割ろうと鉾を振るった。心の底から両断することを信じての一撃だ。

刃が飛来するのを、宝超よりふたまわりも小さい敵の帝が澄んだ瞳で見据えていた。まったく動じていない胆力には、いつもながら感心させられる。

僑燐の頭に宝超の放った鉾が迫った。その体がわずかに揺れる。

刃ひとつ分だけ体を傾けて鉾を躱した。が、このままでは馬が鞍ごと斬られてしまう。宝超もそのつもりで鉾を止めずにいる。

柄が虚空で止まった。僑燐の槍の朱色の柄が、宝超の鉾を摑む右の拳の間近にある。力の出どころである拳に近い場所を止めることで、最小の力で鉾自体を止めることができるのだ。

柄と柄が交錯していたのは一瞬のことだった。

僑嬿の槍の柄が宝超の眼下でくるりと回転し、鉾の下にあったはずのそれが、いつの間にか上へと回り込んでいた。上に置いた槍の柄に、僑嬿が体の重さをかけると、鉾が急に重くなる。食い縛った宝超の歯の隙間から声が漏れる。押さえつけられる力に抗するように、鉾の柄を上へと持ち上げようと力を込めた。

あれほど重かった僑嬿の槍が急に軽くなった。持ち上げようとしていた力が暴走して、なにもない虚空を宝超の鉾が斬り上げる。上空へとせり上がってゆく刃のむこうで、わずかに身を逸らして槍を構えた僑嬿の姿を視界にとらえた。口角をわずかに吊り上げ、能の帝が笑っていた。

嵌められた……。

思った時にはすでに遅い。虚空を斬り上げ、両腕を頭上まで振りきっている宝超の無防備な体が、僑嬿の槍の恰好の標的となっている。

女傑はどこまでも冷静だった。宝超のように乱暴に得物を振ろうとはしない。無防備な胴を晒した宝超にむかって、静かに引いた穂先を素早く突き出す。斬るのではなく突く気だ。最小限、最短距離の鋭い一撃である。

避けられない……。

宝超の喉が鳴る。

凱慧や清雷といった豪傑のように、己が体軀を乱暴に振り回すような力は悲しいかな宝超にはない。全力で振り回していた所為で、息も上がりかけている。完全に僑嬿に翻弄されてしまった。

後悔しても遅い。振り上げた勢いのまま、体ごと後ろに倒れた。それしか回避する方策が見当たらなかったのだ。

鞍に寝転んだ宝超の目の前を、穂先が駆け抜けてゆく。

腹に力を込め、起き上がる。

すでに僑燐は槍を引いていた。二度目の刺突が来る。しかし今度は宝超も鉾を構え直している。的確に喉を狙って迫って来た穂先を、斜めに掲げた鉾の柄で弾いた。防戦一方であることは承知の上だ。しかし、目まぐるしく繰り出される僑燐の攻撃に、みずからの刃を滑り込ませることができない。

「見事っ！」

「黙れ」

仏頂面で答えた僑燐の兜の下の顔が、煤《すす》に塗れていることに、この時になって宝超は気付いた。

そうだ。

僑燐は前線から逃げて来たのだ。炎の壁を抜けて来たのだ。

紅に光る唇から、泡のような涎《よだれ》が顎先にむかって垂れていた。

疲れている。

この攻勢は長くは保たない。だから、速攻で宝超を仕留めるつもりなのだ。その読みは間違いではなかった。

矢継ぎ早に槍を繰り出していた僑燐が呻き、白目を剝いた。間断なく繰り出されていた刃が鈍る。わずかに揺らいだ切っ先を、宝超は見逃さない。

己の胸元めがけて迫って来た穂先のぶれに合わせ、鉾を振り上げる。

餌か……。

振り上げた刹那思った。

弾こうとした動きに合わせて、槍をかち上げられたら、またもや無防備な姿を曝《さら》け出してしまう。だが柄を握る宝超の掌に十分過ぎるほどの手応えがあった。

僑燐の槍が宙を舞う。両手を広げ白目を剝いた女の上体が、伸び上がっている。

振り上げた鉾の刃を返して下方にむけると、僑燐の首の右の付け根あたりを狙い、斜めに振り下ろす。

刃が迫るなか、白目を剝いた僑燐の頭がぐらりと揺れる。

斬った……。

思ったが、手応えがない。

さっきまで僑燐がいた辺りの虚空で鉾が止まっている。

刃の付け根あたりの柄を、煤で汚れた細いふたつの掌が摑んでいた。僑燐が避けながら摑んだのだ。

渾身の力で振り下ろした鉾を、僑燐の両手が止めていた。口から涎を垂れ流しながら、能の帝は白目を剝いている。おそらく忘我のうちに、体が動いたのだ。

数え切れぬほど修羅場を潜り抜けてきたからこそ、できる芸当であった。ならばと、つかまれたままの柄を、宝超は持ち上げようとした。

達人であったとしても、やはり僑燐は女だ。四肢の細さや体の軽さは克服することができない。しかも、すでに槍を失っている。柄を握る僑燐の体がわずかに鞍から浮き上がった。僑燐の体が腰から折れたように宝超には見えた。

その刹那、鉾に力を込めていた宝超の両の肩に激しい痛みが走る。

手首を取られた。

痛みから逃げようと思考よりも先に体が動く。柄を離し鉾を放ったが、遅かった。前のめりになって地面へと落ちてゆく。首が折れるのだけは避けなければ……。

とっさに頭を胴のほうへと押し込みながら、背中を丸めて、地面を転がるようにして衝撃を和らげる。そのまま立ち上がろうとした宝超の肩口に、再び尖った痛みとともに強烈な力が加わった。

肘だ。僑燐の。

鉾の柄を利用して宝超の腕を締め、敵が地に落ちるのに合わせてみずからも鞍から降りて肘を使って肩口を打ったのだ。

おそらく脳天を撃ち抜くつもりだったが、狙いが外れたのだろう。左の肩から下が痺《しび》れて動かなくなる。宝超は立ち上がる。

眼前には両腕をだらりとぶら下げたままの僑燐の姿があった。白目のなかに虚ろな瞳が浮かんでいる。

どうやら正気を取り戻してはいるようだが、まだ完全に現世に戻ってきているわけではないと、宝超は見た。

「哀れだな、僑燐」

馬上で黄臥が笑う。

「手を出すな」

敵の弟を圧に満ちた言葉で制し、宝超は眼前の女傑を見据える。

「お前たちもだっ！」

周りにいる男たちにむけて叫んだ。すでに周囲は千五百の味方によって制圧されていた。敵と刃を交えている味方はいない。僑燐の近衛兵はすべて討ち果たしたのだ。清雷や最後列の兵たちが後詰として現れる前に、なんとしても僑燐を討たねばならない。

「参る」

宝超の言葉に僑燐が頬を緩める。駆けた。なにも持たずに。

国の存在をかけた大戦の決着を付けようという戦いが、よもや大将同士の無手による喧嘩になろうとは。己がやらんとしていることを脳裏で反芻《はんすう》し、宝超は思わず笑ってしまう。拳を握った。左は使えない。右だ。狙うは僑燐の奇麗な顔。本当なら殴りたくなどない。世が世ならと思わぬでもなかった。良き友になれただろう。いや、良き伴侶にさえなれたかも……。

「ったく。なんでこんなことになるんだよ」

自嘲のつぶやきを心で吐きながら、能の帝の頬を殴りつける。僑燐は微動だにしなかった。避けようとも、腕を取って投げようともしない。正面から宝超の拳を受けた。

避けることができなかった。

無骨で不器用で、清々しい一撃であった。殺ろうと思えば周囲の味方の矢で撃ち抜ける。もはや宝超は勝ちを得ているのだ。それでもなお、目の前の少年のような目をした敵将は、みずからの手で決着を付けることを望んでいた。

好ましいとは思う。思うが、危うい。両国の行く末を左右する大戦である。いまさら正道も邪道もない。能の帝をここまで追い詰めたのだ。こんな殴り合いになんの意味がある。そう思いながらも、僑燐は全力でこの不器用な敵将との喧嘩に付き合ってやりたかった。真摯なまでに凄烈な男の誠意を、真正面から受け止めたかったのだ。

だが体が言うことを聞いてくれなかった。朝から散々戦ってきたのだ。敵の刃の群れを潜り抜け、炎を浴びながら煙を存分に吸い、奇襲を受けながら道を切り開かんと刃を振るった。

齢《よわい》三十九。さすがに若いとはいえない。兄妹たちと僑燐党を立ち上げた時は十八だった。あれから二十一年。いろんなものが体じゅうにまとわりついていた。重い。もう指一本動かすことができない。宝超が右の拳を振るう。何発殴られたのだろうか。倒れないのが自分でも不思議なくらいだった。ここで終わりなのか。そうなのかもしれない。私はいったいなにをやってきたのだろう。なんのために戦ってきたのだろう。

「僑燐っ」

宝超に呼ばれた。泣いている。拳を振り上げながら、敵将が涙を流している。殺そうとしてるくせにと、言ってやりたかったが言葉にならない。頰の肉がぼろぼろで、顎の骨もきしんで動かない。

「こんなことしなくて良い世の中になればいいね」

眉尻を下げ宝超が首を傾げる。

「あんたは誰かに使われるような奴じゃない……。自由……あんたならできる」

「なに言って……」

「黄臥」

宝超の後ろに立つ弟を見る。必死に笑おうとしているが、頰がひきつって上手く行かないようだ。強張った頰を涙が濡らしている。

どうして……。

問いたかったが、いまさら遅い。走ることに必死で後ろを振り返ってこなかった。兄妹たちには苦労をかけっぱなしだった。黄臥は、そんな姉に嫌気がさしたのだろう。

変わったのは黄臥ではない。

己だ。

「姉貴……」

黄臥が弓に矢をつがえて構えた。己のなかに残る最後の未練を断つように。

もう解放するべきなのだ。

姉の宿業から。

僑燐は笑いながら黄臥にむかってうなずいた。

楽にして。

声にせずとも想いは伝わるはずだ。

「僑燐っ」

宝超が叫ぶ。

「頼んだよ」

「るぅるぅぅ……」

口から自然と歌がこぼれた。

ゆうしょう……。

教えてくれた人の名を今になって思い出した。

僑燐の胸を黄臥の放った矢が貫いた。

〝覇王〟

忠

姉同然に育った女たちが死に、戦が終わった。

黄臥は明日、宝超とともに膽の仮の都である笵へと入る。

終《つい》の棲家《すみか》……。

そんなことをふと思う。その次の刹那には柄にもないことを考えた己に呆れながら、首を振って言葉と想いを振り払う。忠を尽くすのは己のみ。そう信じ、これまで生きて来た。これからもその想いが変わることはない。

陣幕で覆われた野営地のみずからの宿所にひとりきり、出立の支度を整える。胸に下がる匣に指先で触れてから、なめらかな絹地《きぬじ》の衣に腕を通す。

「いっ」

何事かが起こった。首筋にわずかな痛みを感じ、手で触れると濡れていた。指先に感じたぬめりが血であることを教えてくれる。男が立っていた。細身で青白い顔をした黒衣に身を包んだ幽鬼のごとき男だ。

何者だと問おうとしたが声が出なかった。掌で塞いだ首の傷から血が流れ出して止まらない。足に力が入らない。男にむかってひざまずくような恰好で、床に膝をつく。

「つまらないことをしやがって」

青白い顔をした男がつぶやきながら見下ろしている。

「だ、だれだ……」

やっとのことでそれだけ言えた。

「名前などない」

無名という言葉が脳裏に過る。たしか死んだ姉同然に育った女が口にしていた。遠い昔、顎港の街を牛耳っていた男を拉致しようとした時に、女の前に現れた者が無名であったと話していたのを思い出す。顎港の闇に潜むその男は、黄臥たちが町を牛耳ると姿を消した。

「俺は顎港をあの女に託したんだ」

静火のことか。それとも僑燐。わからない。ただ、目の前の男がはげしく怒っていることだけはわかる。

「お前たちなら、面白い世を作れると思ってたんだがな」

男の瞳に怨嗟の炎が揺らめく。

無名の掌中にあった刃が閃く。血柱とともに黄臥の首が飛んだ。

流

顎港は混乱の極みにあった。

怒る者たちは顔を赤く染め、恐れる者は青ざめた顔をして、光賢宮のなかを駆け回っている。

聞英はめまぐるしく人が行き来する議場の階に座ったまま、その様子を眺めていた。

姉が死んだ。二人とも。一人は戦場で華々しく散り、もうひとりは人知れず首を斬られた。優しい姉だった。二人とも。姉の笑顔を思い出すだけで、聞英は泣きそうになる。だが泣けなかった。

「とにかく、このまま能を終わらせるわけにはいかないっ！」

敗戦の報せを受け、文官たちが光賢宮に殺到してから十日ほどが経ったいまも、章権はこの一語だけを声高に叫んでいる。具体的な策が見つかったわけではないのだから仕方がないとは思うが、能国一の賢臣と呼ばれた男にしてはあまりにも情けない姿であると思う。

「いまのところ叛乱は起こっていない。騰の追撃も碧江で抑えた。これからも敵は俺が必ず抑えるっ！」

章権から離れたところで、清雷が拳を振り上げ叫んでいる。国の主であった姉を殺された兄は、まだ十分に戦える兵力を残していながら、即座に撤退を決めた。苛烈な敵の追撃をみずから殿となって退けながら、兄は四十万を超える兵とともに顎港へと帰還した。死者数だけを見れば、痛み分けと言っても良い。

それでも敗けだ。完膚なきまでの敗北である。国の主を失ったのだ。

もう一人の兄は戻らなかった。戦場にいたらしいという報は、姉とともに戦った生き残りの兵によって光賢宮にもたらされている。敵の将はこちらの軍勢の背後から襲ってきたらしい。そのあたりも黄臥の献策であったのかもしれないと、聞英は思っている。

兄弟は二人になった。優しい姉たちも、賢《さか》しい兄もいない。いま聞英とともにあるのは、力だけが取り柄の長兄のみだった。

〝流〟。聞英の天字である。己らしいと思う。生まれた時から与えられた定めの通りに、聞英は生きているという自覚がある。育ての父に言われるままに盗人となり、姉同然だった女がそれを殺すと、義兄妹の縁にすがった。みずからで決めたことなど一度もない。聞英は前を行く誰かが作る流れに身を任せることでこれまで生きてきた。

ため息が口からこぼれだす。清雷も章権も、いったいなにをそんなに必死になっているのか。正直、聞英には理解できない。

僑燐が死んだのだ。能は終わりである。姉が行く末を定め、皆がその道を切り開いてきた。ただそれだけだったはずではないか。標《しるべ》を失った船に、辿り着く港などあろうはずもない。

流れは途絶えたのだ。どうしてそれが二人にはわからないのか。

「帝だっ！　次帝を擁立するのだっ！」

兄が馬鹿げたことを言っている。

「馬鹿……」

誰にも聞こえぬ声で、聞英は吐き捨てた。新たな帝になる者など、この国にはいない。建国の際、皆の意思で選ばれた者が次の帝などと謳ったのだ。僑燐の後釜などいるはずがない。

笑ってしまう。視線の先で、年とともにいささか膨れた顔を怒りで真っ赤にしながら兄が叫んでいる。こんなに人前で己をひけらかすような男だったか……。昔の兄は、控え目な気性で、人前に出ると極端に口数が少なくなるような男だった。闊達な僑燐の背に隠れ、姉を守るために生きている。そんな不器用な兄であったはずだ。

それがどうだ。姉が帝になり、みずからが能国の軍の頂点に立った頃から、ど派手に叫ぶような暑苦しい男になった。何十万もの軍勢の前に堂々と胸を張って現れ、威勢の良い言葉を並べ立てる。百鬼薙ぎの清雷。そんな異名を付けられ得意になっているような、滑稽極まりない武人に成り下がってしまった兄を、聞英はいつも呆れながら眺めていた。

これ以上、こんな愚かな場にいるのは耐えられない。聞英は悟られぬよう、階から腰を浮かせた。

能王府政務省調停役。それが聞英の役職である。清雷は能国軍の総大将、静火は灰火の長、黄臥は参謀の役割を担っていた。兄妹たちの華々しい役職とは違い、聞英は閑職とも呼べるような立場にあった。望んだ役職である。王府で起こる様々な面倒事、主に文官たちの諍《いさか》いを収めるのが、聞英の仕事であった。

姉が帝になった後、どんな仕事がしたいかと問われたから、なんでも良いと答えた。流れに身を任せ続けた人生だから、与えられなければなにもできない。自分のやりたいことを言えと、姉は眉尻を吊り上げて迫ってきた。お前が自由に決めて良いんだと、姉は熱心に勧めてくる。必死に考えた。幼い頃から兄妹たちの諍いの間に入って、双方の機嫌を取りながら仲直りをさせていたから、そんな仕事がしたいと姉に言ったら、章権が作ってくれた。上司も部下もいない。政務省付きではあるが、章権や黄臥以外に、聞英に物を言う者はいなかった。

だから、この議場から密かに抜け出したとしても、誰も文句は言わない。

ここから逃げ出して顥港からも消えてしまおうかとも思う。もう、この街に聞英が求めるものはなにもないのだから。

「どこへ行く気だっ！」

清雷の怒号が広間じゅうに響きわたった。

自分にむけられた言葉であるなど、聞英は思いもしなかった。目立たぬように顔をうつむけ立ち上がろうとして、兄の大声が聞こえ、何事かと皆を見た瞬間、視線が自分に集中していることに気付いて、息を呑んでしまった。

中腰になったまま、聞英は愛想笑いを浮かべる。誰かになにかを求められたり、人に見られたりすると、口元に自然と貼りつくその場しのぎの笑みであった。

「どこへ行くつもりだと聞いている」

腕を組んで聞英をにらみつける兄との間に立っていた男たちが、さっと左右に分かれて兄弟の間に道ができる。長年の付き合いだ。逃げようとしていたことなど、清雷はすでにお見通しである。

　もはや言い逃れはできない。二人の姉が死に、もう一人の兄が袂《たもと》を分かった直後、沈みかけの船から一人だけ降りようとしたのだ。長兄が怒るのも無理はない。二人の間にできた道を清雷がゆっくりと歩む。輪の外、一段高くなった僑爍の座のかたわらに立ち、章権が兄弟の成り行きを見守っている。口を真一文字に結んで、発言しようともしない老人には、どうやら聞英を助けようという気はさらさらないようだった。兄が手を伸ばせば届くところまで、間合いが狭まった。

　思考より体が早く反応し、両肩がびくりと震えた。体のなかに頭がめり込んだのではないかと自分でも思うほど、卑屈なまでに体が縮こまる。

「聞英」

　巌のごとき体軀が面前に立ちはだかる。なんだい兄貴、と気楽に言おうとして、舌がからまる。強張った頰と唇で精一杯笑っているから、口中にまで緊張が染みわたっていた。殺されるかも。長兄の顔を正面から見上げる。真っ赤な顔をした百鬼薙ぎの鬼神が、聞英を見下ろしている。

　いきなり両肩をつかまれた。すっぽりと肩を覆うほど巨大な左右の掌で聞英の体をはさむようにして、清雷が腰を曲げて顔を下げ、弟の鼻先に己が鼻を持ってくる。久々にここまで近くで兄の顔を見た。鬼だとしか思えない。角が生えていないのが不思議なくらいである。腰から下に力が入らなくなった。いま肩を離されたら、聞英はへなへなと床に座り込んで、立ち上がれないだろう。なんでしょうか、と問いたいが言葉にならない。逃げようとしたという後ろめたさが、聞英の舌を痺れさせている。

「お前が次の帝だ」

兄がなにを言っているのか理解できない。

「聞英、良く聞け。お前が僑燐の養子であったことを皆は知らない。今この場でしっかりと伝えるのだ」

いや、聞英も知らない。僑燐の養子になどなった覚えがない。

「さぁ言え。二年前からこのような時のために、お前が僑燐の養子となっていたことを」

そんな悪戯がばれた子供が吐くような嘘を、いったい誰が信じるというのか。

いや、待て。待て、待て。稚拙な嘘を信じるかどうかなどという話ではないではないか。兄の圧力で恐怖に支配されていた頭が、少しずつ冷静さを取り戻してゆく。二年前から僑燐の養子であった。次の帝はお前しかいない。

「さぁ言え聞英。お主の本当の立場をみなにはっきりと示すのだ」

兄の向こうに見える章権の顔に視線を移す。うなずいていた。皺におおわれたしぼんだ顔をちいさく上下させながら、清雷の発言に肯定の意を示している。聞英は二人の画策なのだと悟ってしまった。政と軍、双方の長が納得した上での判断なのである。兄の目は本気だった。肩を押され、階を昇らされる。聞英は僑燐の座と同じ高さまで来ると、議場に集う高官たちの鬼気迫る視線を浴びた。

「お、俺は……」

背負うつもりがなかったから、兄姉たちのような役職を求めなかったのだ。そんな聞英のことを、僑燐は誰よりも知っていたから、重責を負わせるような真似はしなかった。

「腹を括れ。お前が腹を括らなければ僑燐が作ったこの国は無くなってしまうのだぞ。能が無くなれば南域の街々は離散してしまう。そうなれば宝超の軍に各個撃破され、南域はふたたび膾の圧政を受け入れなければならぬ。顎港は、昔のような自治を許されぬだろう。ただの港に成り下がるのだ。それで良いのか」

良い、などと口が裂けても言えるような状況ではなかった。

「そ、それじゃあ兄者が帝に……」

「俺が戦場に出なければ、誰が国を守るんだ」

聞英の抗弁を断ち切って、兄が迫る。

「俺たちはもう退けぬのだ。逃げ場所などどこにもないのだぞ、聞英」

この時になって、聞英は黄臥の気持ちが理解できたような気がした。逃げたのだ、あいつは。逃げ場のない顎港から、能という国から、すべてを捨てて黄臥は逃げ出したのだ。

出遅れた。聞英は今更後悔する。いつもそうだ。頭の良い黄臥のように行く末のことがわからないから、いつも兄姉たちの後ろを付いて行かざるを得なかった。僑燐が顎港を支配した時も、国を建てたときも、聞英はただ四人の兄と姉が戦っているのを後ろから見ていただけなのだ。なんとかなる。いや、なんとかしてもらってきたのだ。兄と姉に。

「俺は……」

「もっと大きな声で」

清雷が圧のこもった声で弟の背中を押す。うつむいていた顔を上げる。たしかに、長兄の言う通りかもしれない。もう聞英にはどこにも逃げ場などないのだ。腹を括る。できるだろうか。これまで一度として括ったことのない腹だ。括り方もわからない。

「俺はっ」

腹から声を出し、議場を埋め尽くす重臣たちの耳に届ける。

「二年前、後継を憂う帝の求めに応じ、章権殿、清雷殿、そしてその時摂政を務めていた黄臥の承認の元、帝の養子となった。しかしこれは、我が国の行く末に関わる重大なことであるが故に、公表は機を見てから行うこととこの五人で決めたのだ。何故、この五人で決めたのか。それは、帝の御体《おからだ》をおもんぱかってのことであった。帝は御子《みこ》を産めぬ御体であったのだ。それを知る者は我等兄弟と章権殿だけであった。我を養子にしたことを公表するならば、帝の御体についても語らねばならぬこととなる。それ故、膽との戦いが終わるまで。せめて真天山を領土とするまでは、公表を控えようということになった。よもやこれほど早く帝が身罷《みまか》られるなどと思うてはおらなんだ故」

口から出まかせだ。いまこの場で組み立てた方便である。これだけは得意であった。官人たちの軋轢《あつれき》を双方の立場に立って解決してゆく調停役には、良く回る舌先と調子の良さ、演技力が必要だ。嘘と方便を自在に操り、時にはごまかし、時には真摯に受け、絡まった糸を柔らかくほどいてゆく。丁々発止《ちょうちょうはっし》、状況が千変万化する折衝の場では、その場の思い付きを方便という理に変えることも、重要な武器のひとつであった。

「その時、我は帝から僑英《きょうえい》の名をいただいた」

聞英は腹を括ったわけではない。崖の突端に立たされたから口から出まかせを吐きまくっているだけだ。

「帝位を継承する資格を有しておるのは我しかおらぬ。我は幼き頃より帝の弟として育ち、長じてからは子となった。我がいる限り能は滅ばぬ。異存のある者は申し出よっ！」

聞英は流され始めた。止まるまで流され続けるしか道はない。一刻も早くこの場を去りたかったが、沸き立つ重臣たちの熱気がそれを許さなかった。

覇

「二代帝……」

楣豊からの報告を立ったまま聞いた宝超は、噛みしめるようにつぶやいた。

「僑燐の養子で、僑英という男だそうだ」

知らない。

「聞英という男ならば知っておるか」

「それは僑燐の四人の兄妹の末弟の名です」

「其奴が養子となり、僑英となったらしい」

ほのかな嫌悪が心によぎる。そこまでして僑燐が作った国を守りたいのかという思いが、宝超を苛立たせる。僑燐は死んだのだ。国の柱を失ってなお養子を擁立するなどという悪あがきをしてまで、国を保つことになんの意味があるのか。戦など無い誰もが思うままに生きることができる世を、僑燐は望んでいたはずだ。

頼んだよ。そう言って死んだ僑燐の笑顔が、いまでも瞼の裏に焼き付いて離れない。あの時、たしかに宝超は、なにかを託された。

「人を惹き付け、みずから帝にまで伸し上がった初代とは違い、混乱を収めるためだけに選ばれたような二代目だ。我等が手を出さずとも、南域の長どもを束ねられず、能はいずれ瓦解しよう」

楣豊が鼻で笑う。能吏《のうり》の脂ぎった欲深い笑みに、苛立ちが募ってゆく。こんな男に、僑燐や己のいったいなにがわかるというのか。帝の側に侍り、宮中の奥深くから出ようともしない男に、あの時の二人のことなどわかるはずもない。

「宝超よ」

ねばついた声が、己の名を呼ぶ。己は謄国の武人である。心にそう唱え続けていなければ、正気でいられなくなりそうだった。

「どうした」

椅子に深く腰をかけたままの能吏の瞳が、名を呼ばれても応えない将を見上げていた。この男たちの総身に溜まる脂は、民の血と汗と涙だ。南域を能に、北域を緋眼に奪われてもなお、中域の真族たちの富を搾り、帝と楣豊の取り巻きだけが肥え太っている。

「体の具合でも悪いのか」

眉ひとつ動かすことなく欲深き能吏が問う。汚らわしい視線から逃れるように、顔を伏せながら、宝超は首を振る。

「少し休め」

言って楣豊が笑う。

「そのうち能は滅ぶ。知っておるか、緋眼どもの長のことは」

答えるのさえ億劫《おっくう》だった。

「重篤な病であるらしい。数ヶ月も評定に姿を現さぬということだ。このところ緋眼どもが攻めて来ぬのは、その所為であるらしい。能も緋眼も裡から崩れてくれたら、御主が働かずとも、大陸はふたたび膾のものとなる。しばらくは様子見じゃ。僑燐を討った功は大きい。もはや、御主は我が国随一の将軍ぞ。御主だけの体ではないのだ。しばし休め。良い女を抱き、子でも作れ」

腐っている。なにもかも。僑燐が己の心に蒔いた種が静かに育ってゆくのを、宝超はたしかに感じていた。

楣豊の予見通り、和賀盛為は都にて病に敗れ、この世を去った。緋眼の長は空位となり、重臣であった肥後政重《ひごまさしげ》が盛為に代わって同胞を率いることとなった。緋眼の兵卒たちは長の死に耐え、北域に広がった領地を果敢に維持し、膾の攻勢を退け続けた。宝超と刃を交える日まで。

大陸の混沌《こんとん》は続く。

僑燐を失ってから十五年。

宝超はただひたすらに戦った。敵の長であった女を討ち、十五年もの歳月が経ったいまでも、失ったと感じてしまう。なにも変わっていない。北域にあるかつては真族の都であった都市は、いまだに緋眼に奪われたまま。南域の半分以上の都市はいまも能の支配下に置かれている。真天山も、le国の領土に四方を囲まれながらも強硬に能を支持したままだ。うんざりするほどの戦いの日々と、数えきれないほどの勝利を得てもなお、僑燐が死んだあの日から、大陸の情勢はなにひとつ変わってはいなかった。

ひとつだけ大きく変わったことといえば、先月、楣豊が死んだ。強権の宰相として、le国の政を一手に引き受けていた男が、あっけなく病で死んでしまった。宝超にとってはみずからの立身出世の機を与えてくれた恩人ともいえる存在だが、le国にとっては剛、そして玖という二人の暗愚な帝を手懐け、民を貧困のどん底に陥れ、能の建国と、緋眼の叛乱によって大陸を三つに割ってしまった稀代《きたい》の奸臣であった。その奸臣が死んだ。だが、国は変わらなかった。いや、楣豊が死ぬ以前よりも、国はますます腐り果てている。

「おい、宝超」

階の上から降って来る声を、宝超は片膝立ちのまま顔を伏せ、甘んじて受け止める。

「何故、帰ってきた」

「戦が決着いたしました故」

「勝ったのか」

「はい」

「ならば何故、能の帝の首がここにないのだ」

都を逃れる時、楣豊に抱かれるようにして馬に揺られていた玖も三十を超し、醜悪な大人になった。階の上に据えられた玉座の装飾を覆い隠すほどの肉を纏ったその巨体は、左右に侍る若い近習に両腕を支えられなければ、椅子から立ち上がることすらもままならない。

「答えろ、宝超」

なにを問われたのかすら、宝超は忘れてしまっている。そもそも愚かな帝の言葉など、ここ数年真剣に聞いたことすらなかった。

「戦に勝ったのなら、なぜここに能の帝の首が無いのだと聞いておるっ！」

椅子の肘掛けを苛立ちのまま乱暴に叩きながら、玖が怒鳴った。それだけのことで、激しく肩を上下させながら、息を弾ませていた。

「今度の戦は国境の攻防でありました故、顎港にはまったく関係の無い戦でございました。我が方が敵の支配地であった洲宣《すせん》の街を落とし、焼き払いました故、今度の戦は我が方の勝利であると申したまでにございります」

そんなことなど、説明するまでもないことだった。そんな簡単なことが、国の長にわからない。

「そのような御託は聞き飽きたっ！　宝超っ！　いつになったら能を滅ぼすのじゃっ！　いつになったら我は都に戻れるのだっ！」

能を滅ぼしたところで、都に戻れるわけではない。都を占領しているのは緋眼であって、能ではないのだから。だが、それを諭す気力すら、宝超には残っていない。

「申し訳ありませぬ」

腫れぼったい唇の動きを止めるためだけに、宝超は下げたくもない頭を下げる。その場凌《しの》ぎで謝ることにも慣れてしまった。

「この地は朕のものじゃ。我のものだ。一日も早く、能を滅ぼし、緋眼を夷界に追うのじゃ。宝超、それまでは我に顔を見せるなっ！」

「承知仕りました」

深々と頭を下げ、宝超は帝の怒りを無言のままやり過ごした。

「頃合い……だろうな」

闇に沈む笵の街を見下ろしながら、宝超はつぶやいた。

「ずっと言ってきたじゃないですか。頃合いなんてとっくの昔に過ぎてしまってますよ」

心地良い響きをもった悪態が、一糸まとわぬ背中を打つ。宝超を責める清々しい口調は、何年経っても変わらない。ついつい口元が緩んでしまう。

四方を城壁に囲まれた笵の街の中央部、その南西に小高い丘陵がある。普天山《ふてんざん》と名付けられたこの山の頂に、宝超は屋敷を構えていた。宝超の屋敷を頂点にして、彼が信頼を置く将兵たちの屋敷が山裾にかけて建っている。笵を守護する将兵が高台にて、街を見守るためにも、普天山を軍の管轄としてもらいたいという宝超の願いを、椙豊が生前受け入れた末に出来た、笵の軍事の中枢ともいえる地であった。屋敷とはいいながらも、宝超のそれは家族のある他の将兵たちの物よりはるかに小さい。将軍の屋敷なのだから、豪壮なものにしてもらわなければ己たちが困ると詰め寄る将兵たちを、笑顔で説き伏せた結果、なんとかみずからに心地の良い平屋作りの屋敷を作ってもらった。

「もう終わっています。この国は」

寝台に腰かけながら、芽依がつぶやいた。

「そうだな」

宝超にもわかっている。わかっているからこそ、支度もしてきた。

「あなたが手を挙げれば、この地の将たちは動きます。それを拒む民もいません」

芽依は近習筆頭という公の職を逸脱するほどの務めを果たしてくれている。笵の街の政にも深く根を下ろし、膾に不満を持つ官吏を嗅ぎ分けて、味方に引き入れてくれていた。芽依が引き入れてくれた仲間が、新たな仲間を呼び、宝超を支持する者たちは、将兵だけではなく、官吏や商人、民にいたるまで、笵の地に深く根を張っている。知らぬのは玖と、その周囲に侍る豚どもだけだった。

「俺は膾に生まれた。だから……」

「国を滅ぼすことが果たして本当に良いことなのだろうか、答えが出ない。ですよね。もう聞き飽きました」

「そうだな」

「あなたが立たなければ、誰も救われません」

「救おうなどと……」

「誰もが思うままに生きられる国を造る。そうあの人と約束したんでしょ。その約束を果たす時が来たんじゃないですか。あなたももう若くはないんです。迷うだけ迷ったでしょ。そろそろ重い腰を上げる時じゃないんですか」

　肩に当てられた冷たい手をつかみ、宝超は寝静まった街を眺め続けた。


　瞬《まばた》きするほどのわずかな時間で、笵は宝超の手に落ちた。そもそも軍は何年も前から、完全に宝超のものだったのだ。笵の街を守護する兵との衝突もなく宮殿は包囲され、帝の一族と彼の腹心たちが縄を打たれ、宝超の前に引き据えられた。民にも混乱は見られず、それどころか宝超の挙兵を知った者たちが、いたるところで歓喜の声を上げ、みずからも力になりたいと棒切れや刃物を手にして兵に志願するという事態まで起こっていた。

「ほ、ほ、宝超よ……」

　腕を後ろに回されたまま縛り上げられ、己の前にひざまずく玖を、宝超は無言のまま見下ろしていた。男の背後には、美しい女たちと、その子であろう幼子たちが並んでいる。その後ろに、幾度も見かけた官吏どもが列を成していた。百五十三人。それが、最後まで玖のもとに残った真族の数だった。

「許してくれ。我が悪かった」

涙声で玖が謝る。なにを謝っているのだろうか。宝超にはまったく身に覚えがない。玖に対しての怒りなど、どれだけ探し回ってみても、宝超の心の中には微塵もなかった。

「頼むから命だけは……」

泣きながらひれ伏す姿があまりにも哀れで、宝超は目を背けた。それを拒絶と見たのか、玖が伏していた頭を機敏に上げて膝で地を擦りながら間合いを詰めようとする。

「ほっ、宝超」

さっきまで手を触れることなど許されなかった男の肩を、兵たちがつかんで押し留める。屈強な男たちに押さえられて、玖は喉から絞り出すようなか細い悲鳴をひとつ吐いて、宝超の目前で動きを止めた。

「すまぬ。すまぬ。命だけは……。頼む」

「帝よ」

声をかけられ、玖が顔を上げる。肥え太って顔貌《かおかたち》までも変じた面を涙と泥で濡らしながら、哀れな男が震えていた。

「貴方の強欲のために死ななければならなかった者たちは、命乞いすら許されなかったのです。貴方は民の苦しむ声を御聞きになったことがありますか」

「民の苦しみは我の所為ではない」

投げかけられた言葉の意味がわからぬと言った様子で玖が答えた。宝超は返す言葉が見つからない。

「我はただ、帝の務めを果たしてきただけだ。其方にこうして縛られる理由はない」

「ならば何故、某に謝るのですか」

「殺されたくはないからだ」

「何故……。何故縛られているのか、貴方はわかっておられるのか」

「分からぬ、だが助けてくれるのなら、いくらでも謝る。我はなにが悪かったのだ。教えてくれ宝超」

見上げながら泣く帝に、宝超は声を失う。この男は、民を虐げていたという自覚すらないのだ。子供なのだ。この男は。そしてそんな子供に、この国の富は吸い尽くされてきたのだ。

「宝超殿」

背後に侍る腹心が言った。碧江の戦の頃より、宝超に付き従っている。

「いかがなさりまするか」

殺せ……。そう言っている。

「御命じ下されば、某が」

「止めろ、迅潔」

腹心の名を呼び、肩越しに見る。四角い顎に強い髭《こわ》をびっしりと生やした武人が、信じられぬと言いたげに目を大きく見開いて将軍をにらんでいる。

このような者を生かしておく価値などないことは、宝超もわかっている。だが、この男が死ぬということは、背後に連なる者たちも皆殺しにするということだ。情ではない。そんなことになんの意味があるのか。膽の帝を討ち、その一族郎党皆殺しにしたという事実は大陸全土に轟くであろう。それで、なにが変わるというのか。膽が滅んだ。ただそれだけのことではないか。帝が死のうと生きようと、その事実は変わらない。

「この男を生かしておけば、膽は滅びませぬ」

迅潔の言葉に、宝超は思わず笑ってしまう。

「滅びるさ」

「この男は帝であったのです。どれだけ無能であろうとも、此奴を担いで国を興さんとする者に利用されまする」

「そんな者など、たかが知れている。僑燐や盛為を失いながらも、その遺志を継ぎいまも戦っている能や緋眼とは違う」

「わ、我は死なずに済むのか」

どうやら二人の問答を理解していたようで、玖が目を輝かせながら宝超に問う。

「どこまでも貴方という人は……」

淀んだ気が、肥え太った玖の総身に纏わりついている。茶でも黒でもない。濃い緑や紫。とにかく数えきれないほどの暗色が絶え間なく動いて、無数の小さな蛇のように絡み合っているのだ。こんなにも醜悪な気を宝超はこれまで一度も見たことが無い。真天宮の教主に認められた帝は、即位の後に小匣を変える。真族がみずからの定めによって小匣を変えるのは、帝ただ一人だけだ。

〝天〟。帝になった者は、真天宮より天の一字を刻まれた小匣を与えられる。それまで帝位継承者は天に連なる音を持つ別の一字が刻まれた小匣を持つ。玖がどんな小匣を有していたかは知らないが、いま彼の胸にあるのは天の字が刻まれた匣である。だがそれは、真天宮から正式に与えられた物ではない。彼の父であった剛は、毎年の真天山への参詣を廃止し、真天宮との交流を断った。剛の死後に帝となった玖は、真天宮の教主の裁可を得ていない。自然、天の小匣が与えられることもない。では、いま彼の胸にある匣はどうしたのか。剛の物を使っている。榾豊に聞いたから間違いない。剛から天の小匣を継承することで、謄国はより強固な支配を確立することになる。そんな戯言をしたり顔で言っていた姿を、宝超はいまでもはっきりと覚えている。つまり、玖の胸の匣は玖の物ではないのだ。みずからの呆れるほどの強欲のままに、民を虐げ、享楽の日々を過ごした先帝の業のいっさいを背負った小匣を、みずからも父のように欲望のままに生きてきた玖が受け継いだのだ。数十年にもわたるこの国の民の血と涙と怨念が凝縮した匣から立ち上る気が、尋常なものであるわけがなかった。

ここに集う者のなかで、宝超だけに見えている。邪悪な気を纏った無邪気な男は、みずからの背負う罪業を知らず、これからの生だけを望んでいる。どうでも良い。もうこれ以上、謄国に関わる者たちと同じ場所で、息をしていたくなかった。

「殺さずに逃がせ」

「しかし、宝超様」

「住まいも銭も与えず、身ひとつで放逐するのだ。助ける者に出会うか。それとも恨みを得て死ぬか。匣の導きに任せるのだ」

天の一字が刻まれた匣は残してやる。二代にわたる真族の怨嗟が籠った匣に、もはや帝の有する天の力など残されていない。

「宝超」

背を向けたかつての家臣を、玖が呼び止めた。肩越しに見た肥え太った顔に、満面の笑みが浮かんでいる。

「助けてくれて感謝する。この恩、我は一生忘れんぞ」

答える言葉すら見つからず、宝超は一礼してその場を去った。


もう迷うことはなにひとつなかった。玖を追放し、謄を滅ぼした。宝超はみずからの道を突き進む。手強い敵は後回し。簡単に落とせる者から落としてゆく。戦の常道である。

「拝謁を御許しいただき、感謝の言葉もありませぬ」

澄み渡った広間の中央、階の上の椅子にむかって真っ直ぐに延びる道に片膝を突き、宝超は深々と頭を下げた。熱い……。胸の小匣が尋常ではないほどに熱を帯びている。皮が焼けているのではないかと思うほどに、鉄が内側から熱を放って宝超の胸を焼く。広間には風も無い。真夏であるというのに、冷え冷えとして寒気を覚える室内で、ひざまずく宝超の額にはうっすらと汗が滲んでいる。

「熱いのですね」

階の上から降ってくる穏やかな声に、宝超は思わず顔を上げた。

椅子に座った老齢の男が、緩やかな笑みを口元にたたえながら、階の下で片膝立ちになっている宝超を指さした。その細くて白い指先が胸を指していることが、なぜだか宝超にはわかった。

「熱を持っている」

露わになっている肌のすべてから身中に染み入ってくるような、静やかな声だった。宝超は己が胸に手を当てながら、階の上の男を見上げる。

「御解りになられるのですか、教主様には」

「貴方ほどではありませんが」

親しい者にしか語ったことのない宝超の隠された力を、今日はじめて会った教主、徐祭は見抜いたというのだろうか。

「御存じなのですか。私の力を」

「力……ですか」

教主が首を傾げる。この男は、僑燐を見込んで、能を支持した男だ。教主の後押しが無ければ、能が南域全土を支配することはできなかっただろう。匣の教えの後ろ盾とは、それほどまでに大きい。宝超は真天山を兵で囲んだ。攻め寄せる報せすらせず、奇襲同然で笵から直行し、抵抗する暇も与えずに、二十万の兵で蟻《あり》一匹這い出る隙間すら無い包囲網を敷いた。敵のためである。いや、敵だとは思っていない。能に与しているとしても、匣の教えは真族にとって絶対のものである。教えに逆らうつもりも、小匣を投げ出す気も宝超にはなかった。だから、出来得るならば、真天宮の人間を一人も殺めることなく、教主との謁見を果たしたかった。そして、どうやら徐祭

も想いは同じであったらしい。包囲を完了させると、真天宮は兵を解き、宝超へ使者を遣わして
きた。この場はそうして設けられた。
「宝超殿。貴方には何が見えているのです」
教主であるという驕りもなく、徐祭が声を乱さずゆるりと問うてくる。広間の右側に真天宮の
高官たちが並び、左側には宝超の配下の臣たちが並んで、二人の問答を、固唾《かたず》を飲んで見守って
いた。匣の教えのなかで生きて来た大勢の者たちに見守られながら、その教えの頂に座している
教主が、宝超の見ているものについて問うたのだ。
　下手な詐術で信者の目を眩《くら》ませようとするならば、見えていると嘘を吐けば良いだけのことで
ある。口先で宝超に器用に同調していれば、嘘を見抜かれず、教主としての尊厳を保つことがで
きるだろう。しかし、徐祭はそんな小細工はしなかった。知らないものは知らない。純粋な誠実
さで、宝超に問うている。その真摯な姿に、自然と頭が下がってゆく。深く頭を垂れながら、鎧
の裡で燃えている覇の一字が刻まれた匣を掌を載せ、素直な想いを口にする。
「匣を通し、その者が纏うている気が色となって見えます」
「気が色となって……」
「欲深ければ紫に、猛っておれば赤に、恐れておれば青く、穏やかであれば緑に……。人の心と
それまで歩んできた道によって、それぞれ色は違いまする。色の濃さや大きさもまた、人によっ
て異なります」
　背板に体を預けていた老齢の教主が、膝に肘を付けながら身を乗り出し、階の下の宝超の顔を

笑みをたたえたまま見つめた。

「其方は誰よりも匣に愛されておるのだな」

愛されている。そんなことは思ってもみなかった。物心ついた頃から、宝超にとっては見慣れた景色であった。人には想いがあり、それが色となって滲み出ている。命の量が多い者、少ない者がいて、人は決して等しく生まれてきたわけではないことも、幼い頃にわかっていた。匣の恩恵を受けていたという自覚はない。しかし、たしかに教主に言われるように、その力は匣を介して宝超に与えられているという実感はあった。匣が熱い。真天山に眠るという源匣に呼応しているのだ。理屈ではない。感じるのだ。宝超の匣は源匣を求めている。帰りたがっている。

「私は僑燐のなかに、真族の新たな道を見た」

宝超に笑みをむけたまま、教主が語る。宝超は階を見上げたまま、無垢《むく》なる瞳でその笑みを見つめ続ける。

「しかし、その光は其方によって断たれてしまった。以来、能との繋がりも絶えた。私にとって能とは僑燐のことだった。盗の一字を天字となし、盗むことだけが己に定められた道だと信じ、国をも盗んでみせた僑燐こそが、真族の定めすらも盗み得る唯一無二の存在だと思っていた。だが……」

老いた教主が、純白の衣の上からでもわかるほどに細い脚で立ち上がった。

「どうやら間違っていたようだ」

階を一歩一歩踏み締めるようにして下りて来る。かすかに揺れながら下りてゆく教主に手を差し伸べんと、高僧たちが駆け寄ろうとする。徐祭は焦る高僧たちのほうに顔をむけ、静かに頭を左右に振った。動くな。そう伝えた教主の意を悟り、高僧たちが静かに身を退く。その姿を認め、教主が笑みのまま再び階を下り始める。宝超は片膝立ちのまま、教主の到来を待った。

宝超の前まで至った徐祭が、大きく息を吸い、一気に吐いて笑った。

「ここまで歩くのさえ、これほどに疲れる。年は取りたくないものよ。剛、楣豊、能の章権も……。私とさほど年の変わらぬ者たちは皆死んでしもうた」

僑燐とともに能を建国した章権も三年前に病を得て死んだ。教主が静かに膝を折って、宝超と同じ高さに顔を置く。骨張った掌が、胸に置いた宝超の手の上に乗った。

「ここに、其方の匣があるのだな。熱いな」

本当に感じているのかはわからぬが、徐祭はそう言って、目を閉じた。

「感じるか、私の気を」

透き通った白。こんな気はこれまで一度も見たことが無い。唯一無二の気という意味では、玖のものと完全に対極にあった。

「其方の好きにするが良い」

老いた教主の声が宝超の体に染みる。

「人には決められた定めがある。僑燐は其方という男のために、この世に生まれたのであろう。真族の命運は其方に託されておる」

「教主様……」

自然と口からこぼれだした言葉に、徐祭が笑みで応え、静かにうなずく。

「もとより能との縁は断たれておる。私が誰を支持するかなど重要ではない。それでも、真天宮は其方を支持しようではないか」

「能を裏切ることになりまするが」

「私にとって能という国は、僑燐の国だったのだ。僑燐亡き今、真族を治めうる者は、其方以外にいない。誰よりも匣に愛されている御主こそ、真族の頂に立つ者じゃ」

「私はそんなことは望んでおりません」

国など興す気もない。現に宝超は、帝を笵から追い出した後も、みずからの国を興そうとはしなかった。今、かつての贈国であった領国を治めているのは、宝超の武によって守られた、笵の官僚たちである。芽依によって繋がった、宝超の志に共感した有能な官吏たちにより、贈国の領国であった地はつつがなく治められている。税は取るが、帝やその取り巻きに集められはしない。集められた富は、領国の運営のために使われる。それが、本来の国の在り方であろう。

「どのような生まれの者も、思うままに生きられる国。僑燐が望んでいた国もまた、そのような国でした。が、能には顎港の豪商たちがいた。贈国にも、欲に塗れた帝とその取り巻きがいた。私は、そのような者たちから、国を奪いたいのです。盗みたいのです」

「まるで僑燐が乗り移ったかのような物言いじゃ。そうだ。僑燐の天字は〝盗〟であった。盗む……。それが僑燐の定めであったのだ。其方が盗むと申し、思い出したわ」

「僑燐には〝天〟の匣を御与えになられなかったのですか」

教主が認めた帝に〝天〟の小匣が与えられるのは真族の理である。

「都から緋眼を追い出し、膽を滅ぼし、真族をひとつにまとめた後、改めて頂戴すると申して、どうしても受け取らなんだ」

「そうですか」

盗。僑燐らしい天字であると思う。

「御主のやりたいようにやれば良いのだ。真族は御主によって導かれよう」

「導く……」

「つもりはないと申すつもりであろう。わかっておる。思うままにやれ。私はその全てを支持しよう」

「有難き御言葉」

頭を垂れた宝超の頭に、温かい掌が触れる。

「私の息のあるうちに、真族がふたたびひとつになる日が来ると思わなんだ。頼むぞ、宝超」

この日、真天宮は宝超に与することを大陸の真族にむけて表明した。

緋

この戦に勝つことが、死んだ盛為に対するなによりの手向けとなる。

都に押し寄せる宝超軍を迎え撃つ肥後政重は、眼前に広がる敵の大軍を見据え、腹の底まで息を吸い込んだ。盛為の死から十一年。政重はその遺志を継ぎ、真族との闘争を続けた。が、膤国を滅ぼし、真天宮を味方につけた宝超の勢いは増大してゆくばかり。じりじりと北域の街を取り戻され、宝超の軍勢は都に迫ろうとしていた。敵は二十万。こちらは三十四万。数の上ではこちらが勝っている。宝超は膤の帝を笵より放逐し、中域の真族と真天宮の教主の支持を受けてはいるが、その軍勢はかつてのみずからの手勢に毛が生えたほどを率いるに留まっていた。帝を追い、実質的な支配者となっていながら、みずからの国を興すことはなく、新しく兵を募るようなこともしていないらしい。減った分だけを、志願者のなかから厳選した者で補塡《ほてん》しているという。だが、物は考えようである。数を増やせば良いというわけではない。宝超が率いている二十万は、彼とともに幾度も戦場を潜り抜けてきた精兵なのである。中域全土から掻き集められ、修練すらままならぬ兵などよりも、何倍も精強であろう。そういう意味では味方も劣っていない。

緋眼。真族たちにそう名付けられ、虐げられてきた同胞たちである。

三十四万というのは、決してただの数ではない。その一個一個に、真族に対する恨みがある。憎しみがある。みずからの土地であったはずの大陸を奪われ、東の端に追いやられ、虐げられてきた百年あまりの歳月が、血となって体の隅々に流れている。緋眼に生まれた者は、物心付く頃には、誰もが真族を恨み、憎む。

真族は敵……。三十四万の兵は、眼前に並ぶ兵を生まれながらの仇敵として捉えているのだ。この戦に勝ち、宝超を討つことができれば、事態は一気に好転する。都を奪って二十二年。多くの緋眼はいまなお夷界に留まっている。いつまた、真族の攻勢を受けて東の端に追いやられるかと恐れているのだ。みずからの同族の用心深さを、政重は知っている。この点が真族と大きく相違しているところだと思う。この大陸の先住民であった緋眼は、他者と相争うことを好まぬ用心深い気性の持ち主が多い。

一方、外海からやってきた真族は、好奇心が強く、外へ外へとむかってゆく積極的な気性を持っている。匣の有無などよりも、この気性の違いこそが、両民族の争いの勝敗を分けたのではないかと政重は考えていた。だからこそ、この戦に勝って宝超を討ち、大陸を真族より取り戻したということを、同族たちに知らしめるのだ。

緋眼が夷界を離れ、北域や中域に出てくれれば、真族との立場は完全に逆転するだろう。中域の北方にある奥林《おうりん》に隠れすむ同族たちと合流できれば、大陸から真族を追い出すことも夢ではなくなるかもしれない。盛為が出来なかったことをやる。それがこの世に残された政重の使命であった。

緋眼の長はいま空位である。盛為の名代という立場で、夷界を出た緋眼たちを政重が束ねていた。この戦に勝ち、夷界から緋眼たちを連れ出すことができれば、政重は晴れて緋眼の長となることができるだろう。そのための策はすでに支度済みだ。

「宝超……」

はるかかなたに揺れる宝の一字を染め抜いた旗をにらみ、政重はつぶやく。もはや、策は政重から離れている。宝超の率いる二十万の軍勢は、こちらの軍勢めがけ都へと通じる貫道を真っ直ぐに進んでいた。

宝超という武人は、小細工を用いない。盛為が死に、騰国が滅んだ後に、幾度も刃を交えた。何度も敗れ、多くの街を奪われたが、巧妙な策よりも正面から正々堂々、力で押す戦を望む将である。さほど器用な将ではない。それが政重の見立てであった。

その見立ての正しさを証明するように、政重の視線の先で、宝超の率いる軍勢が美しい隊列のまま愚直に貫道を進んでくる。その行く手を阻むように、政重は三十四万の兵を、翼を広げた鳥のような陣形に整え、迎撃の姿勢を取っていた。寡兵と対峙する時に、最大の威力を発揮する陣形である。真っ直ぐに攻め寄せてきた敵を、両翼で左右から挟み込んで握り潰す。十万の差があるからこそできる戦法だ。見せかけなのだが……。都に集う緋眼を掻き集め三十四万という軍勢を、なんとか作り上げた。だから、敵の物見がこちらの軍勢を宝超たちに報せたところで、なんの違和も感じないだろう。目の前にいる軍勢で全て。そう思わせるために、都の兵は翼を広げた軍勢に注ぎ込んでいる。

「来い」

手綱を握る手に力を込め、政重は戦の到来を待った。

覇

「物見の報せでは、敵は三十万を超しておるとのこと」

右方、わずか後方に馬を走らせる腹心の声を、宝超は行く手に広がる敵の軍勢を見据えながら聞いた。

「どう思う、迅潔」

宝超は問う。迅潔は、その猛々しい体躯からは想像できぬような甲高い声で答えた。

「敵の長である政重は、死した盛為の懐刀《ふところがたな》として政所執政《まんどころしっせい》という役職に就き、政務を司っておった男。激する気性の盛為が聞く耳を持つ者が、唯一政重のみであったと言いまする。冷静な政重にぬかりはないかと」

たしかに迅潔の言葉通り、眼前に広がる軍勢からは澄んだ青色の気が立ち昇っている。これから憎き真族との戦いに臨むというのに、怒りの色が混じることのない、静謐な青に彩られた敵の軍勢には、将である政重の想いが伝わっているのだろう。

「まずいな」

「なにがです」

「静か過ぎる」

「気配が……。ですか」

理解することはできないが、長年仕えてきたから、宝超の他者には無い力のことは知っているし、信じてもいるのだろう。そんな副将の問いに、黙ったままうなずき、翼を広げたような陣形のままこちらを待ち受ける敵を指さした。

「あれは緋眼の軍勢だぞ」

当たり前だと言いたげな腹心の態度を無視して宝超は続ける。

「あまりにも落ち着いている」

「如何《いかが》いたしまするか」

「このまま進む」

あの気配は、策を予見させる。みずから戦うつもりがない。そう思っているからこそ、憎き真族の兵を前にして澄んだ気を放っていられるのだ。

「三十四万……。おそらくは敵が用意できる最大の数にござります」

「別の財布があったんだろ」

「伏兵がいると」

「備えておけと、皆に伝えろ」

「わかりました」

「兵の足は」

「くどい。このままの速さで進む。こちらが備えておることを敵に悟られるな」

迅潔は宝超の命を伝令たちに伝えるために馬を退いた。

「さて……。まずは緋眼だ」

誰にともなくつぶやいて、宝超は鎧の裡で燃える匣へと手をやった。

緋

一撃目の伏兵が、二十万の敵が通過した左方の林から飛び出した。いきなりの奇襲を受けて、宝超の軍勢はひるんだ。はずだった……。

はじめから林のなかに伏兵が潜んでいたことを知っていたかのように、宝超の軍勢は二千あまりの敵に腹背を噛まれながら、その同数よりわずかに勝る兵を列から切り離した。その切り離した軍勢に伏兵の相手をさせながら、みずからは真っ直ぐに貫道を歩んでくる。二撃、三撃、四撃……。伏兵が貫道の左右から続けざまに現れ、宝超の軍勢の四方に噛みつく。政重が用意した伏兵は十万。あと三十ほどの伏兵部隊が、翼を広げた本軍への途上に潜んでいる。四方八方から敵に食らい付き、分断し、その間に本軍を左右の翼で押し潰す。蟻一匹這い出る隙間をも奪い、宝超を袋の中で絞め殺すのが、政重の策であった。伏兵はすでに半分、敵に食らい付いている。

しかしそのことごとくが、進軍を止めることすら敵わない。はじめのほうに食らい付いた伏兵のなかには、すでに打ち払われているものすらあった。

「前に進むぞ」

すべての伏兵が敵を切り離せば、本軍は半数に減る。その減った本軍を左右に広げた翼で押しつぶすのだ。政重は右腕を振り上げて腹の底から声を吐いて味方を叱咤する。

「全力で進み、一刻も早く敵にぶつかるっ！　伏兵はこちらの動きに構わず敵に食らい付く。正面から我等が、左右側面から伏兵が襲い、敵を掻き乱すのじゃっ！」

男たちの喊声とともに、政重は兵を進めた。

覇

冴え冴えとした蒼が、燃えるような紅に変じた。

来る。宝超の口の端が吊り上がる。

「前からも来るぞ」

迅潔に告げた。

「如何《いか》に」

「進む」

匣が燃える。鎧の隙間から焦げ臭い煙が立ち上り、宝超の鼻腔《びこう》に届く。肌が焦げていた。

なにかが起ころうとしている……。脳を包む宝超の頭蓋が、びりびりと振動していた。

「迅潔。俺になにがあっても戦いを続けろ」

「なにを申されまする」

「俺は帝ではない。俺が死んでも中域の機構はなんら変わらず動き続けることができる。良いな。

俺が死んでも、かならず勝て」

腹心からは答えが返って来なかった。

「進むぞっ！　全力で走れっ！」

叫びながら馬腹を蹴る。大将の心を感じ取ったように、兵たちが速度を上げた。今も方々から伏兵が現れて、軍勢の腹背に食いついてくる。どれだけの兵が潜んでいるのか知れないが、奇襲を受けた隊は、列を離れて伏兵に全力で当たれと命じていた。

伏兵を押し返し、本軍の歩みを止めぬよう、各自が奮闘している。翼を広げた敵が、ぐんぐんと近づいてくる。伏兵も歩みを止めないこちらの進軍に焦ったのだろう。緋眼と呼ばれる瞳の色そのものといった深紅の気を立ち上らせた三十四万の敵が、真っ直ぐに宝超めがけて迫って来る。

だが、敗ける気がしなかった。

「正面から行けっ！　俺を信じろっ！　御主たちを率いているのは、この宝超だ。数など意味はないっ！　俺を信じて刃を振るえ！　さすれば必ず勝利は我等とともにある！」

自分でも驚くほど流暢《りゅうちょう》に舌が回って、言葉が口からほとばしる。

凄まじい喊声が上がった。思わず宝超は気の抜けた声を吐いていた。驚いたのだ。兵たちの声に。いまの宝超の言葉が二十万の味方の端々にまで届いたかのように、兵たちがいっせいに吠えた。

そんなことなどある訳がない。二十万の端の方は、馬上の宝超から見ても、蟻の群れのごとき小さな点でしかないのだ。宝超の声が届くはずもない。だが、たしかに二十万の味方は、宝超が言い終えると同時に叫んだ。その猛々しい大音声《だいおんじょう》が天を震わせ、敵が歩みを止めた。

いったいなんだったのだ……。

政重は手綱を持つ右手が震えていることに気付き、左手で抑え込む。敵が同時に一人残らず叫んだ。ただそれだけのことだった。しかしそれは、三十四万の緋眼の足を止めるだけの力があった。

人だけではない。味方が駆る馬たちも、いっせいにその歩みを止めた。止めるだけではなく、敵の声に恐《おそ》れ戦《おのの》き、騎手を振り払って馬首を翻し、戦場から逃げようとする馬も一頭や二頭ではなかった。

二十万の敵の声ではない。政重には二十万の人の骨と肉と血で作られた一匹の獣が、腹の底からあらんかぎりの声で叫んだように思えた。

「い、行け」

声が震えている。そんな己がどうしようもなく腹立たしくて、政重は拳を握ってみずからの頬を打った。幾度も頬を殴りつけ、腹に気を籠め、再び叫ぶ。

「臆するなっ！　行けっ！　進むのだっ！」

我に返った三十四万の同胞が、ふたたび歩み出した。

覇

うねり。目に映るなにもかもが、ひとつに混じり合うようにうねっていた。

「宝超様っ！」

迅潔の声が遠くに聞こえる。答えたいのだが、己の口がどこにあるのかすらわからない。馬の背に乗り、揺られているが、手綱を摑んでいるはずの自分の指に力がこもらない。酒に酔うよりも激しい酩酊《めいてい》に全身が晒されている。

死にたくない……。殺せ……。帰りたい……。死ね……。逃げよう……。

頭骨の裡で数えきれないほどの声が飛び交い目が回る。己が誰なのかさえ判然としない。ここがどこだったのかすら曖昧になる。戦をしていたのは間違いない。都を目指していた……。と思う。視界を覆っていた色が消えた。白色……。音も色も匂いすらもない。天も地もない。己がどこに立っているのかすら定かではなかった。眩しいほどの純白の虚空に、宝超は投げ出されたようだった。

くるくると宙を漂う己の体をどうにか留めようと、四肢で宙を掻くが、つかめるものはなにもない。手足を動かす力で、体が右に左に回転して、思うようにいかない。助けてくれ……。声を上げようとしたが、開いた口からはなにも出て来ない。どうやら、息すらしていないようだった。死んだのか。わからない。胸が熱い。宝超は熱の元を探るように頭を傾け、みずからの胸元に目をやった。一糸まとわぬ姿で、宙を漂っていることにその時になって気付いた。裸の胸に、鈍色《にびいろ》の四角い小匣がめり込んでいる。その一面に刻まれた覇の一字が、白色の世界のなかで紅の炎を発しながら燃えていた。

匣が重い。みずからに与えられた天字を見た刹那、胸にめり込んだ匣に重さを感じ、虚空を漂っていた体が、その重さによってどこかへ落ちてゆく。燃えている〝覇〟の一字に目を奪われ、宝超はみずからが落下していることにすら気付いていない。天字から吹き出す炎が、次第に匣の四隅へと広がってゆく。角に達した炎は、匣の縁を伝って、覇の一字が刻まれた面の縁を炎で象《かたど》ってゆく。なにが起ころうとしているのか……。息をしていないくせに、鼓動が激しく脈を打つ。

匣が重さを増し、体の落下が速まる。白色の天地を落ちてゆく。尻が堅い物に当たったと思った刹那、体に重みが戻り、宝超はその堅い物に座るような恰好になって動きを止めた。願え……。四方八方から声が聞こえる。一人の声であるのは間違いない。だが、その声がどこから発せられているのか判然としない。

開けと願え……。

宝超は声に誘われるままに、心に念じる。

開け。

覇の一字を刻んだ匣が、炎を噴き上げ、開いた。

創

「宝超……」

中域の四十人あまりしか住まぬ辺境の村で、芽依はたしかに宝超のことを感じていた。はるか東方から、懐かしい温かさがはっきりと伝わってくる。その温もりの先に宝超がいる。繋いだ柔らかい手に、首から下げた小匣から発せられる穏やかな熱が伝わる。

「母様」

「真《しん》」

名を呼んで幼い我が子を見下ろした。衣の下のみずからの匣を、繋がぬ方の小さな掌で包んでいる。

「男の人が……」

ひざまずき、我が子を胸に抱く。

「父上ですよ」

繋がっている……。

宝超はたしかにそこにいた。

敵将の息吹がはるか彼方《かなた》から伝わってきて、清雷は思わず胸の匣に手をやる。何度も刃を交えた男だ。妹を奪った憎き仇だ。

「宝超っ！」

能の都となった顎港の街のど真ん中で、清雷は敵将の名を呼ぶ。繋がった。己が胸の小匣に、たしかに宝超の心が届いたのだ。理屈ではない。感じたのだから、認めざるを得ない。敵将は戦っていた。はるか東の地で。

「将軍」

練兵中の兵たちを叱咤していた配下の男が、驚きを隠せぬような顔色で、清雷を振り返った。その背後で、五百人の兵の手も止まっていた。棒を振らせている最中だった。どうやら清雷が宝超を感じたように、彼等もなにかを感じたようである。

「今のは……」

「どうした」

動揺を押し殺し配下の男に問う。

「宝超……。あの、宝超が私に……」

泣いていた。配下の男は鎧の裡にあるであろうみずからの匣に手を当てながら、頬を濡らしていた。練兵中の男たちも、男と同じように体を小さく震わせている。真族……。みずからの生まれを、否応無《いやおうな》く思い知らされていた。小匣は縁を繋ぐ。縁の深き者ならば、その居所すら小匣から発せられる気で悟ることができると教えられてきた。しかし、これはどうだ。少なくとも清雷には宝超との縁があった。不倶戴天《ふぐたいてん》の敵だと清雷は思っている。だが、目の前の男たちには、宝超との縁など存在しない。敵の総大将である。名くらいは誰もが知っているだろう。しかしそんなものを縁と呼ぶならば、すべての真族が小匣によって繋がっていることになるではないか。

「いや……」

そこまで考えて清雷は息を呑む。

いま、宝超はすべての真族と繋がったのではないのか。みずからの小匣の力で、大陸全土の匣と繋がった。そう考えれば、この場のすべての動揺の説明がつく。

「そんなことなど……」

あり得ない。と、思う。だが匣の教えには、それを裏付けるようなものがある。真族に与えられている物は匣だ。匣は開く。開かなければ匣とは呼ばぬ。ただの鉄の塊だ。しかし、これまで一度として小匣を開いた者はいない。

東の空を見る。いた……。宝超だ。鎧の裡で熱を放つ匣が、遥か彼方の敵と繋がっていることを感じ、清雷はこれから起こるであろう真族の変革を恐れた。

覇

なにもない白一色の天地で、宝超は裸のままなにかに座り、見知らぬ男と相対していた。

宝超と同じように、見えないなにかに座った男は、まだ少年の面影が残る瑞々《みずみず》しい口元に笑みを湛えながら、眼前の宝超を見つめている。

其方が初めてだ。ここに来たのは……。

声ではない。体に、心に、言葉が直接染み入って来る。その言葉が、目の前の男から発せられたものだと、宝超は根拠もないままに信じることができた。

待っていた……。

そう言って男は笑う。

この匣の中でずっと……。

「匣」

己の声が口からこぼれ出た。久しぶりに聞いたみずからの声に驚き、宝超は激しく肩を震わせる。

そうだ匣だ……。

男はうなずく。

「この匣のなかに」

胸にめり込むみずからの匣に手をやると、目の前の男は頭を左右に振った。

真天山、御主たちはそう呼んでいるのだろう……。

なにを言いたいのかわからぬから、宝超は黙したまま続きを待つ。

その頂にある匣に私は眠っている……。

「源匣」

宝超がつぶやくと、男は嬉しそうにうなずいた。

るるぅ、るるるぅ……。

男が歌をくちずさむ。どこかで聞いた歌だ。

僑燐。

あの女が死ぬ時に歌っていた歌だ。

匣翔……。

おもむろに頭に声が届く。

私の名だ……。

「ゆうしょう」

聞いたことが無い名前だった。宝超がどれだけ記憶を探っても、匣翔などという名は思い出せない。

匣を開いた御主にはすべてを教えてやろう。何故真族に匣が与えられたのか。源匣とはなんなのか……。

匡翔の心が、奔流となって宝超の体に流れ込んできた。

緋

「なんだ。なにが起こっているんだ」

政重は震えを抑えることができない。地獄絵図とはこのことであった。目の前で仲間たちが次々と屠られてゆく。策などなんの意味も成さなかった。こちらが仕込んだ翼の裡へ、敵は一直線に突き進む。体じゅうを五十四の毒蛇に食い千切られながら、ただ真っ直ぐに緋眼の翼の裡へと、二十万をひとつの塊と成して敵は飛び込んできた。かねてからの策通り、政重は両翼で敵を包み込んだ。数で押し潰す。真族に対する怨嗟を秘めた左右の翼で。

敗けるはずなどなかった。だが嫌な予感はあったのだ。その勘働きは、どうやら間違ってなかったらしい。敵は二十万の軍勢ではなかった。二十万の個別の兵ならば、どれだけ苛烈な調練を重ねた精強な軍勢であっても、必ず隙ができる。率いる将の力量の差や、気性の違い、練度の深さなどの様々な要因が複雑に絡み合って、軍勢は必ず多くの隙をその巨大な身中に宿しているものなのだ。四方から押し潰せば、その隙から罅が生じて、みしみしと音を立てるように潰れてゆく。どれだけ強固に軍を編成しても、数という現実を覆すことはできない。

だが、宝超の軍勢は違った。三十四万で包み込んだ刹那、政重には敵の軍勢が光を放ったように見えた。なにか得体の知れない力の波のようなものが、敵の軍勢の裡から放たれ、左右の翼で包もうとしていた味方を打ったように政重には思えたのである。

そのすぐ後のことだ。包み込んだはずの敵が、凄まじい勢いで暴れ始めた。ひとつの意志の下に操られているとしか思えないほどに統率の取れた動きで、敵が翼を裡から喰い破り始めたのだ。こちらは力ずくで押し潰そうとするのだが、隙がまったくない敵は、殻に籠るわけでもなく、二十万の全ての刃を用いて、こちらの軍勢を切り裂いてゆく。

止めようもなかった。抗う術など思いつく暇もなく、敵がばりばりと翼を食い破ってゆく。

「これが戦か……。戦なのか……」

違う。みずからのつぶやきにみずからで答え、政重は首を左右に振る。こんなものが戦であって良いはずがない。人が持って良い力ではない。

真族は小匣を持っているという。その匣によって真天山に眠る源匣と繫がっているらしい。真族がこの地に到来したばかりの頃、緋眼と真族の立場は今とは逆であったという。真族は緋眼に虐げられていたのだ。幾度かの戦にも敗れ、緋眼の奴隷として生きる道しか真族には残されていなかった。

そんな時、源匣が現れ真族に力を与えた。以降、真族は緋眼を東に追いやり、大陸の覇者となった。これがその力なのか。緋眼を夷界に追いやった力に、またも政重たちは敗れようとしている。都を追われ、ふたたび夷界に押し戻されようとしているのだ。だが抗う術は政重にはない。三十四万の同胞にもない。

「天よ」

空を仰ぎ、両手を合わせる。

「我に力を授けたまえ」

だが祈りは届かなかった。

覇

忘我のうちに戦は終わっていた。白色の天地で匣翔と名乗る若い男との対峙を終えた宝超は、みずからが戦場にあることを思い出すと同時に、己の体を失っていることに愕然《がくぜん》とした。

正確には失ったわけではない。宝超の視界は、軍勢の中央で馬を駆るみずからの姿を捉えていたのだ。

が、宝超の精神は戦場のはるか上にあって、敵と味方を視界に収め、ただ戸惑いのなかにあった。戻れと、どれだけ念じてみても、心は眼下で戦場を駆ける体に戻ってくれはしない。それよりも不可思議だったのは、みずからの手足のように二十万の味方が動くことだった。天上から眺めている敵は、おもしろいほどに隅々まで見渡せた。

次にどう動くのか。どこを攻めるつもりなのか。複雑に絡み合う思惑のすべてが、手に取るようにわかるのだ。周囲を飛び回る無数の羽虫を四肢を使って打ち払うように、味方の軍勢を動かして敵の攻勢を退けてゆく。あまりにも統率の取れた敵を前に、緋眼たちが為す術もなく崩れてゆく。宝超は天にありながら、眼下の羽虫たちをただ無心で潰してゆくだけ。

それだけで、戦は終わった。その戦いの最中、敵の長であった政重が死んだ。匣が起こすという奇跡、奉天《ほうてん》。その混乱の中で誰に討たれたのかもわからず、無残な死体を戦場に晒す、武士としてはあまりにも哀れな死に様だった。緋眼が戦場から消え、都に味方が雪崩れ込むと同時に意識が途切れ、次に目を覚ました時には、見知らぬ寝台に寝かされていた。

「宝超様」

枕元に立つ迅潔が、恐る恐るといった様子で、主の顔を覗き込んでいる。

「御目覚めになられましたか」

「どれくらい寝ていた」

「二日ほど」

ゆっくりと体を起こす。

「覚えておられまするか」

頬を引きつらせて迅潔が問うてくる。明らかに宝超を恐れている。

「あれは……。なんだったのでしょうか。私のなかに宝超様が流れ込み、それ以降、私は私でなくなった」

「俺にもわからん」

胸に手を当てる。肉にめり込んでいたはずの小匣は、宝超の体から離れ、静かに首から下がっていた。

「だがひとつだけわかることがある。俺はこの匣を開いた」

「そのようなことが本当に……」

「たしかに俺は匣を開いたんだ」

「信じます」

言って副将は深々と頭を下げた。

「貴方こそ、我等真族が待ち望んだ久遠《くおん》の主にござります」

「そんな者に……」

なるつもりはない、と答えようとして口をつぐんだ。まだ、やるべきことが残っていた。

流

「なにを言っておるのだ、聞英っ！」

己の襟首をつかみながら昔の名を呼び怒鳴る長兄の顔を見上げながら、僑英は薄ら笑いを浮かべていた。その力の抜けた笑みが気に食わないらしく、清雷の顔がどす黒く染まってゆく。

「何度でも言うよ」

曲がりなりにも僑英は能国の帝である。武官の最高位にある清雷であろうと、襟首をつかんで怒鳴り上げるような真似などあってはならない。能国一の武人を押し留めんと十を超す男たちの手が彼に絡みついている。それでも長兄は、僑英の襟を放そうとはしない。

「認めんっ！　俺は認めんぞっ！」

深紅に染まった顔から涙がほとばしる。熱い飛沫を顔に受けながら、僑英は薄ら笑いのまま告げた。

「いくらあがいてみたところで、大勢は変わらないよ。兄者だってわかっているはずだ」

宝超が緋眼から都を奪取して一年。唯一の抵抗勢力となった能国の帝として、兄とともになんとか宝超と戦ってきたが、それも限界だった。この一年で、南域の都市が次々と離反してゆき、いまや能国は顥港とその周囲の四つの都市によってなんとか保たれているという状況だった。当たり前だと僑英自身は思っている。敵の格が違い過ぎるのだ。兄のように湿った執着や暑苦しい意地などとは無縁の僑英である。敵に対しても冷徹な目を持っていると自負している。その目から見て、相手があまりにも悪過ぎるのだ。

「宝超だぞ。あの宝超が相手なんだ」

「お前に言われずともわかっている」

そう言って食い縛った兄の黄色い歯が鈍い音を立てる。同じ武人として、宝超のことが羨ましくてたまらないのだ。そして、己が宝超の境涯に至れなかったことが悔しくてたまらぬのだ。

「真族でただ一人、匣を開けた男だぞ。そんな男に誰が勝てるというんだ」

誰かから聞いたという話ではない。この地に住み、小匣を持った真族ならば、一年前に東の戦場で宝超がなにをしたかは知っている。いや、感じているはずだ。宝超が匣を開いた時、真族の誰もが、あの男の存在をはっきりとその身に感じた。僑英もその一人だ。匣が開いた時、宝超という男の心が波動となって、僑英の内側に流れ込んできた。押し留めようとしても、どうすることもできない力の奔流が、大陸全土を覆ったのだ。もしあの時、宝超が僑英になにかを命じていたならば、抗することができなかっただろう。首を斬れと命じられれば、どれだけ心が拒んでも体が意のままに動いていたはずだ。

「あれから一年、これだけの味方が残ってくれただけでも有難いと、俺は思っている」

いまも僑燐を慕う顎港の民は、能国を見捨てなかった。南域の都市の多くも、宝超が兵を率いて碧江を越えるまでは、能国の味方であったのだ。匣を開いた英雄を前に、真族でありながら逆らうという選択をしてくれた。

「それだけで十分じゃないか」

襟首をつかんだままの兄の両肩に、みずからの手を置く。目の奥から熱いものが噴きあがって来る。絶対に溢れ出させてはならぬと、僑英は清雷を見上げる目に力を込めた。

「僑燐姉さんも、あの男のことを買っていた。もしかしたら、姉さんには最初から宝超がこれほどの男だとわかっていたんじゃないのか。だから、姉さんは死ぬ時に、あの男に託したんじゃないのか、俺たちではなく」

姉の死に様は、付き従っていた生き残りの兵から聞いていた。

「姉さんが夢見た国を……」

「言うな」

清雷が目を固く閉じ、うつむいた。閉じた瞼の隙間から大粒の涙が落ちる。

「終わったんだ、兄さん。俺たちが抵抗すると言えば、死人が増えるだけだ。俺たちの意地のために同族同士で争って、これ以上死人を増やしてなんになるんだ」

顎港に迫る軍勢と一度も干戈を交えず、能の二代帝僑英は恭順を表明し、みずから宝超を出迎えた。僑英は死を免れ、宝超の指示のもと元来の政へと戻った顎港の、十席会議筆頭に推挙され、その役めを死ぬ間際まで務め上げた。

恭順後、清雷は牢獄《ろうごく》に捕らえられたが、四年の投獄生活を終え、釈放とともに姿を消した。都を出た後の彼の姿を見た者はいない。

〝終〟

創

「迅潔。久しぶりですね」

僻地《へきち》の村には不釣り合いな銀の甲冑に身を包んだ大男を見上げ、芽依は笑った。

「御久しゅうござります」

無骨な武人は目に涙を湛えて、静かに頭を垂れた。

「止めてくださいよ。貴方のような方に頭を下げてもらうような身分ではないんですから」

「もう御聞きになっておられるのでしょう」

「なんのことです」

迅潔に背中を向けて、みずからの家を見る。藁《わら》で葺《ふ》かれた屋根に、ところどころ剝《は》がれかけた土壁で作られた今にも吹き飛びそうなあばら家である。親子二人で住むには、この程度で十分であった。笵を離れる時に、わずかな田畑を与えられた。なにもいらぬと強硬に言う芽依に、どうしてもこれだけは受け取ってくれと言って、彼が渡してくれたものだった。わずかな田畑だが、食うには困らないだけの作物が獲《と》れる。余った物を銭に換えれば、親子二人なんとか暮らしてゆけた。不満はない。いや。幸福だった。

「宝超様が姿を消されました」

もう何年も前に忘れた人の名だ。忘れた……。そう、忘れたのだ。

「ここには来られませなんだか」

「一度も」

「心当たりはござりませぬか」

「あるわけがないでしょ」

「あの方の故郷も、すべての赴任先も、大陸じゅうを探しまわったのですが、どこにも」

匣を開いた英雄は、能国の帝を恭順させた後、すべての真族の支持の元、帝となって国を興すはずだった。だが、宝超は消えた。

「真天宮の教主様も、行方はわからぬと申されておられまする」

「嘘を吐いてはいないの」

「それはありませぬ。ここだけの話ですが、教主様はもう長くはありませぬ。嘘を吐いて宝超様をかくまうような余裕はありませぬ」

「そうですか」

行くとしたら、真天山だと芽依は密かに思っていた。すべてを終えた後、源匣を訪れるのではないかと密かに予測していた。だから、姿を消したと聞いた時、源匣のことが真っ先に思い浮かんだ。

「芽依様」

剣呑な口調に、嫌な予感を覚える。答える声を投げずにいると、武人がみずから語り始めた。

「このままでは真族はふたたび乱れまする。匣を開き、緋眼を東に追いやり、能を恭順させた宝超様がいなければ、いずれ真族は割れましょう」

「それで」

「芽依様には御子がおられるはず。その子は」

「止めて」

「宝超様の子であらせられる」

芽依の拒絶を聞かずに迅潔は言って、素早く回り込んで地に膝を突いた。顔を背ける芽依を見上げながら、宝超の腹心は悲痛な声で続ける。

「宝真様とともに、都に来ていただきたい」

「なぜ、その名を」

「宝超様から聞きました」

「あの人が……。宝真の名を……」

「御存知でした」

匣を開いたのだ、あの人は。あの時、あの人は息子に触れたのだ。いったい、どんな想いだったのだろう。問うてみたい気もするが、あの人はもうどこにもいない。

「芽依様。貴方だけが頼りなのです。宝超様が戻って来られるのを待つためにも、都にて真族を静謐に治めていただきたい」

「私には無理です。幼い宝真にも」

「我等がおりまする。宝超様の志を受け継ぐ者たちを集めてくださったのは、芽依様ではありませぬか。いまもその恩を皆忘れてはおりませぬ。真族をまとめ上げたのは宝超様だけではございませぬ。芽依様がいなければ、玖を笵から追うことも、宝超様がみずから御立ちになられることもなかった。この迅潔の、一生の頼みです。どうぞ私とともに都へ来てください」

「ほんとに……」

拳を胸に当て、蒼天を見上げる。手は自然と胸の匣へとむいた。〝結〟の一字が刻まれた匣を握りしめる。

「いっつも自分勝手なんだから」

忘れたことのない、あの人の笑顔を空に想い描く。

「母様」

「宝真」

迅潔を見て心配そうに駆けて来る我が子の名を呼ぶ。

「宝真様」

武人の声が震えている。芽依は振り返って息子の頭に掌を置いた。この子が産まれた時、授け

〝終〟

られた匣には〝纏〟の字が刻まれていた。天に通ずる響きを持つ匣。国の中枢近くに仕えていた芽依には、この天字がなにを意味するのかわかっていた。

「定めだったのですね」

母のつぶやきの意味を知らずに、息子が父に似た輝く瞳で見上げてくる。

「真」

「はい」

「私たちはこの方とともに都に行きます」

「都……。ですか」

「芽依様」

涙声の武人を背に、芽依はしゃがみ込んで、息子の柔らかい頬を両手ではさんだ。

「父上の志を継ぐのです。貴方しかいないのですよ、真」

「父上の志……」

「貴方の父上の名は宝超。真族でただ一人、匣を開いた英雄です」

芽依と真は迅潔に連れられ都へと入った。宝超の志を継ぐ迅潔をはじめとした武官や、芽依が集めた官吏たちの後援の元、真は国を興した。〝慎《しん》〟と名付けられたこの国は、百二十年の長きにわたって続いた。国が滅んだ後も、宝超の血族である宝家は真族屈指の名家として残る。源匣記が絶えるその日まで、宝家の命脈は続くことになる。

〝終〟

源匣記上、小匣を開いたのは二人。宝超は〝覇王〟と呼ばれ、もう一人は〝魔王〟と呼ばれた。魔王が現れるのは、これより七百年も後のことである。魔王が生み出した混沌を払い、源匣記を終焉《しゅうえん》に導き、真族を匣の定めから解放する者もまた、宝家の者であった。

宝超の血族の繁栄に反し、僑燐の名が源匣記に記されている箇所は十にも満たない。

（つづく）

『匣真演義』物語年表

1 真天山に小匣の大元となる「源匣《げんこう》」が現れ、付近に住んでいた真族の長〈徐昂《じょこう》〉が、一族とともに真天山に社を建て、保持する。

14 真天山の徐一族を、緋眼が攻める。この時、初めての「奉天《ほうてん》」が源匣に起き、緋眼の兵が全滅。その後、徐一族の者に徐昂が小匣を授けだす。

20 真天山の徐昂の噂が大陸に散らばる真族の間に広がる。小匣を求め各地から真族が真天山を訪れる。徐昂、源匣を収める社を「真天宮」と名付け、匣の教えを体系化し、「天教」と名付ける。その五年後、徐昂は死に、子の〈宮《きゅう》〉が跡を継ぐ。

30 徐宮、散らばった真族の統合を目指し、北域デルタ地帯に勢力を持つ真族の長、〈喜戒《きかい》〉の力を求める。二人は盟友となり、緋眼との戦いに臨む。

66 三十五年の長き戦いにより、緋眼の長〈国勝《くにかつ》〉夷界へと退く。喜戒、自らが興った地を都と定め、帝を称する。その二年後、死去。追うように半月後、徐宮も没する。

68 喜戒の子、二代目帝〈航《こう》〉により王朝の名が「謄《とう》」に定められる。

90 三代帝〈毛《もう》〉十三年。奥林に残っていた緋眼が蜂起。十年にわたる戦いを繰り広げるも、夷界の緋眼は静観。奥林の主〈獰鬼《どうき》〉を斬首するも、謄王朝は奥林を放置。以降、奥林に住む者たちを「野従《やじゅう》」と名付ける。

128 五代帝〈剛《ごう》〉は暗愚で、政を顧みず、国は乱れた。顎港の盗人〈僑燐《きょうりん》〉が仲間とともに港を占領。謄から離れ自治を始める。剛の側近〈楣豊《びほう》〉は、〈凱慧《がいけい》〉を将軍として討伐軍を編成するも敗北。凱慧は戦死。

133 僑燐率いる南域軍が、「秦崔《しんさい》」を攻略。謄の〈宝超《ほうちょう》〉、楣豊を秦崔から救出。

135 天教の教主〈徐祭《じょさい》〉、僑燐に近づく。急激に力を失う謄に対し、夷界の緋眼の長〈盛為《もりため》〉が兵を挙げる。剛が病で死に、幼い〈玖《きゅう》〉が帝に。

142 都が盛為に攻め落とされ、玖、中域の都市「范《はん》」に逃れる。

143 北域に緋眼、中域に謄、南域には僑燐によって建てられた「能《のう》」があり、三国争乱へ。その最中、僑燐が敵の矢を受け死亡。盛為も病で死す。

158	**三十年あまりの争乱の中、朧の将宝超が時の帝を笵より追放。朧は滅びる。能に与する真天山を従える。**
164	**宝超、緋眼を都より夷界へ追う。その戦の最中、匣を開く。その噂は大陸中に拡がり、「覇王」と呼ばれるように。**
165	**能の帝〈僑英《きょうえい》〉、宝超に恭順。三国統一なるも、宝超、忽然と姿を消す。そのため神となったと伝えられる。宝超の息子〈宝真《ほうしん》〉、都に王朝を建て「慎《しん》」と名付ける。**
167	この頃、顎港の片隅で〈邪《じゃ》〉と名乗る男によってニセ匣作りの技術が開発される。以降、一子相伝によって技術は伝えられ、代々〈邪〉を名乗る。
180	宝真死去。三代帝の座をめぐり、宝真の次男〈宝統《ほうとう》〉と宝真の弟〈宝列《ほうれつ》〉が争う。王朝は二つに割れる。都に統、顎港に列が陣取り、戦へ。
183	列の重臣〈毛覇《もうは》〉の裏切りによって、顎港勢は瓦解。統が三代帝へ。
190	野従の〈金漠《きんばく》〉、邪よりニセ匣を買い、真族となり都へ。
206	四代帝〈宝邁《ほうまい》〉の寵愛を受け、金漠、朝廷の最高位「丞相」となる。
207	緋眼の長〈信満《のぶみつ》〉、真族との融和を図ろうと都へ。しかし金漠の臣〈独鶏《どっけい》〉によって謀殺される。緋眼、報復のため挙兵。真族との戦い。
209	緋眼戦決着の目処立たず、代々丞相の座を得ていた名門〈項《こう》〉一族が、金漠追い落としを画策し始める。
211	顎港にて、時の邪が捕らえられ、金漠の嘘が明るみに。金漠派の大粛清の後、丞相の座についた項一族の長者〈項岱《こうだい》〉によって緋眼との和が成る。
212	宝邁死去。毒殺した疑いをかけられ、項一族滅亡。実権は〈楼《ろう》〉一族へ。
234	奥林の野従内での闘争が激化。多くの野従が奥林から逃れ、真族の地へ。しかし、匣を持たぬため奴隷として扱われる。
241	天教の教主、〈徐〉の姓を棄て、名のみを名乗るように。
262	緋眼、東壁の先へ人をやり、唯一の生き残りが帰ってくる。しかし緋京より姿を消す。
265	真族の住まう地に大盗賊が現れ、「死狂《しきょう》」と恐れられる。死狂は、主に小匣を盗む。その主は、緋京から姿を消した〈元信《もとのぶ》〉。
268	真族に奴隷として使われていた野従が反乱を起こす。その争乱に元信たち死狂も加わる。慎の九代帝〈宝朗《ほうろう》〉の圧政に苦しんでいた民も巻き込み、都は火の海に。宝朗と家臣たちは真天宮へと逃げる。無秩序となった都で、死狂たちは匣を集めまくる。数千の匣を集めた元信は仲間数十人と殺し合い、全滅する。混乱を収めた奴隷の長〈グジュ〉が、一時都を統率する。

269 真天山にて力を取り戻した慎軍は、グジュを討ち、都を取り戻す。勝利の立役者である将軍〈賢魄《けんぱく》〉は英雄となる。

270 宝朗、賢魄の人気を妬み暗殺を試みるが失敗。逃れた賢魄は、故郷の秦崔で挙兵。

275 宝朗、重臣の〈椰潘《やはん》〉に殺される。椰潘、幼い朗の息子〈宝明《ほうめい》〉を帝として実権を握る。そのため国はますます乱れる。

277 賢魄、天教の教主〈抄《しょう》〉より源匣の神意を受ける。これによって時流は一気に賢魄へ。

278 形勢不利とみた椰潘、緋眼の長〈朝春《ともはる》〉と野従一頭脳的な部族の主〈マカリ〉と手を結び、賢魄に対抗。

280 賢魄、奥林を焼き、マカリを討ち、野従を森深くへ退ける。

285 夷界の無事と引き替えに朝春が切腹。緋眼も賢魄に従う。

286 成人していた宝明が父の敵である椰潘を誅殺。賢魄を都に迎え禅譲。慎は潰え、賢魄は「稔《じん》」を建国。宝明は王朝に迎えられ、宝家は稔の重職を与えられる家となる。

292 賢魄の呼びかけにより、緋眼と野従の代表者が都に招かれ、初の会合を開く。

304 賢魄死去。子の〈賢仁《けんじん》〉が二代帝に。

312 緋京にて、稔に友好的であった長〈道国《みちくに》〉が家臣たちの謀反によって死亡。謀反の主、〈惟友《これとも》〉が緋眼の長となり、稔との友好は崩れる。

313 先代の緋眼の長、道国の子〈守国《もりくに》〉が夷界を脱し、顎港へ。港の商人〈唐現《とうげん》〉に匿われ、密かに他者の匣を与えられ、唐の姓を名乗り、〈唐国《とうごく》〉となる。

315 外つ国より顎港に硝石と火薬の製法がもたらされ、稔によって統括される。

322 賢仁、子の〈賢汪《けんおう》〉に位を譲る。野従、祝いの品に兵を紛れさせ、汪を宴の最中に謀殺。野従と汪の弟、〈賢濵《けんひん》〉の謀であることが判明。朝廷に粛清の嵐が吹き荒れる。一切を取り仕切った宝明の息子〈宝哲《ほうてつ》〉によって、賢仁の重祚が決まる。

323 賢仁、野従の根絶を命じる。以降、泥沼の戦いへ。

331 緋眼の長、惟友、野従との戦いに明け暮れる稔に対し挙兵。

334 賢仁、北域中部、「太源《たいげん》」の地で緋眼の大軍と決戦。劣勢の中、賢仁の匣が奉天。大軍を撃破。その後、賢仁、陣中にて死去。都にて急遽、賢汪の子で四歳の〈賢明《けんめい》〉が五代帝に。

342 度重なる戦によって疲弊した国を立て直すため、宝哲の策によって真天宮の教主〈貫《かん》〉の娘、〈楓姫《ふうき》〉が賢明の妻となる。

355 楓姫の言いなりとなり政を顧みない賢明を律せんとした宝哲が夜陰に乗じ殺される。宝一族、都を離れ、顎港へ。大商人となった唐国の庇護を受ける。

360 野従をひとつにまとめた「鼬族《ゆうぞく》」の長〈マシュヌ〉、野従の兵とともに奥林を抜け、都を落とす。賢明、楓姫は殺され、都は野従のものに。都を逃げ出した賢明の子〈賢楽《けんらく》〉、顎港の宝一族を頼る。宝一族の長〈宝環《ほうかん》〉、唐国の力を頼む。

361 賢楽、宝環、挙兵。

366 奥林に野従を封じ、都を奪還。与力の条件であった夷界攻めを唐国は帝に求める。兵を休める間もなく、夷界攻めへ。

372 自ら総大将を任せられながら、緋眼を滅ぼすことなく、唐国陣中で没す。急速に緋眼との和睦が進められる。唐国の長子〈慶《けい》〉は都にとどまり武官に。次子の〈燕《えん》〉は顎港で商人となる。

373 緋眼との和が成り、賢楽、六代帝に。この後三十年、「楽帝の治」と呼ばれる善政を布く。

382 時の緋眼の長〈定雅《さだまさ》〉、求める者ならば、緋眼であっても天教を信じ、匣を受けても良いと触れ、少数ながらも匣を持つ緋眼が生まれる。

395 定雅死去。跡を継いだ〈道雅《みちまさ》〉は天教を禁じ、匣を持った者を夷界から追放する。この時、緋眼の少年〈村雲《むらくも》〉も夷界を追われる。

406 賢楽帝死去。賢楽の孫にあたる〈賢陽《けんよう》〉が七代帝に。

408 唐国の長子、唐慶、顎港の弟、唐燕の財をもとでに武官の頂点「大将軍」になり、宝環の孫で丞相の〈宝慎《ほうしん》〉と対立。

412 村雲、唐慶に見出され、緋眼初の将軍となる。

413 賢陽、夷界征伐を唐慶に命じる。

415 緋眼との戦いで村雲、数々の武功を得る。

418 窮地に立たされた緋眼の長、道雅、丞相宝慎と接触。急遽都に呼び出された唐慶、父が緋眼であったことを追及され大将軍の任を解かれる。村雲も唐慶とともに顎港へ。

419 道雅、賢陽帝に恭順。唐慶、唐燕、村雲、顎港で叛旗。

425 唐慶、真天山付近で戦死、反乱軍の主は唐燕に。村雲、大将軍に。

430 賢陽帝謀殺。次帝は宝慎の孫娘であり、賢陽帝の長子の妻である〈賢姫《けんき》〉の産んだ幼帝〈賢陶《けんとう》〉に。

441 賢陶、自らの母を含む宝一族を誅殺。

443 賢陶、圧政を敷き、顎港に大攻勢。卑劣な手を使う稔軍に人質を取られ、村雲、自ら出頭。斬首。唐燕、真天山にて天教に降る。

445 賢陶棄教。天教弾圧を始める。

452 唐燕の孫、〈唐勝《とうしょう》〉、真天山に逃げ集まる天教信者たちと蜂起。自らを「天将《てんしょう》」と名乗る。

455 宝一族の残党、顎港勢力、次々と唐勝に合流。

462 唐勝、北域都周辺地以外の真族の地を統一。賢陶、都で大粛清を決行、高官たちを一掃。

463 都、内部より崩壊。賢陶、家臣に討たれ、稔滅亡。唐勝、都に入り、「真《しん》」を建国。自ら初代帝に。天教復権。

465 唐勝帝の命により、学問に長けた者たちが都に集められ、「奉天寮《ほうてんりょう》」が創られ、天教の学術的な研究が始まる。

468 宝一族の長〈宝盟《ほうめい》〉、成人を機に天教隊の将に。

470 緋眼の長〈成久《なりひさ》〉、唐勝帝の祖が緋眼であることから、真は緋眼の国であると宣言。両国の対立深まる。

475 天教隊の将、宝盟、緋眼との大戦に勝利し、将軍となる。唐勝帝、病にて死去。子の〈唐朋《とうほう》〉二代帝に。

480 緋眼の娘〈京香《きょうか》〉、緋眼の地を出て奥林の「巳族《みぞく》」に拾われる。

482 成久、宝盟に降り、緋眼、真に従属する立場に。

490 中域、真天山近くの町「甲建《こうけん》」にて、純血の真族を尊ぶ「真衆《しんしゅう》」が反乱を起こす。

493 真衆の乱が北域に広がり、奥林にも影響が。京香のいる巳族は真衆と共に乱に加わる。

499 老齢の大将軍宝盟、真衆の女将となった京香との戦いで討死。宝家は孫の〈宝彩《ほうさい》〉が継ぎ、宝彩、天教隊の将軍に。

500 真衆の乱の拡大に乗じ、緋眼も挙兵。東西に乱を抱えた真は顎港の統治が不可能に。

503 内部の対立から、京香、真衆の仲間たちに謀殺される。それによって野従は乱から手を引く。

510 奉天寮により、一時的ではあるが人工的に奉天を起こすことができる技術、「改天《かいてん》」が発明され、真衆の乱、一気に沈静化する。

511 真衆の主、〈幡英《ばんえい》〉斬首。乱終結。

522 緋眼降る。全ての乱を鎮圧した真に、顎港の商人たちが支配を拒む。

531 唐朋死去。甥の〈唐潔《とうけつ》〉三代帝に。顎港、商人たちを束ねる〈岱洪《だいこう》〉を総首として南域に「廻《かい》」を建国。

533 天教隊将軍、宝彩、廻との戦に大敗。将軍の任を解かれる。

542 度重なる戦でも倒せない廻を認めた真、同国と不戦同盟を締結。

548 奉天寮にて事故。都に異形の鬼が現れ、万に達する死者を出し終息。

552 廻の謀将〈百連《ひゃくれん》〉、唐潔の子であり皇太子である〈唐《とう》金《きん》〉と岱洪の孫〈美麟《びりん》〉との婚姻を献策。両者の婚姻成る。

555 岱洪死去。その子、百連により毒殺。美麟の弟で五歳の〈岱拡《だいかく》〉が総首に。

565 廻の将〈益萬《えきまん》〉の注進により、岱拡、父の謀殺を知る。百連、一族を連れ密かに顎港を逃れる。

570 唐金、側室との間に男子をもうけるが、美麟によって母子ともに殺される。

573 唐潔、子の唐金に帝位をゆずる。唐金、四代帝に。

574 美麟、宮中の粛清を始める。

575 二十四年目にして待望の男子を美麟が産む。〈唐総《とうそう》〉と名付ける。

577 顎港を逃れていた百連、緋眼の都、緋京にて軍師となる。

580 美麟死去。唐金、殺されるのを恐れていた他の側室と子らを宮中に入れる。

582 唐金、唐総の兄で側室の子〈唐貫《とうかん》〉を立太子。これに怒った岱拡は真との同盟を一方的に破棄して出兵。

585 廻の将軍益萬、真天山を支配下に置く。廻、これを機に真族正統王朝を謳う。

589 百連、緋眼の軍師として奥林へ。野従有数の戦闘部族である「虎族《こぞく》」と同盟を結ぶ。

590 先帝、唐潔死去。後を追うように唐金も死去。唐貫が五代帝に。

592 唐総と美麟一派の残党、都を脱し、砂江上流にて「阮《げん》」を建国。

593 百連の策によって緋眼、阮と同盟。

595 真天山、真天宮の長〈饒《じょう》〉、廻の支配より脱し、天教による国、「天《てん》」を建国。各地より信者が流入する。

597 名族宝家の当主〈宝雷《ほうらい》〉、都を脱し、廻の庇護のもと、自らの領地である中域北部に「後慎《こうしん》」を建国。再び帝位につく。

600 度重なる心労が祟り唐貫が死去。腹違いの兄弟たちによる争いが起こり、真は混乱状態に。

601 緋眼の力を借りた阮の帝・唐総が都に進軍。兄弟たちを討ち、自ら真の六代帝に。これにより阮は消滅。

601〜653 真、廻、天、後慎の四国と野従、緋眼をも含む勢力により大陸は戦乱へ。多くの戦を繰り返しながら六勢力が均衡する。

654 外海より廻へ火薬砲が伝来する。廻の貴族〈民毛《みんもう》〉、商人と職人を集め破裂弾の量産に取り掛かる。

655 唐総の息子であり七代帝〈唐鎮《とうちん》〉、息子の〈唐獏《とうばく》〉に帝の位を譲る。唐獏、八代帝に。

657 百連の孫〈百計《ひゃくけい》〉、緋眼を離れ、都の唐獏に拝謁。厚遇を受け、異例の軍監に。

658 真天宮の源匣に雷が落ち、神託を得た天の三代帝〈禅《ぜん》〉が平民の〈了浄《りょうじょう》〉を大将軍に抜擢。

661 廻、破裂弾使用の部隊、「破軍」を実戦投入。抜群の成果を収める。

663 天の了浄、破軍を率いる廻との戦いで実戦三度目の奉天、大勝。これにより「奉天将」と呼ばれるように。

664 後慎南部にて、平民〈亡欽《ぼうきん》〉による武装蜂起。次々と街が落ちる。

666 東壁より「魔」来襲。緋眼、多くの死者を出しながらこれを討伐。その機を狙い、真が侵攻。緋京を落とされ、隷属を強いられる。

667 亡欽、支配した地を真に献上し、自らは真の将に。乱の扇動から全てを指揮していた百計、大軍師へ。

670 亡欽の乱により衰えていた後慎、文官たちの反乱により滅亡。四代帝〈宝賛《ほうさん》〉、天の帝都・真天宮へ逃れる。

672 奉天将・了浄、廻の帝都、顎港を落とす大戦で六度目の奉天。廻滅亡。これにより中域南域を支配下に収めた禅、真に住まう真族への新たな小匣の授与を禁じる。

673 真国内にて小匣を欲する民たちの流出が続発。

674 緋眼の蜂起。元の領地をほぼ回復し、隷属を拒否。

677 砂江東部にて真軍と、破軍をも率いた奉天将・了浄の大戦。天軍の勝利に終わり、真の八代帝・唐獏、了浄により斬首。真滅亡。

678 天の帝・禅、天を廃し、再び天教の教主に戻ることを宣言。真滅亡後も都に留まり続けていた了浄に帝となるよう命じる。了浄、「覇《は》」を建国し、自ら初代帝に。

683 奥林「猪族《ちょぞく》」の族長〈ジヌ〉、野従の全部族をまとめる。

686 ジヌ、部族の男たちを兵とし、奥林を出る。

690 奥林の乱、一時は真天山そばまで攻めるも、了浄自ら率いる「帝軍」の前に潰走。ジヌ、都にて斬首。以降、真族内にて祟り神として恐れられる。

693 了浄死去。以降、了浄治世時代の善政を「奉天将の治」と呼ぶ。妻帯しなかった了浄の跡を、弟の子〈了奉《りょうたい》〉が継ぎ二代帝に。

697 顎港にて密かに活動していたニセ匣作りの邪が捕えられる。調べによって三千もの匣を作ったことを暴露。

ニセ匣の所有者の捜査が始まり、千五百人ほどが捕らえられ、奴隷の身に。

701 奉天寮、奉天の技術と火薬砲を合わせ、より強力な弾を発射することができる「天銃《てんじゅう》」を発明。その実戦として緋眼が標的に。

702 覇との戦において、緋眼の兵〈武弦《ぶげん》〉が多くの功を上げる。武弦の刀による近接戦闘術が都にて体系化され、「弦流《げんりゅう》」と名付けられる。

705 弦流に苦しめられ、戦果の上がらぬ緋眼戦を了奉の独断で中止。

706 武弦、強者を求め、緋眼の地を離れて流浪の旅へ。

712 武弦、小匣を持たぬ者でありながら奉天。真天宮の食客となる。

715 大軍師であった百計の子〈百信《ひゃくしん》〉、丞相となり、真族の地に住む緋眼と野従の弾圧を始める。

716 真天山の武弦にも弾圧の手が迫る。武弦、密かに真天山を脱する。

720 邪によるニセ匣の所有者〈満台《まんだい》〉とその一派、都にて百信を暗殺。

727 南岳域において白い龍が見つかる。死体が都に運ばれ、奉天寮で調査されるが、奉天に似た光と共に消える。

730 龍調査の一員であった〈毘麟《びりん》〉、奉天寮の長官に。

734 了奉死去。末子の〈了泯《りょうみん》〉、三代帝に。

735 了奉の四子〈了銘《りょうめい》〉、百信の子〈百嬰《ひゃくえい》〉と共に中域にて反乱。三代帝・了泯、奉天寮長官・毘麟を将として向かわせる。

736 毘麟、天銃と白龍調査により得られた「鬼」を作り出す技術によって了銘軍を撃破。五万人もの虐殺を行う。

737 鬼を発症したまま自我を持つ毘麟の技術によって作られた兵「鬼道兵《きどうへい》」が、覇国の正式な部隊として認められ、毘麟が将に。

740 武弦と真族の女の間に生まれた子〈武攸《ぶゆう》〉が都で武官となる。

742 武弦、一人緋京に戻り、死去。

745 鬼道兵に対する常人兵たちの反乱が起こり、都の兵、三万が死、または都から逃れる。武攸、その中の一人として都を脱する。この反乱によって都の軍は完全に毘麟が掌握。

752 了泯死去。子の〈了巌《りょうがん》〉が四代帝となり、毘麟、丞相と鬼道兵軍の将を兼務。

760 武攸、顎港にて逃亡兵を中心とした反乱軍を組織。

763 緋眼の弦流の師範と高弟百名ほどが、武攸と合流。

768 武攸軍と鬼道兵の戦いが続く中、天教の教主〈⿱木云《まつ》〉が鬼道兵と毘麟を非難。武攸支持にまわる。

770 熱心な天教信者たちにより、都で反毘麟の活動が起こる。

773 武攸と弦流の師範たちによって鬼道兵用の武技が確立され、「鬼舞《きぶ》」と呼ばれる。

775 戦の劣勢、天教の反対、都内での反抗によって窮地に立たされた毘麟を、了巌、全職解任。毘麟、奉天寮に立てこもり、奉天するも消失。行方不明に。

776 了巌、鬼道兵を廃し、自らも帝位を退く。子の〈了範《りょうはん》〉が五代帝になり、武攸を将軍として迎え入れる。

780 後慎滅亡後、真天山に逃れていた宝一族の当主〈宝李《ほうり》〉、一族とともに顎港へ行き、商売を始める。

783 緋眼にて、〈琴《こと》〉が初めての女の長となる。

785 琴、覇の武攸と弦流の者たちに帰還をうながすが、一人も戻らず。

788 武弦が緋京で産ませた子の息子である〈武來《ぶらい》〉、琴の命を受け、単身都へ行き、武攸と会う。立ち合い、武攸死亡。武來、緋京に戻らず、大陸を流浪す。

792 宝李、顎港有数の富者となる。

795 邪、一子相伝をやめ、南域暴海内に浮かぶ「臥島《がとう》」にて衆を築く。

800 了範、南域巡幸の途上、落馬によって死去。いち早くそれを知った都の宦官〈弥楊《みやん》〉が暗躍。帝の末子で五歳の〈了楓《りょうふう》〉を帝位につけ、自らは了楓の母〈扇《せん》〉と共に帝を助ける。

801 扇による宮中の粛清。六代帝・了楓の兄たちが殺される。次兄の〈了疾《りょうしつ》〉、側近の助けにより都を逃れ、顎港の宝李に匿われる。

804 かつて阮のあった砂江上流域において、鬼道兵らしき者が確認されるが、調べに行った者たちが消息を絶つ。

810 奥林の「兎族《うぞく》」の大半が、臥島の邪衆よりニセ匣を手に入れ大陸に散らばる。

814 了楓、弥楊と母・扇を謀殺し、自ら悪政を敷く。

816 武來、砂江上流域にて鬼道兵と戦い、勝利する。

820 琴、弦流の者たちと共に東壁を越え、戻らず。

822 武來の子〈武清《ぶしん》〉、流浪の旅の途上、産まれる。

825 舞踏集団の「飛頭舞《ひとうまい》」が各地で盛況。集団の女主はこれ以降代々〈娘鈴《こりん》〉を名乗る。

828 了楓、長年の不摂生が祟り、病に倒れる。文官〈彌旋《びせん》〉、顎港に逃れた了疾を密かに訪れ、再起を画策。

830 了楓、世継ぎを決めずに死去。彌旋と宝李に後押しされ、了疾、七代帝に。宝李を丞相に。

832 宝李死去。丞相の座を彌旋に。了疾、病を理由に帝位を子の〈了凱《りょうがい》〉に譲る。了凱、八代帝に。

841	各地に散らばる兎族らが、真族を殺し、小匣を集め始める。
846	緋眼の長〈雅重《まさしげ》〉、覇の都を訪れ、了凱に謁見。東壁の先に不吉な気配が漂っていると報告。
847	覇、緋眼共同の東方調査。
848	覇の兵士一人、東壁の先より戻るも心を病み、報告不能。
852	武來の子武清、都にて将となる。
856	宝李の孫〈宝綴《ほうてつ》〉、奉天寮の長官となる。
860	兎族以外の奥林の野従が都に庇護を求めてくる。彼らの報告により、兎族の大陸潜伏が露見。ただちに調査が始まる。
861	覇軍による邪衆の本拠、臥島侵攻。兵が入るより先に邪衆、一人残らず消える。
863	緋眼の長、雅重、何者かにより暗殺。後継は重臣の〈吉成《よしなり》〉に。
865	兎族の根城を覇が発見。将、武清が急襲。族長〈マスイ〉を追い詰め一騎打ちをするも逃げられる。
869	武清、マスイとの戦いの傷による病で死去。子の〈武涼《ぶりょう》〉、鬼舞兵の将に。
870	二代目娘鈴、旅先にて兎族に殺される。弟子の〈旻《みん》〉、三代目娘鈴を襲名し、師の復讐を誓う。
875	マスイの跡を継いだ〈バンイ〉、兎族の主だった者たちと共に都に潜伏。
876	了凱死去。子の〈了定《りょうてい》〉も二日後に死去。了定の弟〈了参《りょうさん》〉が九代帝に。
878	奉天寮の宝綴、都に匣の悪気が満ちていると帝に警告。時置かずして真天山の源匣が死気を放ち、天教の教主〈撥《はつ》〉が死去。
880	緋眼の長、吉成蜂起。武涼、大将軍となり、討伐へ。
885	緋眼大敗。吉成、兎族であると知れる。その後斬首。
887	了参死去。幼い子〈了覇《りょうは》〉十代帝に。
890	兎族、邪衆、大陸全土で蜂起。顎港の長〈鞭覆《べんぷく》〉、反乱軍を退け、都にて将に任じられる。
892	武涼の死去にともない、子の〈武慶《ぶけい》〉が大将軍に。
895	三代目娘鈴、師の仇を討つが、自らも死去。弟子の〈櫂《かい》〉、四代目娘鈴となり、元凶のバンイを求め都に。
897	武慶、鞭覆らの活躍により、乱、次第に沈静化。
898	真天宮に落雷、全焼。源匣も焼かれるが無事。
899	宝綴の子であり奉天寮の長〈宝欧《ほうおう》〉、兎族の長、バンイが都にいることを突き止める。武慶、直ちに兵を率い

て捕縛。

900 バンイ、宮中にて体内に隠していた十個の小匣を同時に開き自爆。王宮は消えるが、武慶、宝欧、鞭覆、密かにバンイを殺そうとしていた娘鈴の四人が無傷で助かる。その後、この四人の血族は「呪家四氏」と呼ばれることに。王宮と共に血が絶えた了家は滅亡。覇は消滅。大陸全土に異形の者があふれ、世は無秩序に。バンイは宝超以来匣を開いた者として「魔王」と呼ばれることに。

901~953 大陸全土で人と「魔」による戦いが続く。王朝はなく、史書も残されていない暗黒時代。

954 人の最後の砦、真天山にて宝欧の孫〈宝恩《ほうおん》〉が、天教教主〈実《じつ》〉と共に反魔勢力を拡大させる。

956 旧都付近にて鞭覆の玄孫〈鞭灰《べんばい》〉が奉天寮系の知識層を中心とした反抗組織を設立。「奉天団」と名付ける。

960 緋京にて武慶の孫〈武盛《ぶじょう》〉、緋眼と鬼舞兵による軍を率い、魔との闘争を開始。

963 七代目娘鈴、顎港の商人〈瑁燦《まいさん》〉の援助を受け、反攻を開始。

967 奥林の部族「子族《ねぞく》」の長〈サイラ〉、真天宮の宝恩を訪ね、魔の元凶について語る。直後、宝恩とその兵四千、真天山を離れる。

973 武盛、東壁付近にて魔を払い、元凶を悟る。単身、旧都の奉天団を訪ね、手を組む。

980 暴海を独りで越えた異人〈チェジン〉が七代目娘鈴に拾われる。

982 真天山を黒雲が包む。その後、天教の者たちの消息は途絶え、山は雲に包まれたままとなる。

985 武盛、戦いの最中死亡。子の〈武洩《ぶせつ》〉が兵を束ねる。

986 七代目娘鈴、八代目へと娘鈴の名を譲る。

990 中域北部にいた宝恩、子の〈宝凌《ほうりょう》〉と共に奉天団と合流。

992 鞭灰死去。弟の〈鞭禰《べんでい》〉が奉天団の長になり、顎港の八代目娘鈴と緋京の武洩を旧都に呼び、呪家四氏が揃う。これより先、四氏は連合して魔と戦うことに。

995 武洩、単身真天山へ。黒雲の中、教主と対面して戻る。

997 真天山へ四氏合同での出兵。

998 黒雲が晴れ、教主〈刻《こく》〉が死亡。源匣、教主と共に消失。小匣の力も消える。真族、小匣を放棄。大陸の魔、次第に数を減らし、一年後に絶滅。

1000 武洩、八代目娘鈴、鞭禰、名族宝家の主である宝凌に帝位を勧める。宝凌、これを受け、「新」を建国。これにより、真の人の世が到来する。

本書は書き下ろしです。

装画　結布
装幀　bookwall

矢野隆

1976年、福岡県生まれ。2008年『蛇衆』にて第21回小説すばる新人賞を受賞しデビュー。18年福岡市文化賞を受賞。22年『琉球建国記』で第11回日本歴史時代作家協会賞作品賞を受賞。近著に「戦百景」シリーズ、『覚悟せよ』、『籠城忍　小田原の陣』などがある。

匣真演義《こうしんえんぎ》
——姫賊《きぞく》　僑燐伝《きょうりんでん》

2025年3月25日　初版発行

著　者　矢《や》野《の》　隆《たかし》
発行者　安部順一
発行所　中央公論新社
〒100-8152　東京都千代田区大手町1-7-1
電話　販売 03-5299-1730　編集 03-5299-1740
URL https://www.chuko.co.jp/

DTP　ハンズ・ミケ
印　刷　TOPPANクロレ
製　本　大口製本印刷

Published by CHUOKORON-SHINSHA, INC.
Printed in Japan　ISBN978-4-12-005901-8 C0093

矢野隆の本

鬼神

陰謀渦巻く平安時代。源頼光率いる武人たちと、鬼と呼ばれた大江山の民。二つの思いが交錯するとき、歴史を揺るがす戦が巻き起こる！

中公文庫

矢野隆
朝嵐
中公文庫

戦神の裔

腐った世の中も仲間の運命も、無力な俺が変えてやる！　源義経と郎党たちの意地が心震わす痛快歴史小説。

単行本